MORIR EN LA PAZ

Bartolomé Leal

Morir
en La Paz

Argentina • Chile • Colombia • España
Estados Unidos • México • Uruguay • Venezuela

© 2003 by Bartolomé Leal
© 2003 by Ediciones Urano, S. A.
   Aribau, 142, pral. - 08036 Barcelona
   www.umbrieleditores.com

ISBN: 84-95618-66-4
Depósito legal: B. 44.251 - 2003

Fotocomposición: Ediciones Urano, S. A.
Impreso por Romanyà Valls, S. A. - Verdaguer, 1 - 08760 Capellades (Barcelona)

Impreso en España - *Printed in Spain*

Los sucesos que forman la trama de esta novela tienen lugar en Bolivia, durante unas pocas semanas en los primeros años noventa. Tanto dichos sucesos como los personajes que los protagonizan son enteramente ficticios, y no se basan en hechos o individuos reales.

«Existe una continuidad entre la imaginación y el sueño. Cuando un escritor comienza a imaginar un personaje, éste se vuelve una forma de sueño. De una criatura inexistente, hace una realidad.»

ANTONIO TABUCCHI

I

La Paz

Isidoro Melgarejo Daza, detective privado a tiempo parcial y paceño antiguo por paterna decisión —aunque cochabambino de origen—, con cuarenta años a cuestas, solterón y fumador irredimible, buscó a tientas el despertador y logró, a la tercera tentativa, enmudecerlo de un manotazo. Luego, sabiendo de la inutilidad de su gesto, o más bien sospechoso Melgarejo por instinto de cualquier aparato mecánico de hechura dudosa y procedencia indefinida, como era justamente el caso de su modesto reloj, miró la esfera de anticuados numerales y comprobó que eran pasadas las cinco y media de la mañana, y que lo vendrían a buscar dentro de veinte minutos, para partir en dirección a Chulumani. Hacia los Yungas, en la avanzada de la Bolivia amazónica.

El detective paceño no era hombre de quedarse pegado a las sábanas. Tampoco era el madrugador típico. Se levantaba razonablemente temprano, entre seis y media y siete de la mañana, para dedicarse a sus asuntos sin prisas ni alarmas. Ese día la hora tan exageradamente temprana era algo poco habitual; no hacía tales desarreglos a menos que existieran poderosas razones. Y las había. Porque para Melgarejo la obligación de cumplir con los compromisos adquiridos era innegociable y no materia de coartadas o dialécticas. En este caso, un desagradable madrugar no era excusa suficiente para fallarle a un amigo, en particular a un amigo de la infancia. Toño Machicao lo necesitaba y eso era para él sagrado.

En pocos segundos, Isidoro Melgarejo Daza se hallaba despabilado y listo para meterse en la ducha. Apenas si tosió, al revés de otras mañanas que le recordaban desagradablemente su condición de fumador; tampoco lo asaltó la náusea cervecera de ciertos días. Todo eso lo puso de mejor ánimo para meterse bajo el chorro de agua. Prefería sentirse fresco si se trataba de dirigirse a los Yungas.

A Melgarejo no lo ponía contento la idea de tal viaje, por mucho que amara esos paisajes; sabía que la ruta solía tornarse dificultosa y arriesgada, en especial cuando llovía. Mejor dicho, era siempre arriesgadísima. Le iban a tocar varias horas por caminos imposibles, construidos —arañados se diría con más precisión— en los bordes de precipicios que se hundían a cincuenta, cien, doscientos metros, y donde la vista se extraviaba entre los vapores de insondables cursos de agua y tupidas vegetaciones. La sola conciencia de tales terrores le espantó el sueño. Se desplazó a tientas en la oscuridad —no valía la pena dañarse los ojos con luces violentas, reflexionó— en busca del baño de su vieja casita de la calle Castrillo, en el mero corazón de La Paz. El lugar en el mundo donde mejor se sentía. Su única riqueza, pensó. Su único legado.

Siempre le había gustado la suave pendiente que hacía descender la calle en dirección a la Cañada Strongest. Su casa, a la vez taller, mostraba al eventual peatón una verja baja, de madera, separada por pilares de cemento de perfil cuadrado, coronados por bolas de cemento. El modelo era característico de la calle Castrillo, idea seguramente nada original de un arquitecto rutinario aunque amable. Al frente había otra casi idéntica, sólo que de color amarillento en lugar de celeste, con leves diferencias que testimoniaban la misma mano. La verja se asentaba en un basamento de piedra de pocos centímetros, que seguía la pendiente. El portón principal, también de madera y con un perfil superior tirando a mozárabe, daba a un jardín lleno de flores, que conducía al pórtico, cuyo frontón de corte clásico, adornado con unas hojas de acanto bastante deformes en friso y columnas, mostraba la fecha de construcción: 1917.

De esa construcción de un piso, con sendas ventanas a ambos lados del frontón, más larga que ancha, dotada de un pasillo central que conducía a un patio con muchos árboles y más flores, se disponía el detective a salir esa mañana. No era la primera vez que Melgarejo Daza iba a los Yungas, pero en cada ocasión quedaba con una percepción más profunda y cercana de la posibilidad efectiva de la muerte, imaginaba su cuerpo perdido en una sima inaccesible. Esta sensación se volvía mucho peor una vez que llegaba a destino: la sola conciencia de que habría un retorno por la misma vía, obligadamente, le erizaba los pelos; sufría con no menor intensidad al partir de vuelta. Se consoló pensando en la majestuosa y sensual belleza del paisaje (visible si el tiempo no lo impedía, se permitió matizar); y mientras esperaba que el habitual hilo de agua caliente saliera por la ducha de su viejo hogar, hizo un breve balance de vida y posesiones: esa casa, más unos cuantos libros y recuerdos.

«Ridículo, Melgarejo —se dijo a sí mismo—. No te vas a morir.» Le vino a la mente una anécdota divertida escuchada en su cantina preferida de la plaza Sucre: un personaje solemne leía para un grupo de parroquianos, en tonos cavernosos, los estatutos de la Liga Espiritista de Bolivia, que establecía seriamente en su artículo primero que, para ejercer la presidencia del organismo, un requisito fundamental era estar vivo… Un muerto no podía ocupar el cargo.

El detective repasó brevemente el motivo del viaje. Se perfilaba muy simple, aunque sólo en apariencia: una visita sobre el terreno como parte de la investigación, informal por el momento, de un crimen. Pero el hecho se veía complicado por dos factores colaterales: se trataba de un trabajo que había aceptado a petición de un antiguo amigo suyo, casi un hermano; y había cuestiones de droga de por medio. Ninguna de las dos cosas le hacía gracia a Isidoro Melgarejo Daza, investigador privado en La Paz y disponible de preferencia para tareas poco complicadas. Pero no se podía negar a enfrentar tal desafío. Oficio obliga. «Más vale no renegar», recordó el dicho del poeta, y no pudo menos que sonreír ante sus aprensiones.

El último sorbo de café negro y la última chupada del cigarrillo brasileño que le gustaba consumir coincidieron con el bocinazo del vehículo que venía por él. Salió a la vencida noche paceña, invadida ya por los colores del amanecer, y el frío lo golpeó con su crudeza habitual. Era el mes de abril, pleno verano paceño, y los días del más puro cielo azul y del sol más caliente se alternaban con noches gélidas, como para inhibir al más osado. Así era el clima de La Paz y a Melgarejo, trasplantado a la capital, le gustaba esa concordancia entre el ritmo climatológico y el carácter duro, cortante, telúrico, de la ciudad andina.

Subió al *jeep* que lo esperaba con el motor en marcha. Al volante se hallaba su ex condiscípulo y amigo Antonio «Toño» Machicao, por quien fue recibido con muestras de afecto y recomendaciones prácticas:

—Gracias por venir conmigo a Yungas, hermano. Te advierto que allá abajo va a hacer más calor que acá, por nublado que esté. Llevarás bañador, espero… Hay una estupenda piscina en el hotel donde nos alojaremos A medio camino, en un lugar llamado El Castillo, ¿lo conoces? —añadió mientras se ponían en ruta—, nos serviremos un desayuno como corresponde. Ya les avisé a los propietarios que se aproximaban dos collas famélicos.

Melgarejo se percató de que su amigo se mostraba nervioso y crispado. Los años de oficio como investigador privado lo habían acostumbrado a reconocer, en toda charla compulsiva y distante, los síntomas de la preocupación, cuando no de la angustia. Su forma de actuar en el campo detectivesco se apoyaba más en la observación de la naturaleza humana que en el descubrimiento de huellas, seguimiento de pistas y otras faramallas. Ya en ruta, y a fin de aprovechar en forma útil tal verborrea, le solicitó a Machicao que le repitiera los antecedentes de la misión, para así armar una estrategia.

—Bueno, Isidoro. Como tú sabes, hace un año fue asesinado mi padre. Salvajemente, debería agregar. Él era propietario de un pequeño hotel en Chulumani, y lo administraba personalmente. Un lugar discreto que casi no era utilizado por los turistas, sino más bien por funcionarios, vendedores viajeros, universitarios, misioneros gringos. Es decir, gente de paz y trabajo. El hotelito tenía fama de limpio y buena reputación, aunque sus comodidades se podrían calificar de mínimas. Igual mi viejo conservaba una clientela relativamente fija, y el negocio seguía su marcha bastante bien. Hasta que llegaron los narcotraficantes...

—Un momento, Toño —lo interrumpió Melgarejo—. Entiendo que los traficantes de cocaína están operando en Yungas desde hace décadas. Por lo demás, como bien sabes, la hoja de coca siempre fue el recurso madre de Yungas...

—Correcto, hermano —replicó Machicao—. Pero los narcos nunca se habían puesto a maniobrar tan cerca, y de manera tan ostentosa, apartando incluso con violencia a los cultivadores tradicionales. Antes operaban en claros abiertos en la selva, o en la montaña. Siempre en lugares más bien apartados, donde difícilmente podía llegar la autoridad. Nunca en pueblos con demasiado movimiento. Lo que ocurre es que en los últimos tiempos se volvieron tan osados, o bien la impunidad se extendió tanto...

—O ambas cosas —lo interrumpió el detective.

—Justamente. Osadía mezclada con corrupción, muy rentable, hermano... Así es que estos putos decidieron tomarse el hotel de mi padre y hacer del lugar uno de sus centros de operaciones.

—Y tu padre no aceptó esta situación.

—Pues, mirá, entiendo que al principio no se percató de nada. Vio tan sólo a unos cuantos clientes, buenos clientes, que pasaban largos períodos en el hotel. Se declaraban comerciantes mayoristas, iban bien vestidos y pagaban regularmente. No daban problemas. Pero de a poco se fue dando cuenta de que allí estaba funcionando un doble circuito ilegal: un poder de compra de hojas de coca para abastecer a las refinerías clandestinas y un centro de distribución de clorhidrato de cocaína en polvo para los mercados exteriores.

—¿Distribución física? —replicó Melgarejo, mientras en su mente se dibujaba la fórmula de la diosa blanca: $C_{17}H_{22}ClNO_4$.

—Me parece que no. Diría más bien que el hotel se utilizaba como lugar de negociaciones y tratos. No me consta que el polvo llegara hasta allí, al menos en cantidades importantes... Habría sido detectado de inmediato por los controles. Todos los hoteles están vigilados.

A estas alturas del diálogo, los viajeros habían dejado atrás el barrio Miraflores y los suburbios de La Paz, menos sucios y malolientes que de costumbre a esa hora temprana, y se encontraban en plena ascensión de las montañas que rodean la ciudad. La ruta hacia los Yungas exigía subir a 4.500 metros de altitud, por una bella autopista que se abría paso entre los picos nevados, para luego dejarse caer hasta los 1.700 metros, que era el nivel de Chulumani, su meta. Una buena prueba para el sistema arterial de Isidoro Melgarejo Daza, un hipocondríaco leve, aunque tenaz. Sus aprensiones lo hacían sufrir, pero procuraba ocultarlas pudorosamente.

Con discreción, el detective se tomó el pulso en la muñeca, lo halló acelerado y exageró para sí la liviandad de cabeza y las ligeras náuseas que lo habían atacado. Mas, por orgullo, permaneció lo más impertérrito posible para que su amigo no notara tales aprensiones. Machicao proseguía entretanto su relato:

—Mi viejo terminó por hartarse de la calaña de sus huéspedes y decidió echarlos. Era un enemigo acérrimo de las drogas, y la perspectiva de estar acogiendo a traficantes lo exasperó. Hombre fuerte, tú lo conociste. Creo que se sintió capaz de expulsarlos él solo, con la pura ayuda de sus potentes puños desnudos. Tal vez te he contado que fue boxeador en su juventud, y tuvo cierto renombre en los medios universitarios —agregó Toño Machicao, tornando los ojos como para borrar el recuerdo de alguna imagen lejana. Completó así su narración—: Resultado, la tragedia. Los tipos se retiraron del hotel sin grandes aspavientos, pero a los dos días mi padre fue muerto a cuchilladas. No sólo lo degollaron para asesinarlo, estos animales, sino que lo torturaron y lo mutilaron sin piedad. De puro pensar cómo habrá sufrido se me parte el alma, hermano...

Los rasgos de Antonio Machicao revelaban sin duda que aún no se había repuesto del horror. Por sentimiento de culpa, seguramente, pero también por la impotencia para actuar, conflictos que se reflejaban en las prematuras arrugas de su rostro, en las ojeras, en el brillo un tanto insano de sus pupilas. Por un rato calló para concentrarse en el camino y no dejarse arrastrar por la emoción. Había que desviarse en algún momento de la autopista para empezar a bajar hacia la selva. Los amigos se extraviaron unos cuantos minutos por la falta de señalización y la niebla imperante, hasta que finalmente hallaron el camino, que más parecía un sendero de mulas que la vía hacia una capital de provincia. La lluvia se desató en ese momento, y Machicao tuvo que hacer uso de la doble tracción y de su mejor concentración para controlar el vehículo, que tendía a resbalar peligrosamente por el barro.

La fuerte lluvia impedía ver los precipicios, pero se los adivinaba. Melgarejo no tuvo claro qué era peor para su psique: tener capacidad para calcular su profundidad… o esperar que no fuera tanta, y que algún árbol amortiguara la rodada que ya veía ineludible. Corría viento, y las nubes bajas se desplazaban raudas y silbantes, dejando ver jirones de un paisaje espectacular.

Dado lo empinado de las montañas, el camino bajaba haciendo eses a lo largo de sus flancos, hasta llegar al fondo de los barrancos que separaban una pendiente de la otra, para iniciar luego una subida de iguales características sinuosas. Era así posible ver al frente lo que le esperaba al pasajero como continuación del viaje. Dura experiencia para el detective Melgarejo, hombre esencialmente de ciudad y alérgico a las aventuras salvajes, que prefería evitar a cualquier precio. Sobre todo porque tenía conciencia de haber cumplido los cuarenta años, no era un jovencito, lo que visualizaba como el inicio de una nueva etapa, naturalmente más reposada.

Isidoro Melgarejo Daza no ejercía de detective a tiempo completo. Al revés, se hallaba más o menos retirado. Se le conocía, sobre todo, por su labor de impresor y eventual editor. En su casa de la calle Castrillo, a pocas cuadras de la iglesia de San Pedro y la plaza Sucre, tenía instalado un modesto taller de imprenta y encuadernación, donde la mayor parte del trabajo era realizado por él mismo, con la ayuda de un viejo linotipista retirado y de una joven estudiante universitaria que le servía de asistente. Melgarejo poseía una licencia de investigador privado gracias a su experiencia ganada como policía, pero actuaba en el oficio con limitaciones y controles por parte de la autoridad, que lo facultaba sólo para ejercer labores de vigilancia por encargo de clientes probadamente respetables. Tenía obligación de dar cuenta en detalle de sus contratos, de modo que los casos que le llegaban eran relativamente pocos y de interés muy reducido.

Su actual misión era, por lo tanto, más o menos secreta. La estaba emprendiendo por amistad y, también, porque se consideraba capaz de afrontar la transgresión que ello significaba. Había muchas posibilidades de perder la licencia de detective si lo descubrían, pero el asunto no le preocupaba demasiado. La búsqueda de personas desaparecidas (siempre que fuera por razones distintas a las políticas), el seguimiento de parejas adúlteras o las cobranzas de deudas a morosos tenaces no eran tareas demasiado atractivas para un detective que alguna vez había trabajado profesionalmente. Igual Melgarejo solía hacerlas, por lo mucho que le apasionaba el conocimiento de la gente, en particular de los habitantes de La Paz, para él fuente continua de sorpresa y diversión.

Más empeño le ponía naturalmente a su actividad en la imprenta, que constituía su forma principal de subsistencia y fuente también de novedades y situaciones curiosas. Muchos poetas o filósofos estrafalarios recurrían a él para imprimir sus escritos, lo que procuraba hacer con una dedicación tal que le significaban el reconocimiento agradecido (ya que no siempre la remuneración adecuada) de parte de sus emocionados clientes, que veían así sus a menudo discutibles empeños literarios transformados en libros. También apoyaba a grupos de izquierda, particularmente a sus amigos anarquistas, en la dura tarea de elaborar panfletos y manifiestos. Alguna vez se sorprendió ayudando a redactar incendiarios textos contra la oligarquía terrateniente o el imperialismo yanqui, para evitar que su fuerza y efecto se perdieran entre las faltas de ortografía y las barbaridades sintácticas.

Ahora, asesorar a Antonio Machicao, un destacado dentista

de La Paz y compañero suyo en el colegio Salesiano de Cochabamba, significaba algo importante para Melgarejo. Mucho más
que su poco práctica, por no decir inútil, licencia de detective
privado. Y el caso le apasionaba. Reconocía que había peligros im-
plícitos, pero nada de eso lo arredraba. Creía que había que jugár-
selas en la vida por causas realmente trascendentes. Había sobrevivido, como tantos otros, a las sucesivas asonadas militares que
habían agobiado al país, y se había alimentado también, como tantos bolivianos, de la utópica esperanza de recuperar el mar tan in-
justamente arrebatado a su patria apenas un siglo atrás. Pero se
daba cuenta de que los tiempos habían cambiado y que el mundo
iba por otro lado. El ritmo de las ilusiones, pensaba, no era el mismo que el de la vida de un hombre. No era época para dejarse ma-
nipular por los de siempre. Su retiro sorpresivo de la policía civil,
sin mayor explicación, en plena carrera ascendente, obedecía en
parte a esto: un espíritu indomable e independiente.

Llevaban dos horas de camino cuando Machicao le anunció a
su acompañante que se aproximaban al elegante hotel, lugar de reposo y centro de conferencias llamado El Castillo, otrora residencia de una poderosa familia que había construido ese curioso edificio de piedra, en estilo pseudomedieval, para alejarse de las
tensiones de La Paz. Su bello parque de árboles tropicales y los
bien cuidados jardines conquistaron de inmediato a Melgarejo,
que no había entrado nunca antes en el recinto. Siempre había pasado de largo, apurado. Aunque mucho más lo encantó el suculento desayuno que les fue servido luego de unos breves minutos de
espera. Machicao, hombre conocido en la zona, se había encargado de anunciar su visita y con él no cabían demoras.

Durante el desayuno hablaron poco, pero a la hora de los cigarrillos el doctor Machicao reanudó su historia. Caminaron un
rato por los jardines de El Castillo. Melgarejo escuchaba la cháchara de su amigo, pero sus ojos y su olfato estaban pendientes de
la naturaleza lujuriosa del lugar. Predominaban los helechos y las
enredaderas. Lo más impresionante eran, por cierto, las orquídeas,
que parecían crecer allí como si quisieran exaltar la magia y la sen-

sualidad del lugar. Entre las piedras de la casona, cayendo de los balcones o asomando en maceteros y esculturas hábilmente dispuestas, las llamativas flores le señalaban al visitante que la belleza total era posible.

«Méritos de la naturaleza domada por un jardinero astuto», reflexionó relajadamente Melgarejo. No se preocupó en absoluto de comprobar si alguien los vigilaba o los seguía. Se había tomado la misión más o menos como una vacación.

—Como te podrás imaginar, Isidoro —le decía Machicao—, me moví intensamente para tratar de descubrir a los culpables del crimen de mi padre. Hice gestiones en los ministerios y servicios correspondientes, logré incluso alguna colaboración de parte de funcionarios honestos; de otros, meras promesas. En varias ocasiones, altos burócratas, individuos venales que no voy a nombrar, me pidieron dinero. Apretando los dientes de pura repugnancia, distribuí ignominiosas propinas. Creo que no hubo gestión que no hiciera. Pero la respuesta de los narcos ante mis afanes no se dejó esperar. Recordarás lo que ocurrió. Secuestraron a mi hijo, entonces de cinco años. El mensaje no arrojaba dudas: o dejaba de provocarles problemas o no lo vería vivo jamás. Ahí decidí parar todo. Efectivamente, recuperé al Toñito y nunca más me ocupé del asunto. Estaba demasiado asustado…

—¿Y por qué insistes ahora, Toño? —preguntó Melgarejo.

—Francamente, hermano, no lo sé. Mirá… Lo único que tengo claro es que me estoy enloqueciendo de desprecio por mí mismo. Es una espina clavada en mi cerebro. Siento que estoy obligado a actuar. Pero comprendo que la tarea debe ser discreta. Muy discreta. Por eso he recurrido a ti. Sé de tus talentos, Isidoro. Quiero que me ayudes a identificar a los culpables. Aspiro al menos a eso, aunque no haya justicia formal. Saber qué ocurrió…

Su querido amigo Machicao estaba obsesionado con el asunto, pensó el detective. El mismo discurso, casi palabra por palabra, se lo había oído cinco días atrás cuando su amigo había llegado a la calle Castrillo para convencerlo de que le acompañara a Chulumani. Melgarejo observó la cara congestionada de su antiguo condiscípulo, que se había agarrado de su brazo y lo apretaba con violencia, aunque sin percatarse de ello, buscando seguramente dar salida a su desesperación.

—Ya no temo por mi familia, Isidoro. Mis dos hijos y mi mujer están instalados en Chile, bien seguros, donde vive mi suegro, que es funcionario internacional. Ella y yo nos separamos hace un año, con gran dolor de mi parte, pero sin grandes dramas. Voy para Santiago cuando puedo. Pero, bueno, estoy solo para afrontar el problema… No tengo argumentos para eludirlo.

—Te ayudaré, claro, Toño —replicó el detective—. Eres mi compadre. Pero te advierto que lo peor que puedes intentar es hacer justicia por ti mismo. En eso no te voy a seguir. Puedes desatar una avalancha de violencia contra ti y los tuyos de consecuencias imprevisibles… Estén ellos donde estén —completó su idea.

—No pretendo eso, hermano. Por ahora todo lo que ansío es saber quiénes fueron los asesinos de mi viejo, para pensar luego si es posible hacer algo con tal información… Supongo que me entiendes —agregó, tras una pausa—. Ahora sigamos camino, hermano. Es bueno llegar pronto a nuestro destino.

El sol había logrado por fin abrirse paso y los aromas selváticos y la humedad ambiental, tan diferentes del aire calcinado de La Paz, cambiaron el espíritu de Melgarejo. La profusión de árboles, flores y helechos eran un regalo para la visión estragada de los paceños, permanentemente castigada por las sequedades andinas.

Continuaron por la peligrosa ruta. Aunque esta vez Isidoro Melgarejo se inquietó menos con las temibles profundidades, atento como estaba a ciertas modificaciones sutiles del paisaje. Habían entrado en una zona cocalera, y destacaban por aquí y por allá, sobre todo en las laderas, las típicas matas del conflictivo arbusto, casi todas empinándose hasta el metro y medio. En ordenadas filas, apoyadas por improvisadas terrazas, se alineaban las plantas de coca, denunciadas por sus menudas e inconfundibles hojas pálidas. El detective pudo notar que algunas filas se mostraban más verdes, y con hojas pequeñitas, resultado obvio de una cosecha reciente.

—*Erythroxylum coca.* Catorce alcaloides en esta plantita encantadora —musitó para sí el detective.

Machicao le explicó a su amigo que en realidad ésta era un área de cultivo legalizado de hojas de coca, para ser utilizadas en los innumerables modos andinos ancestrales: infusión digestiva, calmante, estimulante, yerba ritual, medicamento contra cualquier cosa, y usos rituales preincaicos. Pero todo el mundo sabía que para los campesinos era mucho más rentable, amén de fácil, vender su producción a los que la refinaban para fabricar droga, en lugar de mercar con sus paisanos.

Finalmente arribaron a Chulumani. Hacía años que Melgarejo no llegaba por allí, de modo que se llenó de admiración. Es todo un pueblo, pensó: su exuberante plaza con bellos árboles, una iglesia si no muy antigua al menos de digna arquitectura, sinuosas calles empedradas y un animado mercado, particularmente de productos locales. Cuando los viajeros entraron ese día viernes, hacia las once de la mañana, había bastante actividad motivada por el fin de semana. Por todas partes se fletaban vehículos —con productos agrícolas, animales domésticos y sus respectivos dueños, todos juntos—, en dirección al altiplano o los valles del interior. No se detuvieron ya que, según Machicao, lo mejor era instalarse primero, eventualmente tomar un chapuzón en la piscina, y organizar luego el trabajo.

Así lo hicieron. El lugar elegido, un conglomerado de cabañas llamado simplemente Parador de Yungas, era calmo y atractivo. Se situaba en un vallecito ligeramente alejado del pueblo, cuyas construcciones se veían desde el hotel, aferradas a los cerros. Claramente concebido para recibir familias, se hallaba casi vacío en esa época. Machicao y Melgarejo tomaron una cabaña amplia, con dos buenas piezas, y se dirigieron a la piscina para refrescarse y saborear las primeras cervezas del día. Hacía calor, no por casualidad Yungas significaba tierras calientes en lengua aymara, recordó Melgarejo.

II

El Alto

La entrada a la ciudad de La Paz desde el altiplano, durante una noche despejada, constituye un espectáculo que bien vale la pena gozar al menos una vez en la vida. Ubicada en un amplio valle, hendido y profundo, rodeado por la meseta llamada El Alto, la ciudad capital de Bolivia se aparece al viajero de golpe, allá al fondo, como una profusión de luces que remontan las laderas invisibles, lo que causa la impresión inusitada de que el cielo se ha vuelto al revés. Y si se tiene la sabiduría, cada día más perdida, de mirar hacia arriba, hacia las alturas celestiales, y se observan las estrellas, la sensación que suplanta a la anterior es la de hallarse en el centro mismo del universo. Las luces de la ciudad y las luces astrales se fusionan y tocan, sin discontinuidad, para formar una enorme y titilante esfera que rodea completamente al pasajero.

Se trata de una vivencia nocturna única y emocionante, cósmica, reforzada por la pureza de un aire tenue, pobre en oxígeno, que exige un respirar profundo, una paciencia particular frente a esa atmósfera físicamente enrarecida, una conciencia de hallarse en un lugar distinto del mundo, y no sólo en un país del hemisferio sur llamado Bolivia.

Los viajeros que arriban de noche al aeropuerto de El Alto adquieren por esto, normalmente, el privilegio de gozar de esta visión. Siempre que desembarquen en Bolivia con algún interés en ver algo, por supuesto. Éste era más o menos el caso de Robert «Bob» Connington, pasajero del vuelo de United Airlines proveniente de Miami; pero no el de su compañero de viaje, Edward «Teddy» Contecorvo. Llegados por primera vez en su vida a La Paz, y atemorizados a priori por los casi cuatro mil metros de altitud (según las instrucciones recibidas, debían tener cuidado con el llamado soroche, el mal de altura), reaccionaron uno, Connington, con la máxima percepción de las condiciones del entorno, y el otro, Contecorvo, con una también máxima percepción, pero de las condiciones de… su cuerpo.

El par de norteamericanos se encontraban, pues, más extrañados que nunca en su vida, tras el largo viaje. Volar no es sólo una suerte de paréntesis en el tiempo, pensó Connington, sino que también parecía que la alucinación continuaba. Su mente divagó con la idea de haber llegado a otro planeta. Contecorvo, por su parte, se sentía desgarrado de sí mismo, rota su integridad esencial, presa del descontrol físico…

En el taxi que los condujo a la ciudad, Connington no sólo se maravilló con la visión fantasmagórica de la esfera celeste paceña, sino que también captó la dureza del clima, la precariedad del sistema natural que sustentaba a la ciudad, y sobre todo sintió en la propia piel la frialdad del aire nocturno, en una noche sin la más pequeña nube. Olió el río que acompañaba al camino, captando su degradación, y fue sintiendo con cada vez mayor intensidad, a medida que bajaban al fondo del valle, unos aromas entre fecales y minerales que, según comprobó varias veces de allí en adelante, figuraban como una lamentable constante en La Paz.

Contecorvo, silencioso y preocupado, se tomaba el pulso, respiraba con agitación y exageraba una pesadez en la cabeza, sin querer en lo más mínimo, por supuesto, escuchar los comentarios de Connington, su compañero, que terminó por callarse y dejarlo solo en su nada interesante delirio hipocondríaco. Bob Connington y Teddy Contecorvo se habían conocido en Miami, unas cuantas horas antes, para desde allí volar juntos a La Paz, a fin de realizar la misión encomendada, a ellos dos, por el cartel de la droga con el cual ambos trabajaban desde hacía años, como hombres de confianza, aunque en distintos lugares y con diferentes propósitos; y no como empleados, sino como consultores altamente especializados. Tal especialidad era el crimen por encargo.

Connington era originario de Houston, Texas. Contecorvo, de Nueva York. Nunca se habían visto antes de esta misión, y ni siquiera tenían idea de la existencia el uno del otro. La única y parca instrucción que habían recibido, para hacer contacto mutuo, consistía en presentarse en el aeropuerto de Miami vestidos de *cowboy*. Sabían de su futuro compañero nada más que el nombre de pila. El resto de la información que se les suministró tenía que ver, exclusivamente, con la misión. Buscar al otro *cowboy* y presentarse por su nombre constituía la simple clave dispuesta por los contratantes.

El problema consistía, sin embargo, en algo bien distinto, no previsto por nadie. Radicaba en el concepto de *cowboy* que cada uno manejaba. Connington, que era tejano, había llegado vestido más o menos como acostumbraba a hacerlo todos los días, pues oficiaba de responsable por la seguridad en una hacienda dedicada a la cría de equinos de raza, su cobertura cuando no se hallaba en «misión especial». Su camisa escocesa de franela, con cuadrados rojos y negros como diseño base, las botas de desgastados tacones altos, los *jeans* azules desteñidos por el uso y la intemperie, y su vieja chaqueta de cuero tenían para él de todo menos de disfraz. Así pues, para Connington no hubo el menor problema en adaptarse al requerimiento de sus anónimos patrones. Escogió, eso sí, el mejor de sus sombreros Stetson, en honor a la solemnidad inherente a una misión internacional.

El neoyorquino Contecorvo, al revés, los únicos *cowboys* que conocía eran los que había visto en el cine, de modo que tuvo que comprar un atuendo especial para tal ocasión; todo con cargo a la misión encomendada, naturalmente. Buscó una tienda en Broadway donde hubiera ropa de ese tipo, lo cual no fue fácil, hasta que le preguntó justamente a un *cowboy* que vio deambulando por allí, que le recomendó un lugar en la calle 42, de donde salió con un atuendo completo de prostituto. Colores eléctricos, tejido sintético en lugar de cuero, flecos y hebillas por doquier; amén de unos diseños hechos para realzar protuberancias genitales, múscu-los y pilosidades, caracterizaron, desde el embarque, al falso *cow-boy* Teddy Contecorvo. Resultó un híbrido entre Hopalong Cas-sidy y Buffalo Bill trasplantados a la era del plástico. En otras palabras, un disfraz de circo.

Connington, el vaquero tejano de tostada y curtida piel, y Contecorvo, el pálido *cowboy* neoyorquino, se encontraron, pues, en el aeropuerto de Miami, extravagantes los dos, entre la gente semidesnuda que pugnaba por salir volando pronto de Norteamé-rica al Caribe.

Los dos tipos eran asesinos a sueldo, entrenados y experi-mentados en matar. Físicamente similares: altos, delgados, robus-tos, rubios, de ojos azules y, además, decididos. Contecorvo, nota-ble diferencia, llevaba un bigote lacio de puntas caídas. Por su estampa y su caminar atlético, los dos podían haber sido confundi-dos, por un observador inteligente, con militares de elite, pero en realidad su experiencia se centraba en la difícil especialidad de la ejecución por encargo. Sicarios profesionales, severos y entrena-dos, no se podría decir de ellos que gozaban matando; sin embar-go, lo hacían sin el menor escrúpulo ni rémoras morales de cual-quier tipo.

Connington se rió en la cara de Contecorvo, ya en el primer encuentro, haciendo mofa de su facha:

—¿De dónde ha sacado ese disfraz de marico, compañero? Es grotesco. Además, desagradable. No lo usará por mucho tiempo, espero…

—Tendrá que aguantarse, amigo —replicó Contecorvo, mo-lesto por el comentario de su futuro socio—. Traigo otro del mis-mo tipo, y son todo el ajuar que llevo conmigo en este viaje.

Connington rezongó algo ininteligible, y prefirió no insistir en beneficio de una pacífica misión conjunta, aunque no se hizo car-go del malhumor de Contecorvo. Como hombre frío y eficiente, los derroches de temperamento no lo impresionaban, ni él se dejaba dominar por aquéllos. En lo que a él mismo respectaba, no se permitía sentimentalismos ni desmadres emocionales. Un repunte de hilaridad se le produjo al enterarse del apellido de su socio, Contecorvo.

—Un *cowboy spaghetti*. Es más de lo que puedo soportar —embromó a su circunstancial compañero de misión, quien no reaccionó, inquieto porque tenía que subirse a un avión y ese solo hecho lo aterraba.

Se registraron los dos expertos, pues, en el vuelo de United Airlines, sección fumadores, que los conduciría a La Paz; uno con disimulados accesos de risa, el otro, ceñudo y al borde de empezar a repartir puñetazos.

Ambos profesionales del crimen habían sido contratados para un trabajo difícil, y muy delicado, a ser realizado en el corazón de Bolivia. Todo su conocimiento del país lo debían a un *western*, que los dos habían visto por televisión, como se informaron mutuamente, titulado *Pat Garrett y Billy the Kid*, una caricatura no sólo de Bolivia, sino de cualquier país sudamericano, y en el que hasta los mexicanos que hacían de bolivianos eran falsos. El asesinato, o la misión, dicho en forma más elegante, había sido arreglado en teléfonos públicos y con mensajes en clave, por fax o telegrama. No conocían a quien o quienes los habían contratado. Una parte importante del pago había sido hecha por adelantado, directamente en sus cuentas privadas. El resto sería cancelado una vez terminada la misión. Los contratantes sabrían del éxito o del fracaso.

—Ustedes van allá, cumplen el encargo y regresan a sus labores habituales, tras unas supuestas vacaciones —le dijo a Connington en el teléfono, y repitió para Contecorvo, la misma voz anónima y lejana—. Nada de quedarse en Bolivia o partir de vagancia —añadió el desconocido—. El compromiso es que, tras la misión, los dos vuelvan a sus casas y derecho retomen lo suyo, a la espera de que los acontecimientos se enfríen y el escándalo se olvide.

»Su armamento lo encontrarán en el hotel. Lo haremos llegar rotulado como equipo científico. Ustedes viajarán limpios de armas —continuaron las instrucciones—. Ojo con la altura en Bolivia —fue la recomendación final de la voz que hablaba por los amos.

Los sufrimientos imaginarios de Contecorvo alcanzaron su clímax al llegar, cuando su organismo, agredido por el largo encierro en el avión, asumió en tierra que se hallaba a cuatro mil metros de altura, y que era necesario echar a andar mecanismos de defensa. Ante la escasez de oxígeno, apareció la fortísima jaqueca llamada soroche, aviso de los centros nerviosos de que el alimento básico de la vida escaseaba, y que permanecerían lanzando señales de alerta hasta que llegara la previsible adaptación. La vida se defiende, vaya. El *cowboy* de Nueva York tenía la esperanza de que los síntomas leídos en un superficial vademécum médico, comprado en alguna terminal de autobuses, fueran pura palabrería; pero sus aprensiones eran tales que la naturaleza venció. El dolor de cabeza lo atacó con saña a poco de bajar del avión. También principió entonces la sensación de sofoco. La taquicardia se hizo presente cuando caminaban, valija en mano, hacia el taxi.

Connington no hizo caso de los resoplidos de su compañero y, más aún, se burló sin ganas de sus pretendidos sufrimientos. Él no sentía nada especial, a no ser una cierta agitación, parecida a la que a menudo le sobrevenía tras un desborde etílico o un desfogue sexual particularmente intenso.

Se aproximaron, tras un trayecto de una media hora en un taxi que los condujo valle abajo, hasta el centro de la ciudad, por un oscuro camino lleno de curvas. Iban en dirección a un hotel viejo y poco atractivo, que los mandantes habían reservado, llamado Hotel Eldorado. Lo encontrarían sumamente básico, según la voz anónima; aunque había encomiado su discreción y la calidad de la cocina. La idea consistía en que pasaran desapercibidos, como un par de gringos relativamente modestos, aventureros livianos y nada de osados, de esos que quieren irse de pesca tranquilos y no pretenden gastar su dinero en hoteles de cinco estrellas. Debían mostrar que no habían volado hasta Bolivia para dormir en los pretendidos lujos del subdesarrollo.

Al fin se detuvieron frente al hotel, de pórtico acogedoramente iluminado, a pesar de lo avanzado de esa noche de viernes. A ambos pistoleros el arreglo les pareció bien, en teoría. En cualquier caso, el hotel era más bien un lugar de llegada para argentinos, brasileños o paraguayos, turistas o profesionales de paso que, por lo general, pertenecían a la categoría de aquellos que contaban su dinero moneda a moneda. Los dos profesionales del crimen se sintieron un poco fuera de lugar en lo que consideraron un hotelucho mediocre, pero rápidamente se habituaron; o más bien se resignaron. No cabía espacio para reclamaciones en un país bastante extraño, por decir lo menos.

Connington quiso salir esa misma noche a conocer los *night-clubs* que, según el elocuente taxista que les había tocado en suerte, y que para su sorpresa no los había estafado con la tarifa, existían por doquier en las cercanías del hotel.

—En el Copacabana encontrarán las chicas más lindas arriba del escenario, todas calatitas. Pero no les recomiendo las que acompañan en las mesas. Sólo piensan en sacarle el dinero a los turistas, y son dueñas de mil trucos. Claro que dicen estar dispuestas a irse a la cama con ustedes por un precio irrisorio. Al final, se gasta el triple…

—Cuente más, amigo —lo interrumpió Connington, comenzando a entusiasmarse.

—En el Paradiso, que se halla al lado, no pasa gran cosa sobre el escenario —prosiguió hablando el hombre, casi invisible en el oscuro carruaje de marca japonesa, desvencijado y ruidoso, abierto al frío y los hedores que provenían del exterior. La noche seca del altiplano no era precisamente perfumada, sino intensamente maloliente—. Pero las chicas de las copas son una maravilla. Puras cruceñas, algunas de buena familia, altas, de ojos verdes, las mujeres más lindas del mundo, señores. Pero no aceptan avances sexuales. Aunque les pueden indicar dónde acudir. También existen el Karakunka, el Mil Estrellas y el Botón de Oro. Todos muy buenos. En este último hay más travestís que mujeres. Cuidado con confundirse. No sé cómo hay gente que le gusta eso —rezongó el chofer, escupiendo por la ventana y dando rienda suelta a sus fobias—. Maricos. Culeros. Hijos de su madre…

En el hotel les habían asignado dos cuartos separados, bien que unidos por una puerta de comunicación. Teddy Contecorvo se negó a cualquier intento de salida en busca de juerga. Bob Connington reclamó ante la negativa de su colega, pero el otro murmuró algo así como que lo último que deseaba, en ese momento, eran mujeres o licores. Sólo aspiraba a tratar de dormir. Connington se largó a su cuarto furioso, impotente para tomar ninguna iniciativa individual. Parte del contrato firmado les exigía no separarse el uno del otro, a menos que fuera un asunto obligado para el éxito de la misión, o una cuestión de vida o muerte.

Para consolarse, Bob Connington se encerró a mirar televisión y beber las cervezas que había ordenado al servicio de habitaciones. Se aburrió un par de horas con la sosa programación de la TV cable. Se extrañó un poco del insomnio que lo había invadido, pero lo atribuyó al largo viaje y el cambio de clima, y no se le ocurrió asociarlo a la mayor altitud; además, no era raro que se desvelara cuando se hallaba furioso.

De tanto en tanto oía los gemidos de Contecorvo, quien no podía con una cefalea que seguramente le estaba reventando la cabeza.

—Te lo mereces, tonto del culo —le gritó, ajeno a cualquier asomo de piedad hacia su sufriente socio. Contecorvo se había tragado ya media docena de aspirinas, más unas tabletas de nombre ridículo, Sorojche Pills, y sorbido varios litros de infusión de hojas de coca («mate» de coca); si bien, para su desgracia, nada de lo anterior parecía surtir efecto.

Teddy Contecorvo pertenecía a una familia neoyorquina de rancia estirpe, según el lugar común, aunque no precisamente debido a la nobleza de la sangre. Sus abuelos y sus padres habían sido disciplinados miembros de la mafia, de aquellos cuadros secundarios que solamente aparecían mencionados en los diarios cuando caían asesinados junto a sus jefes, o en las guerras entre pandillas. No obstante, los Contecorvo estaban reconocidos como una familia antigua, mafiosos de tradición, fieles a las grandes hermandades sicilianas y siempre dispuestos a emprender las tareas más humildes, incluso aquellas que nadie aceptaba por lo sucias o siniestras. Los Contecorvo estaban orgullosos de esa aureola de leal medianía, y eso se propagaba de generación en generación.

Su madre, sobre todo, a quien apodaban la *Madonna Nera* («virgen negra»), todavía viva aunque ancianita, poseía un historial espectacular de asesinatos por encargo; y ninguna condena gracias a su excepcional belleza de italiana del norte (en sus tiempos arrancaba suspiros con su melena rubia, y su figura pequeñita, su fino cutis mate, sus ojos profundamente oscuros, su larga y aristocrática nariz), con la que inteligentemente había logrado seducir a cuanto juez, fiscal o comisario que se le había puesto delante. «Eran otros tiempos, *mamma* —la embromaba su hijo—, hoy por hoy la belleza clásica no conmueve a nadie.»

Cuando las mafias de la droga hicieron su entrada en la posguerra, sustituyendo a las viejas organizaciones ligadas al licor, la prostitución o el juego, las nuevas hornadas Contecorvo se transformaron en eficaces ejecutores al servicio de un importante consorcio con sede en Boston, una de cuyas zonas de operación más importantes se hallaba en Bolivia. Este consorcio, siguiendo las mejores prácticas de las grandes organizaciones de la droga, sólo contrataba especialistas de fuera de la ciudad sede, para dar al FBI la mínima posibilidad de establecer conexiones.

Teddy Contecorvo había sido contactado en Nueva York desde Los Ángeles, y llevaba cinco años como ejecutor experto del grupo bostoniano. Mataba científicamente a quien se le encomendara, hombre, mujer, niño o anciana, con el método exigido por el mandante; aunque también podía decidir esto por su cuenta, si buscar el mejor procedimiento formaba parte de la misión. Tipo solitario, introvertido, duro entre los duros, aunque temeroso de las enfermedades, no gustaba de socializar, pero se le reconocía un fiel y serio elemento para el trabajo en equipo. Sus traumas y tics lo bloqueaban cuando se trataba de amistades o diversiones, pero en misión obraba como un cumplidor estricto y disciplinado, ajeno a titubeos.

Bob Connington, por su parte, no contaba con ninguna genealogía mafiosa, pero sí literaria. Su padre había sido un oscuro escritor de cuentos policiales en revistas de baja calaña, despreciado por Bob, su hijo único, ya que en realidad todo su talento consistía en haber vendido como suyos los escritos del abuelo, un alcohólico que nunca publicó nada, pero que dejó miles de páginas manuscritas rechazadas sistemáticamente por las revistas especializadas de la época, como *Black Mask*.

El Connington de esta historia, por más que fuera nieto de un escritor fracasado e hijo de un escritor falso, era pura y simplemente un ex sargento de Vietnam, con amplia experiencia en el seguimiento de personas y en tácticas de encubrimiento de crímenes. No era un asesino profesional, sino más bien un planificador de crímenes. Pero igual se había cargado a unos cuantos, y no le temblaba el pulso cuando había que disparar la pistola sobre cualquiera o reventar a media docena con una metralleta.

El único arranque inteligente que recordaba de su padre era la decisión de comprar una pequeña finca en Texas, donde se había dedicado a la cría de caballos, haciendo así de su hijo un aprendiz de vaquero, lo que luego le dio un oficio, ya que nadie se preocupó demasiado de su educación. Su madre había desaparecido un día cualquiera, siendo él muy niño, por lo que fue criado en forma bastante salvaje por padre y abuelo. Tal oficio de *cowboy* era justamente lo que utilizaba como cobertura para su más rentable actividad de asesino por encargo.

Su mayor orgullo era haberse cargado en una ocasión a un escritorzuelo de novelas policiacas que había intentado engañar al cartel para el que trabajaba, como encargado de la limpieza de imagen a través de artículos en la prensa. Para Connington, tal ejecución había consistido en una forma de matar por orden de otro a su despreciable progenitor, y de vengar de paso al abuelo, que lo entretenía cuando niño con sus historias de crímenes.

Contecorvo y Connington se complementaban, aunque sólo en el papel, por ahora, ya que ésta venía a ser su primera misión conjunta, y estaba aún por demostrarse la eficacia de la pareja. En todo caso, los dos habían asimilado la idea de que parecía fundamental entenderse desde el inicio. Y los dos hablaban algo de español, valga anotar, requisito conveniente para facilitar su tarea.

La misión parecía relativamente simple, pero Connington y Contecorvo sabían, por experiencia propia, que las complicaciones siempre superaban con creces las simplificaciones y suposiciones hechas mientras se programaba la operación. Cualquier detalle podía surgir de improviso, a cualquier nivel, y transformar en un infierno el caso más sencillo. Digamos más bien que esta situación era la norma y que las tareas de su especialidad se alejaban de cualquier asomo de rutina. En realidad, se podrían contar muchas más misiones fracasadas que exitosas, con una altísima mortandad de sicarios que cometieron equivocaciones. Y en este sentido los dos expertos se sentían con justicia superiores: habían logrado sobrevivir a todas sus misiones… Y algunas de ellas habían sido francamente violentas.

En el avión, semivacío, se cambiaron de asiento a un área sin pasajeros y analizaron la misión encomendada, intercambiando la información proporcionada oralmente. No había nada por escrito. Se trataba de asesinar a un personaje molesto para las actividades de la organización. Un personaje tan sencillo como el hijo de un hotelero boliviano que alguna vez fuera ajusticiado —por otros, no por la pareja Connington-Contecorvo— y que estaba intentando, por segunda vez —según los datos entregados a los profesionales—, hacer averiguaciones sobre la muerte del padre. Era, sin embargo, un hombre sin mayores conexiones con la policía, el gobierno de turno o la embajada norteamericana. Un simple rompehuevos inocentón, apellidado Machicao, básicamente inconsciente del peligro que corría. Pero la organización no quería sobresaltos por causa de un tipo enredoso. Bastantes problemas tenían ya, tanto a escala local como internacional, para permitir que un advenedizo complicara aún más la situación. Y se trataba, lo peor, de un entrometido con información, que había logrado averiguar algunas cosas. Poco importantes, tal vez, pero potencialmente peligrosas.

Así es como Bob Connington y Teddy Contecorvo llegaron esa noche de fines de abril a La Paz para ajusticiar al doctor Antonio Machicao, el hijo de un hotelero también pasado a mejor vida, y sospechoso de estar iniciando una nueva ofensiva contra la organización de la droga —su nombre en clave era «Proyecto Antigüedades»—, a pesar de haber sido advertido, nada sutilmente, de que más le valía no empeñarse en una tarea tan azarosa.

III

Yungas

—Más que efectuar una investigación en la zona, he aceptado venir contigo para impregnarme del espíritu del lugar —advirtió el detective Melgarejo a su amigo Antonio Machicao, una vez que hubieron salido de la piscina. La menor altitud y el clima suavemente tropical de Chulumani habían puesto a ambos paceños de buen humor y con apetito voraz. Se habían instalado en bañador y con el pelo mojado a cenar en la terraza del hotel.

Frente a una gran quebrada por donde corría un arroyuelo de aguas cristalinas, rodeado de colinas, verdes debido a la profusión de bananos, palmas y árboles variados, el hotel ofrecía una vista que favorecía la placidez. Abajo, entre los matorrales, notaron un pequeño grupo de unos enormes pájaros negro-amarillos de largas colas, por su aspecto pertenecientes a la familia de los cuervos, que dialogaban con extraños pitidos y golpes de pico. Machicao no sabía el nombre de tales pájaros, pero no le importó mucho. Igual gozaron de sus gráciles y cortos vuelos, que no se extendían más allá de un extremo a otro de la quebrada frente al hotel. De seguro aprovechaban los desperdicios del establecimiento. Había también en la zona algunos tipus en flor, que destacaban como banderas rojas en medio del exuberante verdor.

Toño Machicao se sintió tentado con las suculencias de un *silpancho* —gigantesca escalopa de carne acompañada con arroz, le-

gumbres, huevos fritos y frijoles, verdadera bomba culinaria cochabambina— y Melgarejo prefirió inclinarse, más sobriamente,
por un guiso de carne de cerdo con papas naturales —el cuchi es
especialidad regional— y un surtido de ensaladas. Todo bien apoyado por las respectivas Paceñas, heladísimas.

En una mesa vecina se apiñaba un grupo de una docena de
gringos de mediana edad, hombres y mujeres. Silenciosos, le hacían profusos honores a una mesa literalmente atiborrada de vasos
de licores fuertes —whisky, gin, ron—, botellas de cerveza y Coca-
Cola, ceniceros repletos de colillas, bandejitas con maní salado y
castañas de cajú. De tanto en tanto alguien profería algunas palabras y unos cuantos se reían. Parecían llevar horas en lo mismo.
Los dos amigos comprobarían después que, efectivamente, los
gringos se pasaban todo el día más o menos en idéntica actitud.
Cuando el sol pegaba demasiado fuerte o principiaba a llover, dejaban la piscina y partían al comedor.

Observaron divertidos a uno de ellos, sesentón, ponerse de
pie y dirigirse tambaleando en busca del baño... con su botella
de cerveza en la mano. Altísimo y muy flaco, aunque barrigón a
causa del trago, con sus *jeans* desteñidos, sus botas de cuero ama-
rillas con incrustaciones metálicas y su camisa a cuadros, parecía fi-
gurante de una película de *cowboys*.

—Creo que son traficantes de droga en vacaciones —le informó Machicao al detective—. Míralos bien, tienen familia y todo.
Incluso algunos vienen con niños. Parecen funcionarios. Están
programados para la discreción total. Ni borrachos sueltan información. Pero viven con los nervios de punta. Por eso son tan silenciosos...

—De boca cerrada no salen moscas —susurró Melgarejo.

—Un pedo, hermano —lo apoyó Machicao.

—¿Cómo sabes que son miembros de los carteles?

—Estoy casi seguro. No lo sé con certeza, no puedo probarlo,
claro. Nadie podría. Conocí a mucha gente así durante la investigación del caso de mi viejo, individuos con la degeneración a flor
de piel. Veremos a muchos más como éstos en los próximos días...

—Hay uno que nos observa —murmuró el detective—. Aquel con barbita de académico y pipa recta. ¿Será el jefe?

—No necesariamente, Isidoro. El líder puede ser también el jovencito de aspecto hippie que toma cubalibre o tal vez la rubia chica ésa. ¿Has notado cómo fuma? ¡Pero qué loca, hermano! Si prende un cigarrillo tras otro…

—Y con el niño en brazos —murmuró Melgarejo—. ¡Vaya imbécil!

En eso vieron que la mujer se levantaba, también en dirección al baño, mientras el bebé empezó a berrear porque lo había depositado sobre una silla. La rubia caminó llevando apretada en su mano izquierda la cajetilla y el encendedor, y en la derecha un cigarrillo encendido. No se tambaleaba como el otro, pero su andar rígido y la sonrisa idiota que se le pegaba a la cara denunciaban que su embriaguez no era menor que la de sus acompañantes. Sin contar con que se la percibía intoxicada, de tanto respirar humo de tabaco.

—En realidad tienes razón cuando afirmas que deben ser funcionarios —reflexionó Melgarejo, bebiendo con placer un sorbo de su Paceña—. Me imagino que el tráfico de droga lo hacen verdaderas empresas, y muy bien organizadas, como corresponde a un rubro industrial competitivo. Y seguramente hay promociones, incentivos de producción y carrera profesional… Por eso se les ve tan tensos, pienso —añadió el detective, mientras hacía señas para pedir otra cerveza—. Tienen miedo de lo que hacen. Se protegen entre ellos… y a la vez se vigilan.

—¿Pero serán capaces de asesinar? —preguntó Machicao.

—¿Éstos? Difícil, hermano —replicó el detective—. Estos que vemos son unos despojos humanos. Quizá lleguen a matar; pero profesionalmente, lo dudo. Ahora, lo que cuenta es que tal vez nos lleven a los asesinos…

—¿Tú crees?

—No me refiero a los de tu padre, sino en general a los encargados de asesinar en el mundo de la droga. Posiblemente nos hallemos lejos de los que buscamos, pero es una hebra. ¿No te parece?

—Puede que tengas razón, Isidoro. ¿Qué hacemos?

—No estoy seguro. Tal vez deberíamos tratar de confraternizar un poco con ellos. Pero hagamos algunas averiguaciones antes.

Esa misma tarde, así que hubieron descansado, invitaron al administrador del hotel a tomar el té con ellos. Se trataba de un viejo conocido de la familia de Machicao, residente en la zona aunque oriundo del altiplano. Tenía, como mucha gente, una vaga idea del crimen del padre del dentista, aunque no se acordó ni se sintió obligado a tocar el tema. Más bien se puso a hablar de su hotel, de lo abandonado que estaba en temporada baja, y de la caída general del turismo a causa del desorden económico en el país. Se notaba que era un hombre ávido de comunicación, debido seguramente a la prolongada soledad a que lo obligaban sus funciones. Discretamente, lo interrogaron acerca del grupo de gringos.

—No se meten con bolivianos —fue la respuesta del administrador—. He intentado ser amable con ellos, pero no aceptan nada que no sea lo estrictamente correspondiente al servicio.

—¿Han tratado otros huéspedes de hacer amistad con ellos? —preguntó Melgarejo.

—He visto a algunos acercárseles, pero los gringos a lo más sonríen y siguen en lo suyo. No les recomiendo que los aborden —añadió el viejo, con una mueca que se podría interpretar como de desprecio—. Son intratables. Se creen superiores…

—¿Y a qué se dedican? —intervino Machicao.

—No sé, señor. Y no me interesa. Tengo demasiado trabajo como para además preocuparme de ellos. Son correctos, pagan lo que consumen, no hacen escándalo. No necesito más.

—¿Hacen algo más aparte de beber? —preguntó Machicao, en forma un tanto ansiosa. El administrador lo miró de manera un poco rara, lo cual preocupó al detective Melgarejo. No deseaba que se sospechara de ellos.

—¿Puedo preguntarle, señor —dijo el hotelero—, por qué les preocupan estos americanos? A mí me parecen inofensivos y carentes de interés…

—Es pura curiosidad —se vio obligado a intervenir Melgarejo—. El doctor Machicao es de familia de hoteleros y todavía lo desvela la clientela potencial. Vamos, Toño, salgamos —cambió de tema—. Te propongo un paseo vespertino por el pueblo. Me imagino que se puede llegar a pie. ¿Es posible? —añadió, dirigiéndose al viejo.

—Por supuesto, caballeros —respondió—. Es una agradable caminata de media hora para llegar allá. Como irán de bajada por el borde del cerro, podrán disfrutar de la puesta de sol. Llegarán para cenar, me imagino…

—Con mucho gusto —replicó Melgarejo—. ¿Qué nos va a ofrecer?

—Les tendré una parrilla, arroz frito, choclo tierno y mote ¿Está bien?

—Excelente —aplaudió Machicao—. Y ponga a helar unas cervecitas. ¿Tiene Taquiña, por variar? Nos sentimos tropicalizados esta noche, como dice la propaganda.

—Por supuesto señores, vayan tranquilos.

Se despidieron con risas. El trayecto fue efectivamente una fiesta. La estación era pródiga en flores y la vista se perdía en oleadas de rojos, amarillos y azules. Había también muchos pájaros, que competían con sus trinos y vuelos. Entre ellos los tojos, o *uchis*, que así se llamaban los pájaros amarillos que habían encantado a Melgarejo, según les informó un campesino.

Por todos lados se imponían las plantaciones de coca. Pequeños cultivos, naturalmente, para uso local. Igual su presencia dotaba al paisaje de un halo maléfico imposible de soslayar. Sobre todo se notaban manos organizadas en los cultivos: terrazas, hileras muy rectas, aprovechamiento integral del suelo. No tenían nada que ver con los desordenados cultivos tradicionales del arbusto, originariamente una planta silvestre.

Melgarejo recordó para sí el apelativo de la especie que se cultivaba para hacer cocaína: coca huanuco. Repitió el nombre varias veces. Se estaban moviendo en el mismo corazón de la droga, el lugar donde esa plantita originalmente silvestre había sido utilizada por generaciones de indígenas, domesticada y transformada en planta de cultivo y culto. Desde antes de los incas, le susurró a Melgarejo una voz interior.

—Iremos a visitar las ruinas del hotel, donde fue asesinado mi tata —musitó en un momento Machicao—. El lugar se halla al otro lado del pueblo, en la salida hacia Irupana, en ruta hacia la selva interior...

—Si no te importa, hermano —repuso el detective, interrumpiendo a su amigo—, prefiero que lo dejemos para mañana. Mirá, tranquilo, lo haremos, estudiaremos el lugar, pero más reposadamente. Ahora, recorramos el pueblo en forma relajada, si te parece.

—Como tú quieras, Isidoro. Y perdóname, compadre, que me halle tan ansioso.

En Chulumani era día de mercado, y había bastante ambiente. Se vendía de todo en la calle, en particular productos agrícolas. Mucha fruta, sobre todo tropical: ananás, mangos, papayas. Y también uva de la zona, guayabas, sandías, bananitos. Melgarejo saboreó, como era su costumbre y placer, el colorido de la feria, venciendo apenas la tentación de probar cada cosa, de conversar con cada cholita, de bromear con los negros que se veían con cierta profusión. Esta población de color provenía de esclavos que en tiempos de la colonia fueron llevados al altiplano a trabajar en las minas, y que al no resistir el clima y la altura, arrancaron hacia las tierras bajas.

Había, por cierto, petardos, música e incienso. Además de fritanga, variedad de empanadas y abundante licor. Las callecitas estrechas y empedradas se aferraban a las curvas de nivel, ayudando a minimizar el esfuerzo de trepar. Tenía muy buena luz Chulumani, gracias a la energía suministrada por una represa cercana, de modo que el deambular era sumamente seguro, incluso para los que se habían propasado con la cerveza o el singani, el aguardiente local.

La electrificación, subvencionada para ayudar al combate contra la coca y estimular la creación de actividades productivas alternativas, en realidad tenía un efecto contrario, caviló el detective, ya que hacía su actividad más barata y menos visible, sobre todo por los humos que generaban sus procesos de refinación que requerían quemar queroseno y utilizar ácidos y diversos reactivos.

—Vamos a la plaza Mayor —propuso Machicao—. Es bastante animada. De allí parten los transportes, hay algunas cantinas y se escucha música. ¿Te parece?

—Pues vamos, hermano —respondió Melgarejo, que a esas alturas no se había aguantado las ganas y estaba atacando una empanada de queso comprada a una viejecilla, que lo había convencido, sin argumentar demasiado, que si no procedía al instante, se agotaban.

Se veían unos cuantos turistas, sobre todo jóvenes excursionistas de mochila, casi todos en grupos. Europeos y norteamericanos en su mayoría. Sentados en los bancos de la plaza esperaban, seguramente, la salida de sus transportes, mientras comían fruta y tomaban agua de botellas selladas. La música la acaparaba una pequeña murga de negros que le daban a una mezcla de ritmo de salsa y melodías criollas, lo cual no sonaba tan terriblemente mal. A Melgarejo, melómano exigente, si bien de criterio amplio, le gustó particularmente un taquirari interpretado con brío y alborozo.

—Mira a esos gringuitos, Toño —le comentó el detective a su amigo, un vez instalados en un banco que dominaba desde una esquina casi toda la plaza, con la iglesia catedral a sus espaldas—. No pueden estar quietos. Siempre se los ve apurados a esos jóvenes, siempre de acá para allá. Quiéranlo o no, les resulta imposible sacarse de encima la neurosis de sus sociedades avanzadas.

—Te advierto que muchos de ellos son clientela de las mafias de la droga, Isidoro —replicó Machicao en tono sombrío—, y no te creas que pueden liberarse fácilmente. Observa a ese dúo de gringos con facha de vaqueros que están sentados en esa mesita. Allá, en el bar de la esquina —señaló con un gesto.

—Espera… Fíjate, hermano —anotó Melgarejo—, los dos están vestidos como *cowboys*, pero sus vestimentas son diferentes…

—Sí, uno se ve más natural que el otro.

—Igual parecen mellizos.

—Como nosotros, tal vez.

En efecto, ambos amigos eran físicamente parecidos, altos, de cabello oscuro, delgados, aunque con cierta tendencia a echar barriga y peinar canas. Ambos tenían ojos negros, pero los de Melgarejo eran más grandes y con largas pestañas, lo que le daba un cierto aire árabe, acentuado por la cuidada barba que se dejaba crecer. Machicao, con sus grandes cejas y su pelo liso, al revés del ligeramente ondulado de Melgarejo, se veía más cercano al prototipo del caballero español.

—Posiblemente, qué digo, con mucha probabilidad, esos gringos son contactos de los traficantes —continuó Machicao con su análisis—. No disimulan. Suelen tener residencia oficial en el país, concedida sin mayores trámites por funcionarios nacionales curiosamente permisivos.

—¿Qué quieres decir con eso de contactos de los narcos?

—Son gente que no pertenece directamente a la organización. Carecen de información sobre los lugares donde se refina, los aeropuertos clandestinos o los puertos fluviales de embarque. Es decir, que si los pescan están limpios. Pero prestan servicios importantes para lavar dólares, reponer equipos o vituallas y otros menesteres.

—Necesitan alguna pantalla, me imagino.

—En general las tienen. Oficialmente son representantes de firmas yanquis, vendedores viajeros, expertos internacionales... Cosas así.

—Bien silenciosos, también —comentó Melgarejo, tras un rato de observarlos.

—Con los locales, claro. Pero si otro gringo los aborda, se ponen locuaces. Ahorita, si se les pide información con ciertas frases claves que sólo ellos conocen, y una vez que se han asegurado de que su interlocutor no es un agente de la CIA, por supuesto, le dan pistas para llegar a la droga. Se hacen pasar por consumidores ellos mismos.

—¿Andan también agentes por estos lados?

—Muchos menos de lo que el pueblo cree. Y cuando aparecen, son tan obvios que llaman a risa. Disfrazados. Absurdos. Los narcos los distinguen de inmediato y toman sus precauciones. Siempre están atentos por si algún mochilero pudiera ser un soplón camuflado. Tienen entrenamiento…

—Atento, Toño. Mirá, viejo. Uno de los borrachos del hotel se ha acercado a ellos.

—¡Caráspita! Tienes razón, hermano. Es el académico, como le llamas. Parece que se conocen.

—Nada. Agua de borrajas, amigo. Sólo le estaba pidiendo fuego para su cachimba. Creo que nos estamos volviendo un poco exagerados, hermano. Más calma…

—Es que les tengo tanta grima, hermanito.

—Entremos a la iglesia, que está por empezar el ángelus —propuso Melgarejo.

—Andá tú, viejo. Yo te espero aquí fumando un pitillo.

Melgarejo era católico, pero practicaba la religión a su manera. Un cristiano tibio, en cualquier caso. Algún domingo iba a la misa temprana de San Francisco, no porque lo obligaran, sino porque le gustaba, y se sentía lleno de un fervor y una alegría serenos que, muy en el fondo, lo retrotraían a su infancia. Una infancia de rezos, ritos, confesiones y penitencias. En el modesto templo de Chulumani, el detective se arrodilló por unos minutos y oró por la viejita que le había vendido las empanadas. No por otra cosa. Así era el catolicismo del detective Isidoro Melgarejo Daza. Emotividad pura.

La verdad es que los Yungas lo habían ganado una vez más con su magia. Recordó los elogios hacia ese territorio, como los escritos apasionados de la norteamericana Mary Robinson, que él mismo había reeditado, quien a principios del siglo XX quedó fascinada con la vegetación exuberante y la gracia de los ríos fragorosos y los arroyos murmurantes, esos torrentes que bramaban o gemían.

Como buen boliviano culto, Melgarejo se había informado sobre las bendiciones o maldiciones de la coca, siempre codiciada, arrebatada al Collasuyo, el reino local, por el gran imperio Tawantinsuyo. La coca fue monopolio real durante el apogeo del estado incaico, privilegio de las elites, la nobleza, el clero. Y era Yungas, con su clima semitropical encerrado entre los flancos de la cordillera Real, la que proveía la planta divina.

Emprendieron la vuelta al hotel en pleno ocaso, cuando la puesta de sol se hallaba en su apogeo. Rápidamente empezó a oscurecer. Entraron al hotel ya de noche. El señor Enríquez, el amable administrador, tenía la mesa dispuesta para ellos. Apenas entraron los agasajó con sendos pisco-*sour* por cuenta de la casa. Los gringos aún permanecían sentados en la mesa alrededor de la piscina, aunque con algunas bajas. Los demasiado borrachos para sostenerse en las sillas habían partido a hundirse bajo las sábanas; y los aventureros, como el supuesto catedrático visto en el pueblo, al parecer se habían atrevido a salir para explorar el terreno.

La cena fue agradable, aunque un tanto pesada. Por hacerse el amable, el propietario había agregado a la parrilla unos gruesos chinchulines. Un whisky postrero acompañado de unos cigarros puros que Machicao sacó a relucir los ayudaron a completar la jornada. El detective estaba cansado y se habría saltado feliz la última parte del programa, pero no habría osado abandonar a su amigo, que era quien pagaba los gastos, por demás. El señor Enríquez se les unió pronto, ansioso por socializar. No desdeñó un trago, pero prefirió el singani en lugar del whisky.

—¿Cómo puede tragar ese culiperro, don? —lo embromó Machicao.

—Lo producimos por acá —replicó el administrador del hotel—. Prefiero doblar la esquina con veneno conocido, doctor.

Rieron con la salida del viejo, su anacrónico modismo. Hablaron acto seguido de la vida en los Yungas, del turismo y, sin saber bien cómo, desembocaron en el tema del narcotráfico.

—La desgracia de la patria, caballeros —afirmó el administrador del hotel—. Mientras no salgamos de eso, difícilmente tendremos una convivencia decente en Bolivia…

Melgarejo decidió permanecer silencioso por un rato. Como le ocurría con frecuencia, notó inmediatamente que la animación disminuía en su pequeño grupo, y que los vacíos de conversación se empezaban a hacer frecuentes. Era una facultad extraña que él creía poseer, la de transmitir su estado de ánimo a los que lo rodeaban, y que solía utilizar en provecho de sus investigaciones. Forzó un poco más la situación recurriendo asiduamente a su vaso de whisky *on-the-rocks*, lo cual también contagió a sus contertulios. Cuando se percató de que el señor Enríquez estaba bastante achispado, se agachó hacia el viejo y le preguntó a quemarropa, sin preámbulos:

—Don Enríquez, ¿cree usted que estos gringos del hotel tienen que ver con el negocio de la droga?

El viejecillo se puso bizco y casi se atraganta con el aguardiente, pero no pareció demasiado sorprendido con la pregunta. Al revés. La esperaba. Más bien, se sintió orgulloso de ser fuente de información para tan conspicuos caballeros. Con voz estropajosa, respondió:

—No soy una boca de escopeta. Pero tampoco quiero hacerme el chancho rengo. Como boliviano de raza, soy mañudo pero no sonso… Todos ellos trabajan para los narcos. Sí, señor. Seguro. Se lo digo yo. Ésta es la tercera vez que vienen para acá, y segunda en el año. La cuenta de sus gastos la mando directo a La Paz. En dólares. Ellos no tienen límite de gastos…

—¿Y cómo sabe que son de la droga? —lo acosó Melgarejo.

—Porque son asquerosos, señor. No tienen nada que ver con los turistas normales. No tocan la droga, porque los echarían de la organización, pero tienen todos los demás vicios que usted quiera imaginar. Desprecian a este país, caballeros…

—Me impresiona —insistió Melgarejo—; sin embargo, usted no nos ha dado pruebas.

El hombre se molestó, pero como era muy educado no dejó traslucir sus sentimientos. Melgarejo lo estaba vejando a propósito, para que soltara la información.

—Dígame, caballero. Le voy a hacer yo a usted una preguntita. ¿Qué hace una empresa de negocios en antigüedades y arte colonial, con oficinas en La Paz, pagando las vacaciones de esta gente? Porque allá me dirijo yo para cobrar. ¿Los ve usted a estos borrachos podridos como gente del arte? ¿Ah? Contésteme.

—¿Cómo se llama la empresa esa de arte? ¿Y las pruebas? —lo siguió acosando Melgarejo.

—Por favor, papacito —rogó el viejo, dudando entre su orgullo herido y el miedo a hacer revelaciones comprometedoras—. No me ponga en aprietos. Vea usted. Entre estos gringos hay tipos violentos, cuando no asesinos —expresó en susurros.

Melgarejo y Machicao permanecieron callados a fin de no espantar el deseo oculto del viejo de lucirse con alguna información adicional. Para darse ánimos, el administrador bebió un largo trago de su singani puro. El señor Enríquez era un mestizo bajo, moreno y peliblanco, de nariz aguileña y ojos enrojecidos. Un retrato, casi caricatura, del boliviano medio. Era evidente que Melgarejo y Machicao, tipos altos y de trazas más hispánicas que otra cosa, apabullaban al insignificante administrador.

Pasaron como cinco minutos en un mutismo absoluto, hasta que la tensión no pudo con el viejo y dijo, no sin antes mirar ansiosamente a todos lados:

—Ellos no saben quién es usted, doctor Machicao, ni se hallan intrigados por su amigo. Los escuché hace un ratito en la mesa. Yo estaba sirviendo bebidas y no se inmutaron con mi presencia. Ignoran que entiendo algo de inglés. ¡Que Dios me libre! Soy un boca de trapo —añadió, autoinsultándose para espantar el miedo.

—¿Por que tendrían que saber algo de nosotros? —preguntó Machicao, nada alarmado, al revés, tranquilizado ante la declaración del hotelero.

—Ninguna razón, señor. Sólo digo que no saben nada de ustedes, ni les interesa —insistió el viejo un tanto irritado—. Mencionaron que ustedes lucían como caballeros de alcurnia. Se burlaron…

—¿Recuerda quiénes estaban en la mesa? —preguntó Melgarejo.

—Casi todos. El señor de barbilla, estoy seguro. También el joven de pelo largo que anda semidesnudo, y el otro flaco que se parece a Roy Rogers. Y el gordo ridículo de *shorts*, claro. También había mujeres, las dos gordas y la rubia. Pero eran los hombres los que hablaban de ustedes. El de barbilla es el jefe, según creo.

—Supongo que usted escuchó todo esto mientras nosotros andábamos por el pueblo, ¿verdad? —preguntó el detective.

—Así es, caballero. Luego se dispersaron. ¿Cree que hay que preocuparse? Luego el de barbilla y pipa partió con prisa hacia Chulumani. ¿Se cruzaron con él?

—Me parece que no —respondió Melgarejo con tranquilidad, pero su tono revelaba preocupación.

IV

Illimani

Al día siguiente de su arribo a La Paz, Connington y Contecorvo durmieron hasta tarde. Una vez que lograron neutralizar a camareras, lavanderas, botones y demás inoportunos que golpeaban la puerta del cuarto —obviamente querían hacer pronto su trabajo, a costa del sueño de los pasajeros, viejo vicio de la hotelería paceña—, se permitieron dormir hasta casi mediodía, hora en que bajaron a un tardío desayuno. Sus instrucciones eran escuetas y precisas: permanecer en el hotel y esperar noticias del contacto. Nada de esto los sorprendió demasiado, ya que estaban habituados al *modus operandi* un tanto misterioso de la organización.

Connington se sentía en plena forma, si es que esto se podía aplicar a quien nunca se agitaba por pequeños detalles, como, por ejemplo, la salud, el clima o los estados de ánimo. Contecorvo, por su parte, había logrado superar lo peor, y aun cuando no se hallaba como para una maratón, estaba un tanto reconciliado con la vida. La farmacopea había, finalmente, aportado lo suyo. Los socios se hallaban, pues, en condiciones de ordenar un *brunch* (como llaman los gringos a un desayuno tardío) lo más abundante y suculento posible, pues lo necesitaban. Los poderosos corpachones que se gastaban reclamaban una urgente reposición de la biomasa perdida durante la breve, aunque dura, aclimatación a la altura.

La espléndida luminosidad matinal de La Paz encantó al tejano, que abrió de par en par las ventanas de la habitación para recibir el reconfortante golpe del frío aire andino. Respiró profundo y llamó al neoyorquino para que compartiera con él tal sensación. Pero Contecorvo, al revés de Connington, no era afecto a la naturaleza cruda, y sólo hizo un gesto de desagrado, para enseguida protegerse tras sus gafas más oscuras, las que casi no se sacaría durante toda la misión, por lo demás.

Instalados en el restaurante del hotel, ubicado en la *mezzanine* del edificio, con vista a la plaza del Estudiante, donde comienza el paseo del Prado, recibieron la visita del contacto. Tamaña sorpresa les produjo el personajillo, que irrumpió con pasitos breves y sonrisa televisiva. Se trataba de un predicador metodista, negro, de cuerpo rechoncho y calva brillante, con cuello duro y todo, que les informó, apurado, en su pesado acento de Nueva Orleans —iba atrasado a su acto litúrgico dominical, según explicó— que al día siguiente los pasarían a buscar temprano para llevarlos al aeropuerto.

Con una voz cansina y ronca, como de cantante de *blues*, el pastor de almas les dijo:

—El Señor ha decidido liberarlos de la penitencia de llegar a Yungas por tierra. Serán trasladados en un helicóptero privado. Pertenece a uno de los nuestros. Se les llevará desde aquí al helipuerto. Alabado sea el Salvador —se permitió añadir, mientras secaba su sudor—. Llegarán a una hacienda cercana a Chulumani —prosiguió tras expeler un par de toses cavernosas y escupir en un pañuelo arrugado—, donde encontrarán un taxi listo para transportarlos a un hotel en el área llamado Hotel Amazonas. Repito: Hotel Amazonas. No hagan contactos. No pregunten por nadie. No llamen la atención —repitió, observando a los pistoleros con sus ojos amarillos y abultados de enfermo de la tiroides.

Contecorvo trató de decir algo, pero el pastor lo interrumpió con un gesto rebuscadamente eclesiástico de su mano derecha, dedos índice y medio levemente alzados, como a punto de dar la bendición.

—Se instalan en el pueblo a descansar, beber y a mirar. La vuelta a La Paz, a este mismo hotel, corre por cuenta nuestra, con

otro helicóptero, que los transportará una vez completada la tarea.
Si el Creador lo permite con su inmensa bondad —se permitió
adornar su discurso, poniendo los ojos en blanco, mientras Connington iba torciendo cada vez más la boca en un gesto de repugnancia—. El doctor Machicao se halla en ruta hacia el área, acompañado de un amigo. Se ha hecho seguimiento de todos sus
movimientos. Tendrán que encontrarlo para cumplir su misión.
—Y repitió—: Habrá un único contacto en terreno que los apoya-
rá. Cumplida la misión, ustedes ya tienen sus instrucciones para el
regreso…

—¿Qué pasa si hay dificultades? —dijo Contecorvo en voz
baja.

—¿Cómo dice? —preguntó el pastor, haciéndose bocina con
la oreja. Obviamente, padecía de sordera.

—¿Qué hacemos si hay problemas? —habló esta vez Connington, en un tono algo más alto. Tampoco quería que la conversación se escuchara por todo el comedor del hotel, bastante con-
currido por lo demás.

—Alabado sea el Único —murmuró el reverendo en un tono
que más parecía una imprecación que una loa a su dios—. Habrá
un único contacto en terreno. Los hallará a su llegada. No lo bus-
quen —reiteró, sin dignarse responder a la pregunta del pistolero
y mirándolo con desprecio a través de sus ojos enrojecidos, como
dudando de la competencia de tal par de payasos disfrazados de
cowboys para cumplir una tarea tan delicada—. Ustedes deberán
superar las dificultades…

—Si fallamos en Chulumani, ¿podemos completar la misión
en La Paz o donde sea? —lo interrumpió Connington.

—Naturalmente. Con el favor de Dios. Pero entonces no contarán con apoyo logístico garantizado, a menos que se reorganice la
misión y eso escapa a mi control. Eso es todo… Hasta nunca, señores. Mis ovejas me aguardan. Que el Señor esté con ustedes…

El pastor hizo un amago de bendición, con sus dedos cubiertos de anillos de piedras coloreadas y se alejó, dejando un halo de
perfume a violetas. Connington no pudo reprimir un gesto de asco.

—Y que esté con la puta que te parió —rezongó Contecorvo, una vez que el sacerdote hubo salido. Connington aprovechó para soltar la carcajada que tenía atragantada hacía rato:

—Por eso no creo en nada, amigo. En ninguna maldita religión. Con curas como éste… Pero he conocido peores, en realidad. Una vez vi, con mis propios ojos, a uno que lo hacía con gallinas, compadre. Y no era un puto negro —añadió, mostrando el blanco de los ojos—, sino un auténtico irlandés americano con parientes en Dublín. —Connington no siguió hablando, pues notó el poco interés de su socio en la historia, y prefirió saborear, con deleite de conocedor, su jarra de Paceña, la cerveza local. Contecorvo no se había atrevido a probarla, temiendo un nuevo ataque de soroche, y comía apenas acompañándose con una taza de mate de coca.

—La buena cerveza se reconoce por el agua, compañero —pontificó Connington—. Nada de desclorinados, filtrados o depurados. O es agua pura, de manantial si es posible, o la cerveza es pura mierda. Como la que tomamos por allá…

Terminada su comida, los socios salieron a dar una breve caminata. Frente al hotel se hallaba la sede de la universidad, la cual vieron tomada por una manifestación de estudiantes que vociferaban consignas. Había unos tipos crucificados a las rejas y unos cuantos, las caras cubiertas por máscaras, lanzaban petardos. Un enorme lienzo explicaba la razón del descontento: «Comedor o muerte. Venceremos». Otro más pequeño, bastante críptico para los gringos, rezaba: «Moriremos si somos sonsos».

—¿Qué les pasa a estos pendejos? —preguntó Contecorvo a su compañero.

—No sé ni quiero saber —replicó Connington. No se acercaron a los manifestantes, no les convenía meterse en líos. Enfilaron, pues, en dirección al centro de la ciudad. Esta vez el imperturbable Connington se percató de que vivir en las alturas no era igual que hacerlo a nivel del mar. La topografía de La Paz los obligó a subir y bajar colinas, y a las seis cuadras los dos gringos echaban los bofes. Sacando la voz entre los jadeos, Contecorvo aprovechó para vengarse y acosar a su socio:

—¿Y bien, colega? ¿Todavía quiere jugar al perdonavidas?

—Me siento como si tuviera diez años más. Como si hubiera envejecido repentinamente. Curioso —replicó Connington, aunque sin dar mayor importancia a la pulla de su compañero de misión.

Llegaron así por el paseo del Prado hasta la iglesia de San Francisco, se entretuvieron un rato en las ventas de artesanía, sobre todo con los amuletos y las brujerías. Contecorvo hizo gestos de asco ante unos fetos de llama, grotescos y malolientes. De allí subieron por Sagárnaga hasta la calle Murillo y la plaza de San Pedro, para volver luego al Hotel Eldorado, bajando por la Cañada Strongest, agotados y sedientos. Pasaron, sin saberlo, muy cerca de la casa del detective Melgarejo, ni se fijaron en el colorido letrero que anunciaba simplemente Imprenta Castrillo. Tras una ronda de cervezas, durmieron una buena siesta, acompañada por repentinas sensaciones de ahogo, pero nada más grave que eso. Al atardecer se hallaban descansados y en condiciones de llevar una vida casi normal.

—Ahora sí que nos vamos de putas, compañero —planteó Connington.

—Con el mayor gusto, amigo —fue la réplica entusiasta de Contecorvo—. Lo merecemos. Mañana nos internamos en la selva. La tradición reza que hay que pasarlo bien la noche antes del sacrificio.

—Me alegro de verte repuesto, amigo. Ya me temía que me había tocado un asceta degenerado por socio…

—¿Un qué?

—Un asceta. Un monje. Un hijo de perra abstemio…

—Que el diablo me lleve. No soy nada de eso. Por lo general se me pone tiesa sin permiso ni aviso.

Contecorvo se dio un golpe en la entrepierna, como para reconvenir a su díscolo miembro viril, lo que fue celebrado con carcajadas por Connington. Ambos socios disfrutaron de veras su noche de juerga en La Paz. Recorrieron varios de los mejores *night-clubs*, y no quedaron nada defraudados con los servicios de unas cruceñas complacientes y cariñosas, que les hicieron olvidar sus sufrimientos de las primeras horas. Pero bebieron con moderación. Connington se atrevió a bailar con alguna de sus acompañantes, no así Contecorvo, permanentemente preocupado por las taquicardias que le venían con cada esfuerzo.

—¿Qué tal, compañero? —le preguntó Connington a Contecorvo cuando dejaron el motel discreto adonde habían ido finalmente a parar, tras el último *show*, guiados por sus expertas conquistas.

—Quedé alucinado, socio —respondió el neoyorquino—. Nunca me había tocado una puta tan sabrosa. —Y agregó—: Ahora me siento dispuesto a despacharme a cuanto hijo de perra se me ponga delante. Cada vez que echo un buen polvo, como ahora, quedo sediento de sangre. Con más ganas de matar que nunca…

—Yo igual, compañero —replicó el tejano—. Además —reflexionó—, será por la altura, digo yo, pero te bombea con una fuerza que ni pitón de manguera…

—¡Que viva Bolivia! ¡Que vivan las putas de Bolivia! ¡Amén! —agregó Contecorvo en castellano, a gritos, coreado por Connington, para escándalo del chofer del taxi que los llevaba de vuelta al hotel, que optó por persignarse y no contradecir a estos gringos locos y blasfemos.

Al día siguiente los gringos fueron llevados temprano al aeropuerto de El Alto, donde los aguardaba un helicóptero. El aparato se hallaba con los motores funcionando y lo abordaron sin mayor trámite. Un piloto y un ayudante, también norteamericanos, les dieron la bienvenida con un par de gruñidos. El copiloto les ladró unas parcas instrucciones y no les dirigió más la palabra, hasta que arribaron a destino; con la sola excepción de un gesto del dedo índice y una frase espetada, en plena ruta, para señalar a una enorme masa montañosa coronada de nieve que se les acercaba con aterradora nitidez:

—El Illimani.

Después se enteraron que se había perdido la cuenta de los aviones que se habían estrellado contra la imponente masa nevada, a cuyo alrededor bailan algunos de los vientos más traicioneros de la cordillera andina. De todos modos, a ninguno de los dos les interesó demasiado el paisaje. No venían a Bolivia precisamente a contemplar vulgares montañas coronadas de nieve.

—A mí que me den otro tipo de nieve —le comentó Contecorvo a Connington, haciendo alusión al polvo de cocaína.

Connington no le escuchó. Tenía todavía en la mente, pero sobre todo en la piel, las caricias del monumento de hembra que había dormido con él. Le había costado sus buenos dólares, pero no podía olvidarse de unos ojos color esmeralda que lo miraron siempre derechamente, luciéndose, brillando como las joyas que eran, incluso en los momentos de mayor éxtasis erótico. No podía olvidar cómo ella procedió a una elaboradísima y prolongada *fellatio*, sin dejar de mirarlo a los ojos, transmitiéndole así no sólo el placer que ella sentía, sino subrayando el que le estaba ofreciendo, y estableciendo, por añadidura, un grado de comunicación que dejó a Connington un tanto trastornado. Nunca le había ocurrido algo así en su larga trayectoria de vividor. Había conocido mujeres impúdicas, pero nunca una que lo fuera de un modo tan natural, a la vez tan elegante, refinado y salvaje.

Al dejar a la mujer en el taxi, frente al hotel, se prometió encontrarla de nuevo como culminación de su misión en Bolivia. Aunque fuera lo último que hiciera en su vida. Por primera vez en su larga experiencia con mujeres fáciles o tarifadas, había encontrado a alguien con una mirada tan verde, tan embrujadora. Ella le había dicho que lo esperaría, que era el hombre con quien siempre había soñado, con lo cual el sicario había quedado fuera de combate. Nunca nadie tampoco le había dicho algo semejante. Le dio su nombre, Encarnación Trigo.

El plan de vuelo se cumplió sin mayores dificultades, y a media mañana los dos pistoleros se encontraron instalados en un encantador hotelito de corte colonial, ubicado en el centro de Chulumani. Se hallaba casi vacío, por ser temporada baja. Al llegar les sorprendió un parloteo como de cien mil viejas chismorreando. Pero se trataba sólo de media docena de guacamayos multicolores, que los saludaron con sonoros *Hi, sonofabitch!, Bye, bye, asshole!* y otras vulgaridades en inglés.

Los gringos quedaron encantados con el recibimiento, y se dedicaron a tontear durante un rato, enseñándoles nuevas groserías a los malhablados pájaros. No pudieron resistirse tampoco al atractivo de la piscina y se regalaron con un prolongado chapuzón. Luego salieron a deambular por el pueblito, cuyo recorrido no les tomó más de media hora, y cerca del mediodía se instalaron en un bar de la plaza para las primeras cervezas. Volvieron al Hotel Amazonas para el almuerzo, contundente y sabroso, se permitieron una breve siesta y antes de las cuatro de la tarde se hallaban de nuevo tomando el sol en la plaza, mismo local, misma mesa.

—Apestoso pueblucho —rezongó Contecorvo—. Nada que hacer, nada que mirar, nada que valga la pena…

—A mí me gusta —lo contradijo Connington, que se entretenía con el animado comercio local. La plaza de Chulumani hacía de mercado agropecuario, centro político, lugar de peregrinación religiosa, entretenimiento popular, terminal de transporte y matadero del ocio. Constituía, literalmente, el corazón de la ciudad.

—Mira qué maravilla, socio —gritó de pronto Connington.

—¿Qué cosa? —preguntó el otro en tono desganado. No veía nada que tuviera el menor interés.

—¿No lo ves? Te hablo de ese *jeep*. Es un Willys *Station Wagon* modelo 1950, perfecto. Con su diseño familiar, tipo diligencia. Colores originales. Seis cilindros y *overdrive*. ¡Qué joya!…

—¡Bah! —rezongó Contecorvo.

—Además, el que lo maneja es un señor feudal. Con su esposa rubia platino, tipo Doris Day. Obsérvalo, con su cara de caballero español y su mujer gringa, frente a tanto indio…

—*Bullshit!* —fue todo el comentario de Contecorvo, que escupió hacia la calle y se echó hacia atrás en su silla, para intentar un sueñecito. Pero ambos socios fueron interrumpidos por una voz bien timbrada y una cara amable de profesor universitario, con barbilla y todo, que los saludó:

—Buenas tardes, caballeros. ¿Me dan fuego, por favor? —y no les estiró la mano, sino que murmuró sin preámbulos, mientras el tejano le ayudaba a encender la pipa, que el barbitas mantuvo entre los dientes—: Soy el contacto. Los veo en su hotel dentro de una hora. El objetivo se encuentra en el pueblo. Viene acompañado de un detective de La Paz. Lo hemos comprobado. Ahora tengo que seguir vigilándolos. Ustedes no se muevan ni llamen la atención. Ya los identificarán con facilidad. Son dos tipos altos, pelo negro, casacas de cuero, una negra y la otra marrón, botas, uno con barba y lentes —y partió haciendo un gesto de agradecimiento por el fuego.

—Tienen que estar por aquí, compadre —susurró Contecorvo, moviendo su cabeza en todas direcciones, de manera estudiadamente casual, como si observara el panorama.

—Se acaban de separar hace poco. Ya los había descubierto y sospeché que podían ser ellos —replicó Connington en voz baja, mirando su copa—. Uno entró a la iglesia. El otro lo espera sentado en la plaza, exactamente a tu espalda. No lo mires por ningún motivo. Más vale estar seguros. Tampoco lo haré yo. Me basta con haberlos visto una vez y saber que andan por ahí. No se escaparán…

—*Okay*, socio —replicó Teddy Contecorvo, controlando su excitación—. El cara de profesor los vigila, en todo caso.

—Muchacho —gritó Bob Connington—. Otras dos Paceñas *frigo*, por favor, señor.

—Y cacahuetes muchos —chilló Contecorvo, lo que provocó risas entre los parroquianos locales, divertidos por el acento de los gringos.

Respondiendo a su prestigio profesional, el tejano y el neoyorquino se mantuvieron en sus papeles de gringos indiferentes, aunque en realidad estaban rígidos como panteras listas para atacar. Habían atisbado a su presa y se hallaban prestos para la acción. Entre tragos, bostezos y breves intercambios de frases inocentes, mantenían toda la atención puesta en lo que ocurría a su alrededor y se sentían preparados para cualquier emergencia. Sin embargo, sabían muy bien que no podían forzar la situación.

Transcurrida la hora acordada con el barbitas, los socios partieron hacia su hotel haciéndose los aburridos. Habían visto a sus futuras víctimas deambular un rato por la plaza, luego internarse por las callejuelas de Chulumani, presumiblemente para una compra tardía, hasta enfilar seguramente hacia su propio hotel. A todo esto, disciplinadamente, Connington y Contecorvo no habían abandonado sus puestos ni su aire ocioso. Jamás pusieron los ojos de modo directo sobre Machicao y Melgarejo.

En el hotel los esperaba el profesor, solo, aunque bien acompañado de una botella de cerveza Paceña. En cuanto se sentaron junto a él y ordenaron sus raciones, les mostró un burdo croquis del pueblo, con los principales lugares señalados con colores. Les explicó que el hotel donde estaban alojados los objetivos, que era el mismo donde él paraba, no era un lugar conveniente para la operación, ya que se encontraban allí varios colegas con sus familias, todos de vacaciones, la mayoría totalmente ajenos a la misión. Aunque había algunos medianamente enterados, por razones de seguridad. Les recomendó que tampoco operaran en el Hotel Amazonas, donde se hallaban en ese momento, para evitar concentrar las sospechas.

Señaló un lugar como posible, y tal vez conveniente: el viejo hotel abandonado donde habían asesinado al padre de Machicao. Era seguro que los objetivos irían a explorar allá al día siguiente. Por tratarse de un lugar más bien alejado y solitario, podía ser un buen escenario para la operación. Los pistoleros manifestaron su acuerdo con gruñidos.

—Aquí tengo un croquis del viejo hotel —y el de barbas desplegó otro papel arrugado, un mugriento plano de construcción quemado por los bordes—. El lugar se halla abandonado. Fíjense en la ubicación del cuerpo principal del hotel, ésta es una terraza con toldo, esta protuberancia se halla justo antes de un acantilado que da a un río correntoso, hay muchos árboles y una gran extensión libre.

—¿Podemos hacer una visita de inspección? —preguntó Connington.

—Me parece altamente inconveniente —replicó el contacto—. Mejor apréndanse bien el croquis y lleguen allí sólo para entrar en acción. Yo les avisaré en cuanto los blancos partan al lugar... Sabemos que no han ido todavía y es una visita obligada para ellos.

—Razonable —musitó el *cowboy*.

—Toda la tarea es responsabilidad ahora de ustedes. No me interesa el método. Permaneceré en mi hotel hasta que se consume la operación. Entonces ustedes van allá —y les señaló el lugar donde se situaba el Parador de Yungas en el mapa—, con su equipaje y piden una cerveza en el bar. Yo mientras tanto haré preparar el helicóptero, que los recogerá a cierta hora que les indicaré discretamente. Saldrá de un punto cercano al hotel, al que deberán llegar a pie —y nuevamente les mostró el mapa.

—Creo que sería bueno cronometrar los tiempos —le dijo Contecorvo a su colega, lo cual fue interrumpido por el barbitas.

—No vale la pena, caballeros. Las distancias son pequeñas. Estamos hablando de unos cuantos minutos. No hay necesidad de sobredimensionar el problema.

—Usted dijo que debemos trasladarnos caminando del lugar de la ejecución hasta el helicóptero de rescate.

—Afirmativo, señores. Pero los estaremos cubriendo por si hay una emergencia. Ustedes se protegerán, además, con su propio armamento. Junto al helicóptero habrá también un todoterreno para el caso de que falle el equipo de vuelo. Pero no les servirá de mucho, porque hay rutas únicas, extremadamente estrechas, y serían cogidos sin remedio. Les aseguro, en todo caso, que no habrá fallos de nuestra parte...

El profesor hizo una pausa para tomar un largo trago de su cerveza. Bebía directamente de la botella, que sostenía con una especie de manopla de fieltro. Ante un comentario jocoso de Contecorvo, replicó con voz fría:

—En este país hay fiebre tifoidea, cólera, varios tipos de hepatitis, coliformes, mal de Chagas, disentería y unas cuantas enfermedades más, todas graves. Allá ustedes si se les pega algo terrible por lamer un vaso. Yo prefiero los golletes…

—¿Qué hay si tenemos problemas en la operación? —preguntó rápido Connington, tratando de superar el mal ambiente provocado por la réplica del contacto, que evidentemente había humillado a su compañero.

—Disparen una bengala. Trajeron, supongo. —Al ver que los pistoleros asentían, prosiguió—: Lo más rápido que se pueda, el helicóptero los recogerá tras el viejo hotel abandonado. Pero esperamos que no haya fallos.

—No los habrá —aseguró el tejano—. Esperaremos a los objetivos en el lugar desde temprano. Usaremos silenciadores y armas de gran potencia. No podemos fallar…

—Eso esperamos. Nadie los ayudará si caen —afirmó secamente el profesor—. Ahora me despido. Les deseo suerte.

Connington y Contecorvo cenaron en silencio y se retiraron a sus habitaciones. Necesitaban reflexionar, prepararse psicológicamente y descansar. Al día siguiente tendrían mucho trabajo.

V

Chulumani

Mientras paladeaban la última cerveza del día antes de acostarse, los profesionales se pusieron a analizar los datos que habían recibido. Connington comenzó por dibujar otro croquis de Chulumani, a partir del que les había entregado el profesor, para destacar los hitos principales, la ubicación de los actores del drama y las distancias relativas que había que considerar. Señaló el hotel donde se hospedaban las víctimas y el contacto, así como el de ellos, como los dos polos de la red de conexiones básicas y los respectivos desplazamientos. Analizaron en detalle las características del hotel abandonado, que se hallaba más arriba y equidistante de los hoteles donde se alojaban unos y otros. De modo que para llegar desde el hotel de los pistoleros al hotel abandonado, no era necesario pasar por el alojamiento de las víctimas; y como allí se hallaba el «profesor», el control podía ser total. Era un triángulo equilátero casi perfecto.

—Ésta es la pequeña colina donde se hallan las ruinas del viejo hotel de la ejecución, según nos señaló el contacto. Tras la construcción se halla la terraza con toldo… o lo que quede de eso. A su alrededor hay unos arbustos densos. Creo que deberíamos ubicarnos allí. Al menos uno de nosotros, con el armamento de precisión. Creo que tú serías el indicado, socio. Yo debería colocarme en otra posición, de manera que si tú marras uno o ambos tiros, actúo de inmediato. Es sólo una suposición, compadre, sé que no fallarás —se apresuró a decir Connington ante la cara de furia de su compañero—. Yo estaré preparado con material más contundente, la ametralladora o lo que sea…

—… Y si hay que volar todo el país, lo hacemos —aportó el otro.

—Tendríamos entonces que completar la tarea de forma más sucia, pero eficaz; eso es todo, en mi opinión.

—Me parece perfecto, compañero. Creo que sería fundamental atraer a los objetivos hacia el gran prado que se halla en medio —e indicó con su dedo el punto preciso—, para asegurarnos de que están plenamente a descubierto, y así darles en la madre con la mayor certeza posible.

—Correcto. Creo que en ese caso tendríamos que hallar un señuelo. ¿Qué se te ocurre?

—No sé. Tiene que ser algo que no espante o ponga en alerta a nuestros objetivos…

—Tú mismo, tal vez —le dijo Contecorvo a Connington, en un tono de chanza que sin embargo sonó absolutamente siniestro.

—Cualquier cosa menos eso, amigo —respondió—. Todavía valoro en algo mi modesto y maltratado pellejo. Tal vez lo mejor sería dejarlo al azar y esperar a que ellos se coloquen espontáneamente a tiro. Ahí debe funcionar el olfato —agregó el pistolero, rascándose la nariz.

—Así se habla, socio. Es lo más sensato —replicó el neoyorquino, dando por cerrada la discusión. Los profesionales volvieron a concentrarse en el croquis.

—Tú estarás en la loma, oculto tras los arbustos que hay allí, según afirma el profesor —dijo Connington—. Yo permaneceré fuera, y entraré por detrás de ellos, sin que se percaten. De modo que tú no sabrás dónde me encuentro, pero te asegurarás de que me hallo muy cerca para responder a cualquier contingencia. *Okay?*

—En el caso de que nosotros lleguemos primero, me imagino —acotó Contecorvo.

—Obvio, amigo. Si ellos ya están ahí, nos ocultamos juntos y uno se mueve para rodearlos.

—*Okay*, socio. Me parece un plan bastante adecuado. Ahora, revisemos el armamento. Lo mejor será optar por lo tradicional.

Los dos pistoleros se afanaron entonces en la selección de las armas que utilizarían en la operación. Quedó claro que Contecorvo, a cargo de la parte más delicada de la operación, llevaría su rifle Remington de última generación, con mira telescópica electrónica y un inofensivo aspecto de arma deportiva, una vez armado y fuera de su caja. Aparte de eso, sólo portaría una poco conspicua pistola de pequeño calibre para cualquier eventual complicación o emergencia.

Acordaron que Connington iría con su fusil de precisión, además de un par de bruñidas Beretta, una de gran calibre y otra de calibre más pequeño. Los dos irían provistos, para completar su equipamiento, de sus respectivos cuchillos de caza, afilados para matar, así como elementos para la lucha cuerpo a cuerpo.

—Vamos equipados como vulgares James Bond —bromeó Connington—. Hasta Rambo se reiría de nosotros.

—Creo que incluso los *boy-scouts* nos encontrarían anticuados, compadre...

—Pero así me he cargado a unos cuantos —se puso serio Connington—. Y sigo en el oficio.

No querían cometer errores. Preferían excederse antes que correr riesgos. La táctica era que tendrían que esperar hasta que se les avisase que las futuras víctimas se encaminaban hacia el viejo hotel abandonado; a partir de ese momento era una carrera contra el tiempo. Como ellos se hallaban a la misma distancia del lugar, tendrían que apurarse para llegar antes que los objetivos e instalarse en los sitios estratégicos, para organizar el ataque de manera directa y no como reacción a una situación de hecho.

Acordaron que ocultarían su reducido equipaje personal en las cercanías, para facilitar la huida. Llevarían sólo lo básico encima. Según el profesor, los objetivos preferían caminar antes que usar un transporte. Los profesionales calcularon los tiempos en función de las distancias señaladas en el croquis. En teoría, todo debía funcionar como un reloj…

Temprano al día siguiente, Melgarejo y Machicao partieron en su vehículo a investigar en Chulumani. La conversación de la noche anterior con el administrador los había dejado turbados. Machicao había dormido mal y se quejó ante su amigo de dolores de cabeza. Melgarejo interpretó los sentimientos del otro:

—Compadre. Es horrible darse cuenta de que tu asunto está tan vivo como siempre. No es un caso olvidado.

—Isidoro, amigo —replicó Machicao—. Tengo la mente muy fría en este momento. He perdido el miedo y estoy dispuesto a ir hasta el final. Está claro que estamos sobre una pista. Tal vez el de barbas conoce a esos *cowboys* de la plaza y les advirtió acerca de nosotros…

—Tranquilo. No nos apresuremos, compadre. No hay por qué creerle todo al don Enríquez —lo interrumpió el detective—. Reconozco que es posible que estén relacionados. Pero no forcemos los hechos. Por un lado, son gente peligrosa. Y por otro, podemos estar equivocados. Propongo que sigamos nuestro plan original —añadió, procurando dar un tono convincente a sus palabras— y, sobre todo, es fundamental que permanezcamos sumamente atentos a lo que acontece.

Melgarejo estaba seguro de que la visita a lo que quedaba del lugar del crimen no aportaría mucho. La desvencijada ruina del hotelito del padre de Machicao se hallaba unos quinientos metros más arriba del parador donde se alojaban, en dirección contraria al pueblo, y cercano a un estrepitoso río que se desparramaba cerros abajo. Confiado, el detective pensaba de todos modos en la eventualidad de algún peligro. Más aún, tuvo la intuición de que podía haber complicaciones, aunque esto no lo transmitió a su amigo para no preocuparlo más. Por eso prefirió ir acompañado con su vieja pero perfectamente mantenida pistola, una sólida Luger.

Cuando llegaron todo se veía tranquilo. Machicao no había

vendido la propiedad, y la había dejado a cargo de un vecino. Había optado por no hacer cambios. El lugar se notaba abandonado. Una alambrada de púas semidestruida y un letrero que proclamaba la propiedad privada impedían que la gente lo tomara abiertamente por un basural. De todos modos, había desperdicios por todas partes. En particular restos de animales, llevados por los pájaros carroñeros, que aprovechaban las condiciones favorables del solitario lugar para perpetrar sus festines.

Pero en esa ocasión el lugar no se encontraba tan solitario como era de esperar. Había sido invadido por un grupo de no menos de cinco familias del altiplano, inmigrantes desplazados por las dificultades de la subsistencia, que buscaban en la ceja de selva condiciones de vida más favorables. Se habían instalado provisionalmente entre las ruinas del semidemolido hotel, en espera de hacerse un espacio en la economía de los Yungas, el cultivo de plantas de coca. Vieron no menos de una treintena, entre adultos y niños, que ocupaban sorprendente cantidad de espacio.

Melgarejo y Machicao no se acercaron demasiado, por respeto a la miseria ajena y para evitar perturbar a los colonos, de seguro conscientes ellos de que su situación era ilegal. Pero ninguno de los dos se hallaba en ánimo de acosar a prójimos en dificultades. Todo lo contrario. Así, decidieron dar una mirada rápida, lo más casual posible, se bajaron del vehículo y se acercaron al lugar.

—Es mejor dejar que se queden, compadre. La coca los atrae —señaló Machicao, mientras caminaban haciéndose los paseantes distraídos—. Saben que aquí se puede hacer negocio. Lo malo es que ellos vienen con prácticas del altiplano, con más propensión al consumo tradicional que a la producción disciplinada. Y provocan estragos en el suelo, arrancan las hojas a mansalva para confeccionar sus bolos. Un desastre. Pero esta gente no tiene nada que ver directamente con los traficantes. Son a veces sus víctimas, a veces sus pantallas. Hacen con ellos lo que se les antoja… Por eso casi nunca sirven como testigos —agregó.

—¿Qué quieres decir, hermano? —preguntó Melgarejo.

Aprovechando la pregunta, el doctor Machicao se extendió

un poco más acerca de las circunstancias y pormenores del crimen de su padre:

—Me duele decirlo, hermanito, pero en pocas palabras yo diría que a mi pobre tata lo descuartizaron vivo. Se ensañaron los narcos con el viejo; para mí que en el ánimo exclusivo de amedrentar a cualesquiera otros que pudieran eventualmente osar cuestionarlos…

—Cuéntame hasta dónde pudiste llegar en tus investigaciones —repuso Melgarejo.

—No muy lejos, es la verdad, Isidoro. La policía se portó amable y correcta conmigo y mi familia. El viejo vivía solo. Mi madre murió hace una década, como recordarás. Ahora, te cuento que los uniformados no fueron tan amables con la gente de la zona. Mi padre era una persona conocida y respetable, y se hacía diferencia entre él y otros vecinos no menos dignos de respeto…

—¿Nadie sospechaba que él estuviera implicado en el tráfico? Perdona la franqueza de mi pregunta. Tengo entendido que tu padre era farmacéutico o al menos tenía conocimientos amplios del tema…

—Los tenía, Isidoro, pero no era algo que supiera todo el mundo. El viejo estuvo antes en el negocio de farmacias, aunque sólo en tanto negocio. De allí se pasó a la hostelería. Pero algo sabía de drogas, sin duda.

—Y los narcotraficantes se enteraron.

—Seguramente. No he querido explorar esa vía de reflexión. Me duele, hermano, pero quizás explique algo. Ahora, tal vez la policía tenía sus dudas. Tal vez, aunque nunca lo expresaron ni siquiera con indirectas. Tú sabes lo impenetrable que suele ser nuestro pueblo en ocasiones. También percibí que alguna gente importante de la zona, agricultores, profesionales o comerciantes ajenos al submundo del narcotráfico, puede que tuvieran sus aprensiones. Tampoco dijeron nada abiertamente, pero a veces lanzan sus mensajes. Como el don Enríquez del hotel…

—Ya veo —murmuró Melgarejo.

Se introdujeron en el lugar al ver que nadie les salía al paso o mostraba el más mínimo interés por ellos. Parecía que los ocupantes de las ruinas, por ilegales que fueran, no mostraban ningún rasgo beligerante, y que se hallaban allí empujados por la pobreza y la necesidad; y que nada los hacía por ello gente malvada o pendenciera. Las pocas personas que observaron dentro de la maltratada construcción se veían derrotadas, resignadas a su infausta situación. Gente condicionada a aceptar cualquier agresión extrema, sin por ello reaccionar.

El detective Melgarejo quedó impresionado. El lugar donde se hallaba emplazado el hotel era increíblemente hermoso. Atrás de la construcción, y frente a una terraza sombreada por enormes árboles, una amplia explanada verde cortada por árboles y macizos de flores conducía a una suerte de abismo, defendido por una empalizada, destinada ésta más que a proteger a algún paseante distraído, a ofrecer un apoyo para la contemplación del paisaje. Una rugiente riada, hundida en una quebrada que se veía unos cincuenta metros más abajo, parecía abalanzarse sobre el lugar, para al fin torcer a la derecha con furiosos remolinos. Un senderito empinado llevaba a una playita que, sin duda, alguna vez fue uno de los atractivos del hotel. Se veía abajo un grupo de cholitas, pertenecientes al grupo ocupante, obviamente, lavando sus modestos enseres.

Los árboles que más destacaban eran un gran olivo y un no menos grande mango, ubicados más o menos a cada costado del frente del hotel, junto a la piscina, por cierto abandonada y refugio de cuanta variedad de rana, sapo o renacuajo rondaba por el área. Un poco más cerca del límite con el barranco y casi encima de la piscina destacaba un gomero, o árbol de caucho, impresionante por su anchura y grosor, más grande aún que todos los demás. Y casi cayéndose al río se sostenía un árbol seco que había conocido sin duda tiempos gloriosos a juzgar por el porte de sus ramas y la noble rugosidad de su tronco. Al otro extremo, hacia la izquierda, en la zona opuesta a la piscina, se erguía un verdadero bosque de bambúes, impenetrable, tenebroso.

El abandono del lugar era en cierto modo una ventaja, ya que la naturaleza se había apropiado de todos los espacios, interviniendo unas mesas y banquetas rústicas, que lucían cubiertas de helechos, líquenes y hongos, que se extendían subiendo a los árboles y la propia construcción. Un continuo zumbido de insectos embriagados y el calor reinante ofrecían una sensación paradisíaca, aunque inquietante, ya que se adivinaba el reptar de alimañas por todas partes y desde las copas de los árboles, cubiertos por lianas y plantas parásitas, caían frutos maduros y otros proyectiles lanzados por agresivos monos.

—¿Sabes, hermano? —habló Melgarejo—. Fíjate que los primeros grandes enemigos de la coca fueron los frailes, en su tarea de extirpación de idolatrías. Los misioneros diríamos hoy. ¿Por qué? Pues porque la veían, y tenían razón, como un atributo de la vieja religión andina...

—De todas formas, se puso de moda en Europa ya en el siglo XIX, según me contaba mi padre... —acotó el doctor Machicao.

—Y de acá salía. Ésta es tierra de frontera, Toño. Tierra de nadie y de todos, entre andina y amazónica, tierra maldita, ponzoñosa, maligna, barbecho de pestes y males —musitó el detective, sumido en sus negros pensamientos.

—¿Sabías, hermano —interrumpió Machicao las especulaciones de su amigo—, que esta zona es la de mayor índice de suicidios del país, de los peores niveles de alcoholismo, de mayor proliferación de enfermedades venéreas? Son cosas que he averiguado por mi profesión...

Los dos amigos subieron a los restos de una amplia parrilla de ladrillos para desde allí observar las ruinas del hotel y la grandeza del lugar, sobre todo de la bella masa de la cordillera que acogía y rodeaba la zona. No se dieron cuenta, en su fascinación, de que habían sido vistos y que dos pares de ojos bien entrenados se aprestaban a apuntar sus armas hacia ellos.

Ambos pistoleros se encontraban perfectamente preparados para asumir la tarea de despachar, rápidamente y sin preámbulos ni discusiones, a sus aparentemente fáciles objetivos. Ellos estaban convencidos de que la información recibida era fiable, adecuadamente veraz —ya se habían percatado por otras misiones que en ninguna parte era posible esperar el ciento por ciento con respecto a nada— y, sobre todo, suponían que la organización de la droga no carecía de los elementos necesarios para garantizar el funcionamiento exacto, «como maquinaria de reloj», había señalado Connington, de cualquier operativo complejo y arriesgado como el que llevaban entre manos.

Habían sido avisados por el supuesto profesor que los objetivos habían salido en plan visita hacia el área de ejecución, y que debían aprovechar la oportunidad de liquidar la misión de inmediato. Así pues, partieron al viejo hotel a buen paso, aunque cuidadosos de no dar la sensación de que iban apurados. El armamento lo llevaban muy bien disimulado, como una guitarra en su caja y raquetas de tenis, lo que, sumado a sus pequeños bolsos de viaje, los hacían aparecer como un par de gringos deportistas aficionados a la música, que se desplazaban lentamente en busca de un lugar fresco para sus inocentes actividades.

Tal vez todo habría marchado según lo planeado si no hubiera sido porque llegaron tarde y, además, porque el lugar se hallaba ocupado, como los profesionales se percataron rápidamente. Se toparon así con lo que interpretaron como una enorme familia sin casa que ocupaba las ruinas del hotel. Una familia indígena, por añadidura, indistinguible de cualquier otra familia lugareña, que con todos sus bártulos, niños, perros y miserables pertenencias, había hecho del hotel abandonado su precario hogar. Provisional, en principio, pero seguramente visualizado como habitación permanente siempre que no lo impidieran fuerzas superiores, léase la policía, la propiedad privada u otros sin casa. En pocas palabras, como tantos otros emigrantes, habían llegado para quedarse.

—¿Qué hacemos con este hato de pendejos, compadre? —chilló Contecorvo, siempre propenso al nerviosismo cuando las cuestiones comenzaban a complicarse. Añadió airado—: No podemos llevar a cabo la misión si estos bestias están aquí. Sería una carnicería.

—Trataremos de hacerlo igual, amigo —replicó Connington, preocupado, pero bastante sereno. Había conocido situaciones mucho peores, por lo que insistió—: Sigamos adelante. No hay de qué asustarse.

—No me asusto, socio. No soy un puto cobarde. Sólo que la misión se nos complica… Van a caer unos cuantos y los que se salven van a verlo todo.

—Sea como sea —dictaminó Connington—, ninguna complicación puede detenernos. Además, estas gentes no valen nada como testigos, si eso te preocupa, Teddy, amigo. Van a huir como conejos en cuanto empiecen los fuegos artificiales y se den cuenta de que la muerte ronda… Tranquilo.

—¿Y si los expulsamos antes? —insinuó Contecorvo, con una luz de esperanza en los ojos. Al profesional del crimen no le agradaba ensuciar las misiones. No por respeto a posibles víctimas inocentes, que le daban más o menos lo mismo, sino porque se sentía orgulloso de los trabajos limpios, netos, inmaculados, si es que tal palabreja se puede aplicar a un crimen. Odiaba incluso ver correr la sangre, por eso su especialidad era el tiro a distancia, una pequeña perforación en el lejano cuerpo de su víctima, para él un ser momentáneamente viviente, que debía mostrarse despojado de cualquier otra esencia que no fuera servirle de blanco y así completar su obra.

Connington también era limpio para trabajar, pero adoraba las misiones complejas, las variaciones imprevistas, la solución en el último instante para hacer frente a las contingencias… y sobrevivir. Era un planificador de crímenes y, para él, un caso difícil valía tanto como uno fácil. Sólo que preparar la solución a uno complicado le parecía siempre mucho más atractivo, más digno de interés, en suma, más vital.

—Existe la posibilidad de que nuestra pareja de futuras víctimas sepa que la zona se halla ocupada —susurró Connington—. Puede que hayan decidido desviarse y no acercarse a un lugar abandonado. Es posible inclusive que lleguen armados. El fantoche ése del detective…

—Un detective boliviano me parece una broma, compadre —lo interrumpió Contecorvo—. ¿Se creerá el cabrón de Boggie?

—Como sea —continuó el otro, dejando pasar la acotación de su eventual socio—, no me extrañaría que ese imbécil llegara cargado. Sepa el demonio con qué, aunque lo más probable es que se traiga un trabuco de antes de la guerra.

—O quizás algo más eficaz —rezongó tajante Contecorvo—. Con tales payasos a cargo de la organización de la misión, ese pastor degenerado y ese profesor cretino, no me extrañaría que hubiera habido filtraciones…

—No estoy de acuerdo, socio. Hasta ahora la organización nunca me ha fallado y yo no le he fallado a ella.

—Nadie cuestiona a la organización amigo —repuso Contecorvo molesto—. Sólo digo que nunca me había tocado una situación tan poco clara. Demasiados aspectos inciertos…

—Conforme. Reconozco esa posibilidad. Tendremos que proceder con mucha planificación.

—De acuerdo —concedió el otro—. Por fin nos entendemos. Procedamos.

Tampoco proceder resultó tan directo como decirlo. Por una parte, los objetivos ya se hallaban cómodos en el terreno y estaban explorando el área, tranquilos y confiados. Por otra parte, el croquis era demasiado burdo, groseramente simplista. La gran explanada donde se supondría que el par de potenciales víctimas estarían expuestos sin interferencias, no era en realidad un terreno al descubierto, sino una arboleda plagada, además, de arbustos espesos, algunos de ellos enormes. Detrás de cada uno podía esconderse perfectamente cualquiera; y más aún, quedar protegido de las balas, al menos por un tiempo. Lo peor era que daban la posibilidad de ocultarse y, aún peor, de arrancar.

A lo lejos, al fondo, se notaba que había una suerte de precipicio donde corría un río. Se podía oír el estruendo, y una cortina de neblina ominosa se elevaba fantasmal de la fuente del sonido.

—¡Están jodidos los cabrones! —le dijo Contecorvo a Con-

nington en su mejor castellano—. No tienen escapatoria por retaguardia. Tenemos que encerrarlos y listo.

—*Fuck the bastards!* —replicó Connington, en su también se-
lecto inglés.

VI

Wirakocha

Los profesionales del crimen, agazapados e inmóviles tras unos tupidos arbustos ubicados a un costado del edificio abandonado, vieron a los dos bolivianos conversar relajadamente, sin el menor asomo de inquietud. Tenían que dejarlos seguir así. Pero el terreno era complicado, con demasiados lugares donde ocultarse y camuflarse si sus presas se inquietaban. Debían ser absolutamente precisos si querían cumplir la misión con éxito, y, además, lograrlo sin sobresaltos.

—Va a ser difícil, colega. No creo que podamos hacerlo de una vez —fue el comentario de Contecorvo, como siempre dispuesto a dar curso a su pesimismo nato.

—Podremos, compadre —repuso Connington—, los objetivos no sospechan nada. Pero deberemos intentar acercarnos. Desde esta distancia es dudoso que consigamos algo rápido…

—Nada de eso, yo puedo… si se me despeja el camino —replicó el otro.

—Te creo. Pero hay demasiados obstáculos. No quiero correr riesgo, eso es todo. Tenemos que inventar algo eficaz para que se acerquen, y luego darle un tiro seco y silencioso a cada cual.

—Si estás pensando en el truco de la trampa, no le veo futuro. Se pondrán en guardia…

—Espera. Como ellos seguramente no sospechan nada, lo

más sensato es que uno de los dos se les acerque tranquilamente mientras conversan, sólo con un arma ligera bien oculta, para no llamarles la atención, mientras que el otro da un rodeo y ataca en el momento preciso.

—Ya quedamos en que nadie hará de señuelo —murmuró entre dientes Contecorvo, ahogando un chillido—. En la lucha directa colaboro en lo que quieras, pero no en esto. No sirvo para hacer de tonto útil.

—No veo otra manera —refunfuñó Connington, insistiendo—. El problema es que lo mío es el armamento pesado y no puedo hacer de señuelo. Me sentiría desarmado con una mera pistola, amigo. Y si voy con mi fusil no hallaría cómo esconderlo. En complicado problema me metes, socio.

—No es mi problema. Tu plan no sirve… —se empecinó Contecorvo.

—Atención. Mira —lo interrumpió el otro—. Se han subido a una especie de túmulo que hay allí.

—¿Qué cosa dijiste?

—Me refiero a ese horno rectangular, pirámide de piedra o lo que sea. Están mirando para acá. Agáchate.

—Los veo. Creo que nos observan.

—Nada. No nos pueden ver —tranquilizó Connington a su socio. Pero en esa posición son un blanco perfecto. Espero que se mantengan en alto… Prepárate. Vamos a disparar. Tú al de la izquierda, que eres zurdo, yo al de la derecha, el de gafas.

Ambos profesionales se apresuraron en ajustar su armamento. Tenían entrenamiento medido en minutos y segundos para todo el proceso, desde tomar la caja y cargar sus armas (y ajustar los silenciadores si correspondía), hasta calibrar las miras telescópicas y apretar el gatillo. Una serie precisa de movimientos y disparos coordinados, nunca uno aislado, y jamás un tiro al azar.

—Confirmando. Yo le doy al de lentes, tú al de la izquierda —susurró Connington, que ya había armado su fusil y observaba a través de la mirilla. Unos breves segundos antes que Contecorvo se hallara igualmente preparado. Connington dejó de mirar por un segundo y le dijo a su compañero:

—No bien lo tengas en la mira, dispara, sin esperar mi tiro.

A lo anterior, Contecorvo respondió con un murmullo. Pero en cuanto ambos profesionales volvieron a apuntar, los blancos habían desaparecido. Como por un pase de magia. Los pistoleros quedaron un poco descolocados.

—Han bajado —chilló Contecorvo en sordina.

—Así parece, amigo —replicó suavemente Connington—. ¿Los ves?

—Por ningún lado —respondió el otro, ansioso.

—Lo más probable es que se hallen tras el túmulo.

—¿Nos habrán visto o escuchado?

—No lo creo —respondió Connington, aunque sin mucha convicción—. Tal vez se cansaron del paisaje. Por ahí deben de andar… No nos movamos, para no espantarlos de nuevo…

Pasaron diez minutos sin que nada perturbara la placidez inquieta del paisaje. El calor reinante hacía que los habitantes de la casa abandonada estuvieran dormidos o aletargados, porque no se oía ni siquiera un crujido. Aparte de los zumbidos de los insectos, naturalmente, y del fragor del río, que permanecía como un acompañamiento de fondo del bucólico entorno. A esos ruidos se sumó un vientecillo caliente que comenzó a soplar mansamente y arrastraba unas emanaciones fétidas que anunciaban, quizás, una tormenta.

Los asesinos tenían en realidad razones para preocuparse. Lo que había ocurrido era que Isidoro Melgarejo había notado un destello, justo en el matorral donde se escondían los profesionales. Y había advertido a su amigo que bajara de inmediato.

—No te muevas, Toño —dijo el detective en voz baja—, mientras preparaba su arma.

—¿Qué pasa, compadre? —le preguntó Machicao, agazapándose sin chistar en la base de la vieja parrilla, observando inquieto los preparativos bélicos de su amigo.

—Creo que nos están apuntando. No debemos movernos por

ningún motivo, al menos por ahora. Observa a través de ese hueco —Melgarejo le indicó a su amigo una suerte de ventanuco en la parrilla, que eso era la construcción tras la cual se ocultaban—, fíjate en el matorral a la derecha del muro. Míralo fijamente y tal vez notarás unas formas que no tienen nada de vegetales. Distingo sólo a uno, aunque pueden ser más. Dos, tal vez. Pero, por favor, no te vayas a mover —insistió— es nuestra única posibilidad. Hemos cometido un grave error al venir acá…

—No tengo miedo, hermano. Debemos dejar que se muevan ellos. Tienes razón, Isidoro —susurró tras observar atentamente—, son dos y llevan armas. Va a ser difícil… Espera, me parece que son los *cowboys* de la plaza. ¡Mierda! Distingo los sombreros. Dos contra dos, podremos, hermano…

—Exacto, Toño —replicó el detective, impresionado por la buena vista y la sangre fría de su amigo—. Si intentan un ataque frontal, nos moveremos juntos y yo te cubriré. Trataré de darle a uno, y con el otro veremos cómo nos apañamos. Mantén los ojos muy abiertos sobre el matorral. Quiero ver si intentan separarse para rodearnos.

Los profesionales, sin embargo, se habían mimetizado auténticamente con el paisaje. Sin hacer ningún movimiento, se hallaban prestos para la acción. No harían ningún avance improvisado que los pusiera nuevamente en evidencia. Para eso estaban perfectamente preparados.

—Nos vamos a desplazar ahora, colega —le dijo Contecorvo a Connington, tomando él ahora el liderazgo—. Yo no me quedo a esperar más tiempo. Creo que debemos intentar apabullarlos con una lluvia de plomo para que se mantengan allí, luego rodearlos y caerles por los costados. Es sin duda la manera mejor de asegurarnos. Tras ellos tienen el precipicio…

—Vamos, compadre —lo apoyó Connington. Los pistoleros se pusieron de pie al unísono y, con paso decidido y cubriéndose tras la vegetación, avanzaron hacia los dos amigos, mientras se iban abriendo para intentar su estrategia de rodeo. Melgarejo y Machicao los vieron caminar con sus rifles apuntado hacia ellos mientras se acercaban agachados, protegidos por los profusos árboles y matorrales. Se dieron cuenta de que la situación se ponía extremadamente peligrosa. No tenían ninguna posibilidad, ya que la cobertura que les daba la vieja parrilla era mínima, y pronto quedarían al descubierto.

—¿Qué hacemos, hermanito? —susurró Machicao.

—Tenemos que tirarnos al precipicio ahora o estamos perdidos, compadre —replicó Melgarejo—. Vamos, que yo te cubro. ¡Ahora!

Machicao no perdió un segundo, se levantó y echó a correr hacia su espalda, medio agachado. Melgarejo hizo lo mismo, pero desviándose a su izquierda para no ofrecer un blanco juntos y confundir a sus atacantes. Pero los disparos no se hicieron esperar. El fusil seguro de Contecorvo dejó escapar una seguidilla de balas dirigidas a Machicao, que fueron respondidas casi al unísono por el detective. Segundos después, Connington también abrió fuego, ahora contra Melgarejo, que le disparaba, con lo cual el lugar se transformó en un verdadero infierno. Con el primer tiro se inició una gritería de pájaros que se fue intensificando cada vez más, al mismo tiempo que se escuchaba el furioso batir de alas de miles de especímenes huyendo del lugar.

Melgarejo vio caer a su amigo Machicao, acribillado a balazos; pero también vio cómo Contecorvo dejaba caer el fusil, uno de sus brazos alcanzado por al menos dos de los disparos certeros del detective. Melgarejo había lanzado exactamente tres tiros sobre Contecorvo, para después apuntar a Connington, a quien alcanzó a disparar sólo una vez, ya que al menos dos tiros del asesino lo lanzaron al suelo y perdió su arma.

El detective sintió un calor brutal en el pecho, y percibió en la boca el sabor de la sangre proveniente de un reguero que surgía de su cabeza. Se dio cuenta de que estaba malherido. En fracciones de segundo, observó a su amigo Machicao, que se retorcía en el suelo, seguramente en los estertores de la agonía, ya que lo vislumbró virtualmente empapado en su propia sangre, que le salía a chorros de varias partes del cuerpo. El instinto de conservación le avisó a

Melgarejo, sin embargo, que sus piernas aún funcionaban. Poniéndose de pie, por encima del dolor y la debilidad que se iba apoderando de él, echó a correr en dirección al precipicio, moviéndose en diagonal para evitar el fuego de Connington, que prácticamente no había dejado de disparar, salvo por unos pocos segundos, ya que había sido tocado en la pierna izquierda por una bala del detective.

Melgarejo sintió un golpe en la cadera, fuerte como una patada, antes de abalanzarse precipicio abajo. Se dio cuenta de que había sido alcanzado de nuevo por el fusil de Connington. No miró por dónde caía, ya que se confió en el vistazo que habían realizado unos minutos antes, y comprobó que la pared del abismo tenía una curva pronunciada y relativamente suave, y estaba formada de tierra blanda y plantas diversas, hasta desembocar en la playa y el torrentoso río. No se percató del momento en que perdió su arma, ya que tenía un brazo prácticamente inerte.

El detective fue consciente de que rodaba, en cada vuelta un dolor más agudo. Las balas picaban el suelo a su alrededor; no obstante, para sus posibilidades objetivas, todo sucedía tan rápido que el asesino no fue capaz de apuntar adecuadamente. «Por suerte, él también está herido», reflexionó Melgarejo, semiconsciente. Se encomendó al Dios cristiano y a Wirakocha. Cayó boca abajo al agua, donde comenzó a flotar y fue arrastrado velozmente por la corriente.

Desde arriba, Connington observó satisfecho que el cuerpo de Melgarejo flotaba y se alejaba río abajo. Apuntó cuidadosamente el tiro de gracia, pero su fusil no respondió. Echando una maldición, lo cargó manualmente, pero los segundos perdidos fueron fatales, ya que su presa se salió del campo visual, al fondo del barranco. No tenía ninguna posibilidad de acercarse a comprobar su muerte, pero su experiencia le indicaba que si no estaba ya bien muerto, lo estaría pronto. Se acercó lo más que pudo al borde del precipicio, casi colgado de unas ramas, pero pudo apenas ver que el cuerpo de su víctima proseguía su curso, empujado por la corriente, hasta que desapareció de su vista en un recodo, medio tapado por la espuma, aparentemente sin señal alguna de estar vivo.

Luego se aproximó al cuerpo retorcido y ensangrentado del dentista Machicao, para comprobar que estaba bien muerto. Las hormigas se prodigaban alborozadas en torno a él, ya habían hecho el descubrimiento de tal tesoro. Connington no percibió en él ningún movimiento vital. De todos modos le dio como repaso un par de tiros en la cabeza, a fin de asegurarse de que no volviera a las andadas.

Sólo entonces el pistolero se ocupó de sí mismo. Notó su pantalón roto y quemado a la altura del muslo derecho, tieso de sangre. Un escozor le indicó que una bala de Melgarejo lo había alcanzado. Notó que su pierna se hinchaba, y que el área herida parecía cada vez más insensible. «Tengo la bala alojada en el maldito muslo», reflexionó. En unos pocos minutos más no podría caminar. Sintió que el vocinglero protestar de las aves se acallaba poco a poco. Tal como habían concertado con el barbitas, con gran esfuerzo disparó una bengala para alertar al equipo de rescate. Los pájaros volvieron a enloquecer. Pronto le empezó a llegar el ruido familiar y tranquilizador de un helicóptero.

Se aproximó a su socio. Contecorvo estaba consciente, pero su brazo izquierdo, su capital principal, se hallaba a todas luces destrozado. Una bala le había entrado exactamente a la altura del codo y junto a la sangre Connington pudo ver los huesos astillados, que asomaban en forma ominosa. Otro tiro le había dado más arriba, al parecer de lleno en las carnes, comprometiendo con toda seguridad músculos, huesos y tejidos.

—Era un buen tirador ese cabrón hijo de puta —jadeó el *cowboy* neoyorquino, mirando desolado su brazo.

—Va a tener usted que dedicarse a otro oficio, compadre —fue lo único que se le ocurrió decir al otro, para animar torpemente al sufriente Contecorvo, quien sentado en el suelo trataba de convencerse de que la extremidad rota tenía arreglo.

En tanto, el sonido del helicóptero se hizo más cercano. Connington dejó su rifle de repetición en el suelo y ayudó a Contecorvo a ponerse de pie; luego, ambos se acercaron a un claro, para que así los pudieran ver mejor. No se apreciaba el menor movimiento en las ruinas del viejo hotel. Con toda seguridad los ocupantes habían preferido no asomarse ni hacerse conspicuos durante la refriega. La máquina se fue aproximando cada vez más. Connington levantó las manos al ver que se abría una puertecilla lateral y asomaba el rostro conocido del profesor de barbitas, junto a otras dos personas. El helicóptero hizo un giro torsión como para intentar posarse, con la abertura justo frente a los pistoleros. Pareció estabilizarse allí, ya no maniobraba para posar sus ruedas sobre el suelo.

Entonces ocurrió lo inesperado. Al menos para Connington y Contecorvo. Los tres ocupantes del helicóptero sacaron de sus espaldas sendas ametralladoras y empezaron a disparar sobre los dos socios. Connington lanzó una maldición. «Nos están ejecutando», alcanzó a pensar, antes de lanzarse a correr, olvidándose de su muslo herido y sin ocuparse por lo demás de Contecorvo, que había posado las rodillas en el suelo de pura debilidad, por lo cual ofrecía un blanco fácil.

Connington corrió precisamente en dirección al helicóptero, haciendo zigzags con una pistola en cada mano y disparando furiosamente. No hizo ningún blanco, pero al menos logró su objetivo, que era pasar por debajo de la máquina y colocarse así del otro lado, en la zona más alejada de las armas de sus atacantes. Escuchó unos gritos, que reconoció como los del catedrático de barbitas. Sintió a sus espaldas que el helicóptero volvía a ponerse en movimiento para ir a por él. Una mirada le bastó para comprobar que su socio Contecorvo era cadáver, su cuerpo humeaba tras haber sido ametrallado sin piedad.

El asesino se percató de que su única posible salvación era meterse en la parte más tupida del bosque, y en ningún caso tirarse por el barranco, ya que allí haría un blanco fácil dada la anchura del río, por cuya amplia cuenca el helicóptero podía maniobrar con total soltura. Decidió bordear el torrente, siempre por el margen superior. Cruzó una empalizada a medio derrumbar y empezó a trepar una colina espesa de árboles y arbustos, que lo ocultaron casi por completo. Sintió sobre su cabeza el ronronear del helicóptero, y sucesivas ráfagas de disparos. Estaban tirando a ciegas, intentando adivinar dónde se hallaba. Oyó a la rugiente máquina pasar prácticamente por encima de él y ubicarse sobre el río para barrer el borde del barranco. Connington comprendió que debía moverse precisamente en dirección contraria si quería salir con vida del acoso.

El detective Melgarejo, por su parte, se hallaba vivo y aún bastante consciente; al menos lo suficiente como para dejarse arrastrar por el torrente y no hacer movimientos que pudieran delatarlo. Era un buen nadador, pensó, y no iba a morir ahogado. Comprendía que estaba indefenso, y no sabía si Connington había descendido hacia el lecho para rematarlo. Le pareció escuchar a lo lejos el ronroneo de un helicóptero, apenas identificable entre el fragor del río.

En algún momento notó que estaba a punto de perder el conocimiento, y que entonces sí se ahogaría sin remedio allí, en medio del río. Con supremo esfuerzo, e intentando disimular que se trataba de un movimiento voluntario, logró dar media vuelta y así ganar impulso para aproximarse hacia la orilla opuesta a la que se situaba el hotel en ruinas. Su intento lo llevó, sin embargo, en dirección contraria y, para peor, lo acercó al lugar por donde había rodado. Se había metido en un remolino que lo proyectó, aunque sólo unos pocos metros, corriente arriba.

Finalmente sintió que iba a dar a una pequeña playa, asoleada en ese momento por unos rayos de sol brillantes y cálidos, que se colaban entre las negras nubes que habían comenzado a poblar el cielo. Trató de no toser y de hacerse menos notorio. Juntó ánimos para arrastrarse y ponerse a cubierto una vez recobrado el aliento. Sin embargo, le vino un vahído terrible. Todo el paisaje la daba vueltas, como un carrusel. Luchó contra el desmayo, pero su cuerpo debilitado no respondió. Lo último que percibió antes de perder el conocimiento fueron unas manos que lo agarraban firmemente de la ropa y lo arrastraban playa adentro. «Adiós, Isidoro Melgarejo Daza —se dijo a sí mismo—. Date por muerto.»

Pero el detective no podía saber que no era precisamente su

verdugo quien lo estaba jalando con tan poca galanura, aunque con eficaz prisa. Connington se encontraba librando su propia batalla por la supervivencia. El asesino sabía por experiencia que no podía dejar de moverse, ya que era la única manera de ampliar y por tanto diluir el campo de acción de sus perseguidores. El problema era su pierna, que empezaba a pesarle como si fuera de hierro fundido, una sensación que lo agobiaba por las dificultades que traía implícitas para su huida, tarea en la que necesitaba todas su facultades.

Escuchó al helicóptero lanzar nuevas ráfagas mortales, pero lejos de donde se hallaba. Lo habían perdido. Asumiendo un riesgo calculado, se movió esta vez en la misma dirección de los disparos, siempre cubierto por la selva. La mortífera bestia aérea lo sobrevoló sin verlo y comenzó a disparar más o menos por donde se hallaba antes. Siguió avanzando en lo que suponía dirección río arriba, su pierna un peso muerto cada vez menos controlable. Maldijo la puta decisión que lo llevó a aceptar esta misión, y maldijo sobre todo a los traidores que lo habían metido en tamaña trampa mortal. «Decidida por los cabrones desde el inicio, seguramente», reflexionó el profesional.

Parecía que el helicóptero se alejaba finalmente. «Van a empezar la batida por tierra. No me atraparán», se juró Connington a sí mismo. La pierna la tenía insensible y endurecida, pero la bala incrustada en su carne había evitado de alguna manera la hemorragia, y la herida parecía haberse cerrado en torno a ella, evitando así al norteamericano un mayor debilitamiento. Había perdido su rifle, pero conservaba dos pistolas, suficiente munición, un cuchillo y una cantimplora llena de agua. Si lograba mantener a raya a su pierna podría salvarse, discurrió, mientras se desplazaba por el monte a la mayor velocidad que se podía permitir.

Todo lo anterior había acontecido en unos pocos minutos, sin que la tranquilidad de Chulumani se hubiera visto alterada aparentemente. No hubo policías que hicieran su aparición, ni sirenas, ni siquiera curiosos. Era evidente que los sonidos de la naturaleza, y sobre todo el ronco fragor del torrente, habían ahogado buena parte de los ruidos de la batalla, intensa pero breve. El helicóptero se alejó en dirección desconocida, para desvincularse pronto de lo ocurrido. Sus ocupantes sólo pensarían en organizar la batida por la selva para atrapar a Connington, que, herido y todo, podía escaparse si se las ingeniaba para manejar bien la situación.

Los indígenas ocupantes del viejo hotel seguían encerrados, tal como lo habían estado durante todo el episodio. Muertos de miedo. Por eso mismo no vieron nada, y por lo tanto era fácil prever que aportarían bien poco para aclarar la situación. Los únicos testigos habían sido los pájaros, que seguramente transmitirían a sus futuros descendientes alguna información sobre extrañas violencias, misteriosamente codificadas; pero por ahora eran datos bien inútiles para el género humano.

La verdad es que Connington ya había ganado varios puntos de ventaja. En su huida se había topado con un caballo que pacía en una pradera aledaña, un auténtico potro de monta, un pura sangre. El pistolero, como buen tejano, sabía de esas cosas. El animal no se inquietó por su aparición repentina, reconociendo al amigo de los caballos. Connington lo acarició y le habló suavemente, con lo cual los últimos resabios de sospecha desaparecieron del equino, su mirada se hizo menos intensa, sus ijares se relajaron.

Vio una choza cercana, a la cual se acercó con máximas precauciones. Un indio viejo reparaba sentado en el suelo unos implementos de montar, canturreando con monotonía un aire ininteligible. Connington, sin proferir una palabra, le apuntó con su arma, con lo cual el hombre quedó paralizado de terror. Lo hizo callar y observó que con lo de allí podía improvisar un apero de cabalgar bastante aceptable. Hizo que el viejo le preparara la silla, tras lo cual partió al galope, se podría decir que contento, ya que entre sus activos para la supervivencia contaba además con una brújula y algunos mapas.

«Si logro que alguien me saque la bala, serán magos si algún día me atrapan», se juró a sí mismo. Una rápida mirada a uno de sus mapas, más la ayuda de la brújula, lo decidieron a moverse hacia el interior, en dirección al poblado de Irupana. Sólo cuando intentó sacarse el sombrero para secar el sudor se percató de que lo tenía pegado a la cabeza. Lo observó. Un hoyo de bala negruzco en la tela le demostró cuán cerca había estado de diñarla. Se tocó el pelo en la zona, y lo notó pegajoso por la sangre. Una bala de ametralladora lo había rozado, afortunadamente de manera muy superficial.

«Me llamo Robert Connington, de Houston, Texas, estoy en Bolivia en una misión de asesinato, y acabo de salir de un tiroteo en el que me trataron de ejecutar a mí», se dijo para sí mismo, a fin de cerciorarse de que no había perdido la memoria ni se había vuelto imbécil. Quedó satisfecho con la prueba y volvió a pensar, aunque esta vez expresó sus ideas en un fiero murmullo, también para sí mismo:

—Profesor de barbas, catedrático de pipa, seas quien seas, te encontraré y te sacaré la piel a tiras, tarde o temprano. Lo prometo. Aunque muera en el intento. Ésta es mi nueva misión.

VII

Tiwanaku

Se dio cuenta Melgarejo de que no estaba muerto cuando vio frente a sí a un sonriente y desdentado aparapita que le ofrecía un cigarrillo largo y coloreado, semejante a una barra de barbero en miniatura. El detective observó que se hallaba tirado sobre un jergón, en una habitación sin ventanas, parecida a un sótano, rodeado de unas opacas paredes de barro de donde surgían plantas y malezas. Primero se sintió satisfecho y luego se extrañó de que todo le pareciera tan normal.

Vislumbró que, enroscados a unos alambres medio rotos que cruzaban el recinto, pendían cientos de claveles del aire, sucios de polvo, casi todos florecidos, que daban a la habitación un decorado nada alegre, todo bajo la luz tenue, más bien tenebrosa, de una bombilla sucia que se balanceaba en medio del cielo raso. El aparapita se hallaba justo al centro de la puerta entreabierta, e iba avanzando poco a poco hacia el interior de la pieza, con el cigarrillo en ristre a modo de bandera de paz, dando pasitos de baile al ritmo de un vals que su acompañante, un mestizo alto vestido con un ajado terno negro, entonaba en un acordeón desafinado y asmático, entre lágrimas y sorbidas de mocos.

—*Saucecito llorón* —murmuró Melgarejo—. No puede ser tanta coincidencia, adoro esa pieza. —También al trotecito, y tras los otros dos, vio que entraba un tercer personaje, una suerte de duende menudo que llevaba un ridículo traje verde, como un buzo deportivo, pero sin solución de continuidad entre blusa y pantalón.

Este último ser patético fue el primero en hablar:

—Soy el poeta Pepe Acebo, y llevo un disfraz de pepino para expiar mis culpas, sobre todo por haber contribuido, con mi viciosa afición, al agotamiento de la manzanilla en el ecosistema boliviano; empero, sobre todo, estimado señor e ilustre varón, merezco castigo por las agresiones que he cometido contra el idioma castellano que nos legara el conquistador, y que he mancillado a punta de malos sonetos, a perpetuidad…

Tras esta parrafada, un viento ululante se coló en la pieza, levantando polvo de las paredes (fenómeno que a Melgarejo le pareció observar por primera vez en su vida), haciendo cimbrar los claveles y provocando una nube opaca que los hizo toser a todos, a la par que les impedía verse ni siquiera las caras. Cuando a la postre la atmósfera se despejó un poco, gracias a que el aparapita recomendó unos minutos de quietud total, Melgarejo vio que con la ventolera se había agregado al grupo un cuarto y gordo personaje, a todas luces un ciego de gafas negras y bastón blanco, que acarreaba además una lagartija sobre el hombro.

—Es mi hermanito adoptivo —exclamó, señalando al pequeño reptil y adivinando que su anfitrión había puesto cara de pregunta. Luego, haciendo morisquetas con la nariz, supuestamente de asco, dijo—: El aparapita anda por aquí. Siento el olor apestoso de su aún más apestosa y piojosísima chaqueta…

—A callar, ciego pipón —le respondió el aparapita, ofendido—. ¿No ves que el señor profesor acá está en pleno trance de morir?

Fue la señal para que el ciego se pusiera a entonar con toda el alma *Saucecito llorón*, acompañado con entusiasmo por el acordeón y un coro de lo más desafinado, improvisado por el cuarteto en pleno. Todo sonaba tan horrible que Melgarejo se escuchó gritar «¡Basta!»

—No basta, señor mío, no —lo increpó el supuesto poeta vestido de pepino—. Estamos esperando al doctor Felipe Delgado, quien se hará cargo de la solemne ceremonia de su ingreso al mundo subterráneo.

—Bueno, señores —balbució el detective—. ¿Estoy muerto sí o no? Respondan, por favor.

Su ridícula frase fue recibida con falsas carcajadas por la siniestra comparsa.

—Querido señor Isidoro Melgarejo Daza, que me quema la boca mencionar ese nombre y esos apellidos malditos que usted porta —intervino el poeta, secándose imaginarias lágrimas de risa—, sepa usted que nos hallamos aquí en el bar místico La Mariposa Mundial, antesala del infierno, lugar donde se suicidan los aparapitas, y por eso tenemos a nuestro poco ilustre visitante con nosotros, también él mismo en trance de pasar, no sé si a mejor vida, pero al menos a relacionarse con seres mucho menos malolientes que él mismo…

—Que te degüello —bramó el aparapita, haciendo amago de sacar un corvo y abalanzarse sobre el poeta.

—¡Basta! —volvió a gritar Melgarejo—. Esto es demasiado ridículo. No puedo estar muerto. Esto no es más que una vulgar pesadilla.

Una nueva ráfaga de viento, esta vez violentísima, y formando un remolino poderoso, se metió en el cuarto. Melgarejo contempló, incrédulo, que la loca espiral se llevaba al cuarteto formado por sus inverosímiles visitantes a través de la misma puerta por donde habían entrado. Sintió una gran pena, porque se le ocurrió que había empezado a encariñarse con ellos, tan frágiles y ridículos. En ese momento, una chispa de lucidez le hizo notar que todos ellos le eran más o menos familiares, por alguna razón misteriosa que por ahora se le escapaba.

La fuerza del remolino generó una nueva nube de polvo, esta vez tan espesa que la habitación se volvió de una negrura total. Melgarejo sintió que la negrura se le empezaba a meter dentro del cuerpo, por la nariz, la boca, las orejas. Trató de resistirse a la invasión, pero fue en vano. No podía moverse del jergón donde yacía de espaldas. Le pareció que su carne se convertía en polvo endurecido, barro seco, algo así como adobe de construcción. «Esto sí que es la muerte», fue el último pensamiento del detective, antes de sumirse en la nada.

Isidoro Melgarejo Daza dejó de existir para sí mismo, y flotó en la nada, tal como antes había flotado en el río. «La muerte es flotar en la nada», leyó en las paredes del túnel oscuro por donde viajaba. Pero al cabo de un tiempo indeterminado se percató de que se hallaba consciente en la nada. Podía pensar. «Soy pura alma», reflexionó. La muerte es eso: una nada endurecida, una oscuridad espesa. Pero había algo más en esa nada, algo inconfortable: dolor. Terrible dolor. Un dolor que se movía, que de pronto le afectaba un lado completo, o por arriba, o en el centro de sí mismo. «Parece que tengo cuerpo —volvió a reflexionar—. Y me duele.»

Creyó que un rayo de dolor intenso lo partía en dos. Volvió a encontrarse en el mismo escenario donde había recibido a los personajes de Jaime Sáenz.

—Eso es —se dijo a sí mismo en voz alta—. Estos payasos no son ni más ni menos que personajes de novela, de mi novela preferida, vaya.

—No blasfeme, usía —escuchó de nuevo la voz gangosa del aparapita de La Paz, esa mezcla de mendigo con cargador, que sentado en el suelo lo observaba desde un rincón—. Si alguien nos puso en un libro, eso fue antes de que muriéramos. Estamos todos muertos, claringo, mi señor. Yo me suicidé bebiendo aguardiente, como corresponde a mi estirpe, buen caballero.

Melgarejo miró al personaje. Le pareció que era traslúcido y que la muralla de tierra se veía a través de él. «O tal vez sea por la suciedad propia que se mimetiza con el adobe», pensó.

—No vendrán —habló el aparapita en un susurro, mirando al detective con aire de vivillo.

—¿Quiénes? —preguntó Melgarejo.

—Los demás, pues. Los personajes que les llama usted, con harta falta de respeto, con toda cortesía se lo digo, papacito. No vendrán. Están todos citados…

—¿Citados dónde? —inquirió Melgarejo, quien aunque no estaba interesado en absoluto en dialogar con una ilusión, que eso le parecía el aparapita, se vio obligado a seguir, impulsado por su cortesía innata.

—Hoy sesiona la Liga.

—¿Qué Liga?

—La Liga Espiritista de La Paz —respondió el aparapita, tras lo cual se sumió en un silencio enfurruñado.

—Y tú ¿por qué no estás con ellos?

—No aceptan aparapitas. La Liga Espiritista es cosa de blancos, papacito. No entran indios como uno —e hizo un gesto desdeñoso, que enfatizó con una furiosa pitada al choto arrugado que había encendido.

—Por eso has vuelto acá. Te sientes achicado.

—Bueno, papito, si usted lo dice. Este su cuarto de usted mejor es que el hotel de los agachados.

—¿Qué es eso?

—La cuneta, pues, jefe.

—Eres un almaylanas.

—Lo sé, señor…

—Indolente, sufrido, resignado.

—Menos cuando puedo acullicar…

—Mascar tu coquita, quieres decir.

—¡Qué sabe el indio de confites!

—Cuando el indio se refina, se desatina.

—Me dejó sin castellano, doctor. Ahora permítame hacerle una confidencia. Importante para usted. Muy importante. He echado una craneada mientras usted dormía…

—Me quieres fumar en cachimba…

—Que se me seque la saliva, jefe. Escúcheme. —El aparapita se aproximó al jergón donde yacía Melgarejo, y poniéndose en cuclillas a la altura de su cara, le habló en susurros—: Doctor, tiene que ir a la fiesta del Gran Poder. Tiene que ubicarse al final, en la meta, usted sabe, la plaza del Estudiante, donde acaba el Prado… Allí la va a ver a ella. La va a reconocer. La más hermosa de todas es, de las guaripolas. Rubia, como le gustan a usted, alta. Parece gringa. Las piernas más largas y blanquitas de la procesión. Lleva un sombrero celeste, con una cinta roja, recuerde eso, vestido negro y zapatitos de tacos del mismito color celeste. Una diosa, jefe. No se olvide. Tiene que verla y hablarle…

En ese preciso instante se escuchó nuevamente el ulular del viento y nuevamente los muros y el cielo raso comenzaron a expeler polvo. Se hizo un remolino en forma de pequeño tornado, que absorbió en su núcleo al aparapita, quien en su lucha por liberarse perdió la chaqueta, la famosa chaqueta de mil retazos de los aparapitas, la cual quedó como un montón de trapos malolientes sobre el jergón, medio cubriendo los pies del postrado detective.

Esta vez no hubo transición para Isidoro Melgarejo Daza. La nada lo atrapó de golpe, como una explosión a la vez externa e interna, y que resintió como independiente del polvo. El detective fue eyectado a través de un túnel, cuyas paredes parecían hechas de oscuridad y ruido materializados. Fue una sensación tan tremenda, tan profundamente aplastante en su entero ser que gritó, o creyó gritar, con todas sus fuerzas:

—¡Muerto soy!

Así llegó al infierno. Un infierno que antes había presentido. Un infierno llamado, simplemente, dolor. Un dolor que se apoderó de él, anulándolo completamente, sin tregua, un dolor que se iba haciendo cada vez más violento, y que parecía decirle que nunca cedería, que eso eran las penas de la condenación, que era lo que él se merecía. El dolor no cejó, Melgarejo creyó en algún momento que podría soportarlo, pero era demasiado horroroso; y pidió morir, rogó a los dioses que se lo llevaran, combinó creencias y supersticiones, blasfemó, increpó, se humilló. De repente, la nada. «Ahora sí —pensó Melgarejo—. He muerto.»

Se encontró Melgarejo otra vez tirado en la apestosa pieza. Su vista parecía funcionar, aunque veía borroso. Pudo comprobar que se trataba de un rancho campesino de aire abandonado y, por lo que pudo percatarse, mientras se aclaraba su mente, construido de puro barro y paja, sus paredes medio derrumbándose. Tenía una ventana, pero se hallaba tapada por cartones y trapos para detener el frío. Acostado sobre un jergón bastante inmundo, hizo un intento por moverse, pero lo cogió una oleada de dolor que casi le hace perder el sentido.

«Estoy vivo —pensó. Pero al sentir los reclamos de su cuerpo volvió a pensar—: Mejor estaría muerto. Debo estar baldado.» Prefirió permanecer inmóvil. Poco a poco sus ojos se habituaron definitivamente a la escasa luz que penetraba por la ventana oculta y el dintel de la puerta, que se le apareció también como un recuadro dorado, al igual que la ventana. «Es de día», pensó, o creyó pensar. Pudo mirarse a sí mismo para notar que estaba desnudo, salvo por sus calzoncillos. Su brazo izquierdo y su pierna derecha eran las fuentes principales del dolor, y estaban en parte cubiertos por unos desordenados aunque aparentemente limpios vendajes. Todo el costado derecho de su cara también ostentaba unos trapos enrollados, que le tapaban completamente una oreja y parte del ojo. «¿Quién soy?», se preguntó mentalmente. No pudo recordar su nombre. «Boliviano soy», se aseguró. «Hombre, también», se dijo, al sorprender su virilidad erecta, a pesar de tan extrañas circunstancias.

—Pero no sé cómo me llamo —rezongó para sí mismo.

De improviso se abrió bruscamente la puerta. Una oleada salvaje de luz se coló en el cuartucho, lo que le provocó a Melgarejo una explosión de cefalea tan violenta que sintió arcadas. Movió su brazo sano para cubrirse los ojos, lo que significó aún más dolor.

—Perdóneme usted, papacito Isidoro —le dijo una aguda vocecita, en tono cariñoso—. No sabía que estaba usted despierto. Aunque a Dios gracias… no se nos fue al país de los calvos —y se rió, mientras volvía a cerrar la puerta. Se trataba de una cholita bastante joven, aunque de edad indefinida, con todo y faldas y sombrero, que llevaba en sus manos un cuenco de una sopa espesa y una gruesa rodaja de pan. Todo aquello olía a maravillas para el detective.

—No podré comerlo, mamita…

—No son ángeles fritos, doctor Melgarejo. Pero le vendrá

bien. Es una sopita andina, le lleva mucha quinua, que es tan buena. Pero no se preocupe. Yo se la daré en la boca. Le voy a levantar un poco la cabeza.

—Isidoro Melgarejo Daza, así me llamo, es verdad —musitó el paciente, lo que arrancó una risita de su benefactora.

La graciosa cholita depositó la comida en el suelo, ya que en el cuarto no había ningún mueble ni nada que se le pareciera, y procedió a colocar, bajo la cabeza del detective, una suerte de grueso manto multicolor a modo de almohada. Melgarejo creyó reconocer la chaqueta del aparapita. Se fijó también que la mujercita, muy menuda, era de una extraordinaria belleza puramente indígena.

—¿Dónde estoy? —le preguntó a la cholita, tras haber sorbido la primera cucharada y notar de paso que se hallaba hambriento.

—A salvo, entre gente amiga. Pero no es momento de preguntas. Tiene que descansar. Lo hemos curado con puras yerbas medicinales. Ahora, se me calla por un ratito y termine con su sopita.

Melgarejo prosiguió obediente con el modesto condumio, hasta devorarlo íntegramente. Se sintió mucho mejor tras hacerlo, creyó sentir que el dolor se alejaba cual una nube de tormenta. La cholita salió de la habitación por unos momentos, para volver con un tazón humeante.

—Tómese este matecito de coca, bien cargado. Es su medicina —se rió.

—Estoy vivo gracias a ustedes. ¿Quiénes son mis ángeles guardianes, si se puede saber? —preguntó Melgarejo, a la par que empezaba a recordar qué le había ocurrido.

—Lo hemos curado con recetas secretas, plantas milagrosas y mucha hoja de coca, con emplastos, vapores e infusiones —le informó la cholita, respondiendo a medias—. Y también con oraciones. Lleva una semana peleando entre la vida y la muerte.

—¿Dónde estoy? —repitió Melgarejo su pregunta.

—En Tiwanaku, el pueblo, doctor —respondió ceremoniosamente la cholita—. Lo tenemos oculto. Tuvimos que sacarlo de Yungas antes de que se enteraran de que no había muerto usted, porque de seguro lo iban a buscar para rematarlo.

—¿Cómo llegué acá?

—Ya le contarán detalles. Lo hemos salvado la familia que habita en el viejo hotel abandonado. Las mujeres lavando ropa estábamos en el río. Vimos todo desde abajo...

—¿Usted estaba allacito? —la interrumpió el detective.

—Sí, señor. Lo he acompañado todo el tiempo. Soy soltera —añadió, sonrojándose—. Pude hacerlo por eso.

—¿Y por qué me trajeron a Tiwanaku?

—La familia, de acá somos. También somos una cofradía del Gran Poder...

—Entiendo —comentó Melgarejo, que intentó seguir averiguando más, pero le sobrevino una somnolencia incontrolable. Vio que la cholita le hablaba, pero no logró distinguir ningún sonido, y la cara de ella comenzó a diluirse por partes, hasta que no quedó más que su naricita levemente respingada flotando en el aire. Luego comenzó a reaparecer frente a él. Pero se había transformado en la Virgen María. Melgarejo cerró los ojos. «Otra vez las alucinaciones», pensó. La virgen lo miró dulcemente con sus ojos azules. Llevaba el pelo largo y ondulado, tan rubio que lanzaba destellos dorados, semioculto por un velo blanco. Le sonrió por entre sus delicados satines. Por vestimenta llevaba un largo traje azul y blanco, como correspondía a la iconografía piadosa.

De pronto, como un estruendo, comenzó a tocar una banda de bronces del Gran Poder. A Melgarejo le sonó como si estuvieran tocando dentro del cuarto. La virgencita, con una sonrisa pícara y un gesto grácil, se quitó bata y cofia y quedó vestida con una especie de corsé verde adornado con lentejuelas, las piernas enfundadas en medias negras y botas del mismo color. Levantó sus manos e hizo sonar los dedos, con lo cual aparecieron un sombrero de felpa blanco con adornos de colores, que se caló de inmediato, poniendo en evidencia la belleza de sus diminutas manos y sus axilas, dotadas de una suave vellosidad; y luego una guaripola, que empezó a agitar al ritmo de la música, a la par que iniciaba un gracioso y provocativo paso de marcha.

La música empezó a apoderarse de Melgarejo, que la sintió penetrar esta vez por la piel, ocupando cada uno de sus poros. Trató de luchar contra lo que comprendió era una nueva irrupción de la nada, pero la oscuridad se fue apropiando de él y del lugar, hasta que no quedó más que la música que resonaba en sus entrañas, depurada de melodías, armonías y timbres, ritmo puro que lo iba deshaciendo implacablemente por dentro.

«Esto es la muerte, ritmo no vital, quietud inquieta, no paz interior —elucubró en su inconsciencia—. Los lugares comunes del lenguaje los hacemos para esconder la realidad atroz de la muerte.» En ese estado quedó flotando por lo que le pareció la eternidad. «Estoy muerto. Definitivamente», concluyó. Este último pensamiento actuó como un detonador, porque Melgarejo se encontró nuevamente en el rancho. Allá afuera, no a mucha distancia, una banda de bronces ensayaba sus piezas para la fiesta del Gran Poder. El detective escuchó aliviado las músicas que tanto le gustaban. Sintió que unas lágrimas le quemaban los ojos. El dolor estaba siempre con él, pero esta vez le pareció soportable, una batalla que podía ganar.

—Estoy vivo —exclamó—. Gracias, Señor.

—Por supuesto que está vivo, doctor —le replicó una vocecita cantarina desde un rincón, que prolongó en una risita aguda. Era su cholita guardiana.

—Me has estado velando todo el tiempo, chicoca bondadosa —fue lo único que se le pasó por la cabeza.

—Es mi deber, doctor, pero lo he hecho con gana y gusto. Espero haberlo hecho bien…

—No me has fastidiado, chicoquita. Al revés, tengo que reconocer que no te he notado casi. ¿Cómo te llamas?

—Me llamo María, doctor, para servirle… Quédese un rato tranquilo que le voy a traer de comer. Está muy débil. Perdió mucha sangre, lo hemos alimentado como hemos podido, pero le falta mucho para recuperarse.

—¿Qué pasó con mi amigo? —le preguntó al verla pararse para salir del cuarto.

—Ya vuelvo, no se impaciente… Pronto conseguirá sus respuestas.

Melgarejo se quedó solo escuchando a la banda, complacido por esos sones queridos y familiares. Se enterneció con sus desafines. Había una bombarda realmente atroz, lo peor es que reincidente, no había manera de meterla en el tono. Volvían una y otra vez a la melodía, y la bombarda no mejoraba. «Debe de ser un miembro inamovible de la banda» pensó, bastante divertido con el pequeño drama musical que se representaba afuera.

La cholita volvió a los pocos minutos con una escudilla de latón rebosante de un oloroso sancocho, con un buen trozo de carne, papas, yuca y demás sabrosuras. Melgarejo se abalanzó casi sobre los alimentos, ante las risas de la cholita, que celebró así la recuperación del apetito por parte de su protegido.

—Cuando termine de comer, doctor —le dijo—, vendrá alguien que responderá a todas sus dudas. No se me impaciente, usted se porta casi como un niño —lo arropó en una mirada arrobada, con batir de pestañas y todo lo demás. Un golpe respetuoso en la puerta señaló la llegada de un visitante. La cholita lo hizo entrar y se retiró discretamente. Se trataba de un campesino de mediana edad, de fuerte contextura, aunque más bien bajo y ancho. Calzaba ojotas y llevaba un gorro de lana multicolor.

—Buen día, doctor —le dijo—. Me llamo Moisés Chuquiago, caporal del Gran Poder. La comunidad celebra su recuperación. Lo hemos acogido en secreto entre nosotros. Usted está en una chacra junto a Tiwanaku, el pueblo.

—Gracias, papacito —respondió Melgarejo—. Les debo la vida. Nunca lo olvidaré. Espero poder retribuir algún día lo que han hecho por mí.

—De eso despreocúpese, doctor. Le cuento que sus heridas de bala eran todas graves, pero superficiales, tuvo suerte, aunque perdió mucha sangre. No hay huesos rotos ni hubo que sacarle munición del cuerpo. Se recuperará bien…

El hombre le hizo luego un resumen sucinto del día del ataque. Le ratificó la muerte de su amigo el doctor Machicao, y también la de uno de los asesinos, un extranjero desconocido, según había podido averiguar. El otro extranjero que había participado en el hecho criminal había huido y aún se desconocía su paradero. Le contó que se vio a un helicóptero involucrado en la refriega, pero que no había sido identificado. El informe oficial hablaba de un ajuste de cuentas entre grupos de la droga.

—A usted, doctor, lo anda buscando la policía —le dijo el campesino en tono solemne—. Pero lo dan por muerto. Ahogado en el río. No confiamos en esa gente, y el otro asesino anda suelto. Por eso decidimos ayudarlo, señor.

—Pero ustedes no me conocen, creo yo, amigo mío.

—Sí lo conocemos, doctor. Sabemos que usted ha sido bailarín en el Gran Poder. También conocíamos a su amigo, el hijo del caballero asesinado en el hotel viejo. El doctor Machicao, que el Señor lo tenga en su gloria. Fue comprensivo con nosotros. Nos sentimos obligados a ayudar…

Melgarejo quedó un tanto sorprendido. Es cierto que había participado en el Gran Poder, en una de las cofradías del Alto, en sus tiempos juveniles, cuando había decidido irse a vivir allá para hacer labor social y proselitismo político. Pero nunca se habría imaginado que alguien lo recordaría. Al menos él no recordaba a nadie, todo había sido como una gran alucinación, una borrachera de música y fe.

—Pensamos que usted querría estar bien para vengar a su amigo, un hombre bueno, doctor —le dijo el campesino—. Para eso lo salvamos. Y lo ayudaremos en lo que podamos, para que haya justicia.

«La pesadilla continúa —reflexionó Melgarejo—, estoy atrapado en una lógica novelesca, como Felipe Delgado y su comparsa.»

VIII

Irupana

Muy seguro se sentía Connington de sí mismo, todo le había resultado razonablemente bien, dentro de lo dramático de la situación que estaba viviendo. Pero tal sentimiento le duró sólo hasta que la herida en su muslo empezó a dar señales de que no podía seguir ignorándola. Le ardía y sentía su extremidad dura e insensible.

Connington no había llegado muy lejos durante su escapada. Luchó con su brújula, pero no le sirvió demasiado, y simplemente se extravió en el bosque. La pierna lo estaba masacrando, adquiriendo un color violáceo ominoso que comenzó a inquietarlo. Vació su cantimplora sobre ella para aliviar el ardor, que se le hacía insoportable.

Finalmente cedió ante los intentos de su caballo, muy nervioso y asustado, por orientar el rumbo, pensando que el animal lo llevaría a algún lugar donde pudiera pedir socorro, aunque para eso tuviera que recurrir a la fuerza bruta. Le era imposible seguir así de herido. Terminó por percatarse de que debía correr algún riesgo haciéndose ver por gente, o sería presa de la gangrena y eso sí que se perfilaba fatal para él. Le había tocado ver casos en la guerra, su guerra, la de Vietnam.

Tal como era de esperar, y Connington debió haberse dado cuenta, dada su experiencia en el campo, el caballo liberado de la presión de las riendas inició un buen trote… en dirección de vuelta.

Connington había empezado a sufrir mareos, hasta que se desvaneció en la silla. Habituado a tales circunstancias, por su trabajo de *cowboy*, se mantuvo en ella sin caerse, ayudado obviamente por la mansedumbre de la cabalgadura que el azar le había puesto delante.

Era ya de noche cuando llegaron exactamente al lugar de donde habían partido, casi en pleno Chulumani. Curiosamente, eso fue su salvación, ya que sus perseguidores no se imaginaron que podía ocurrir tal cosa. Semidormido, Connington bajó de la montura en cuanto comprendió que el animal se había detenido. La oscuridad era casi total, apenas mitigada por la luz de las estrellas, en esa noche despejada pero sin luna. El pistolero vio delante de él un cobertizo que no reconoció como el mismo donde había amenazado al campesino que cuidaba el caballo, y se metió dentro, su arma presta en la mano. Al notar que el lugar se hallaba vacío, se tiró al suelo y se durmió casi al instante, con las botas puestas.

Despertó bruscamente ante el golpe de la luz del día. No sabía cuánto había dormido, sólo tenía la sensación de una prolongada negrura sin sueños. No sentía la pierna, lo cual le dio la esperanza de una mejoría, pero un pequeño movimiento bastó para que el dolor se impusiera. No tuvo tiempo de ocuparse de ello. Su mente se puso alerta al intuir una presencia cercana, y la mano se aproximó al arma, que se hallaba presta en su lugar. La sacó lentamente, sin apuntar a nada en particular. El contacto lo tranquilizó. De pie en la puerta, cuya apertura era lo que había despertado al tejano, se hallaba el mismo campesino indio a quien había arrebatado el caballo. El viejo lo miraba con ojos dilatados de terror.

Connington se sorprendió, pero estaba habituado a este tipo de situaciones, por lo que le apuntó al viejo entre los ojos y amartilló su arma, como en las películas del Oeste. El campesino apenas logró balbucear:

—Papacito, no me mates.

—No te mato, viejo cabrón, si me ayudas.

—Lo que quieras, papacito.

—Estoy herido. Necesito un doctor…

El viejo lo miró con ojos astutos, percatándose por primera

vez de que tenía alguna ventaja sobre el mafioso herido. Pero Connington, aún más avezado en tales situaciones, cortó rápidamente las intenciones del indígena, si alguna vez las tuvo.

—¿Tienes hijos? —le preguntó.

—Sí, señor —respondió el viejo, ingenuo—. Una hija y también un nieto.

—Pues, si me traicionas, indio cabrón, mato a tu hija y a tu nieto, sin ahorrarles sufrimiento, y después te mato a ti a patadas...

El anciano lanzó un gemido por toda respuesta.

—Ten por seguro que los buscaré a los dos y les haré conocer las penas del infierno, antes de matarlos como a perros en tu presencia. Ahora, consígueme un doctor.

Por toda respuesta, el viejo lanzó un breve silbido. Connington levantó su arma para reventar al viejo y a quien se acercara, pero éste le hizo un gesto tranquilizador, para luego musitar:

—Es mi nieto.

Connington vio aparecer a un niñito mugriento bien forrado en un poncho, con un bonete multicolor en su cabeza, que lo miró con ojos indiferentes y gesto impenetrable.

—Gaspar, vamos a ayudar al señor. Tenemos que llevarlo donde el doctor Salmón.

—Tata... —balbució el niño, pero fue prestamente conminado por su abuelo a callar, por la vía de un violento pellizco.

—Mejor te callas, niño —intervino Connington—. Obedezcan a todo lo que yo les diga, ¿entendido?, tú y tu abuelo. O los mato a los dos ahora mismo...

Pareció que el niño no se inmutaba, aunque en su cara impávida empezó a formarse un rictus que podía interpretarse como odio. Connington ni se percató de esto, aparte que su formación en la línea dura lo había hecho totalmente impermeable a los sentimientos del prójimo, y le daba lo mismo la cara de la gente. Más le preocupaba lo que llevaban en la mano, sobre todo si era un arma letal.

—Vas a ir inmediatamente donde el medicucho ése —le dijo Connington al viejo—. Le llevarás este mensaje —agregó, mientras garrapateaba una líneas en una libreta, con lo cual informaba al ga-

leno que era norteamericano, y que estaba herido por un acciden-
te de caza y necesitaba que lo atendiera de inmediato, que prome-
tía una buena retribución, solicitaba discreción, y que el viejo lo
guiaría—. Tienes una hora para traer al doctor Salmón famoso
—remató sus instrucciones—, tu nieto se queda conmigo. Si te demoras más de una hora, dalo por muerto. No se te ocurra traer a la
policía, o algo así, porque mi venganza sería simplemente horrible.
Ya estás advertido. Ahora, en camino…

—Papacito —gimoteó el campesino—. Tengo que ir a buscar
al doctor a Irupana, está lejos, me voy a demorar más.

—Pues te demoras lo menos que puedas o les va a ir mal a ustedes dos, ¿me oíste por última vez? —le gritó el pistolero por toda
despedida.

Partido el viejo, al mejor trote que le permitía su decrepitud,
Connington quedó solo, sumido en negros presentimientos. Si el
viejo lo traicionaba y llegaba con tropas, no iba a poder con una
fuerza superior a la suya, sobre todo por las condiciones precarias
en que se hallaba. Iba a tener que matar al niño, lo que no le hacía
demasiada gracia, pero si de todos modos tenía que morir él mismo… Lo miró, impertérrito sentado sobre una piedra en la parte
exterior de la choza, a la vista del pistolero, quien le hizo un gesto
de que no se moviera, y le mostró el arma. Parecía un viejo chico,
con sus ojotas, arrebujado en su poncho, su gorra multicolor cada
vez más nítida a medida que aumentaba la luz.

Desde su posición en la choza, Connington tenía una vista
amplia del área, donde reinaba un silencio casi total, sólo roto por
los pájaros que comenzaban a saludar el día. No se había percatado del instante preciso en que el viejo había desaparecido en busca del médico. «Espero que este cabrón no me traicione», reflexionó Connington.

—Niño, escucha —se dirigió a su ocasional acompañante,
mientras se movía con dificultad hacia el dintel. El dolor se estaba
empezando a hacer insoportable—. Dime dónde hay otro lugar
para esconderme antes que vuelva el pendejo de tu abuelo…

El niño hizo un gesto en dirección a unas rocas grandes medio cubiertas por vegetación, que se hallaban a unos cuarenta metros del cobertizo. Lo hizo con tanta seguridad que Connington tuvo un atisbo de ternura hacia el niño, al notar que seguramente era un lugar de juegos o escondite secreto para él.

—Nos vamos a mover para allá, niño. ¿Cómo dijiste que te llamabas?

—Gaspar —murmuró el pequeño campesino.

—¿Gaspar qué? —le respondió el pistolero—. ¿No tiene apellido la gente por acá?

—Gaspar Chuspikaña —fue la réplica segura del muchacho.

Llevando a su pequeño rehén por delante, Connington se movió lo más rápidamente que pudo hacia el lugar indicado, que, en efecto, era lo que necesitaba. Había un pasto mullido, e hizo que Gaspar despejara unas boñigas del ganado. Notó que podía echarse en el suelo y desde allí, con relativa comodidad, estaba en condiciones de vigilar la cabaña adonde llegarían el viejo y el médico. El asesino profesional volvió a verse inundado de pensamientos sombríos. Se imaginó el enfrentamiento y tuvo la plena seguridad de que no saldría vivo. «Pero les voy a hacer pagar caro mi vida», se repitió a sí mismo la frase que marcó los momentos culminantes de tanta película barata.

El canto matutino de los pájaros se había convertido en una algarabía total mientras los primeros rayos del sol se abrían paso entre las montañas. Un vientecillo fresco trajo olores vegetales que pusieron más nervioso a Connington. Observó al niño, que frente a él lo miraba aparentemente sin miedo, sus manos bajo el amplio poncho. De pronto, el muchachito sacó una armónica y se puso a tocar muy quedamente. El pistolero no lo hizo callar, ya que en medio de los cantos de los pájaros ese pequeño sonido era insignificante. Escuchó unas melodías que le parecieron típicamente andinas, como las que había escuchado en la plaza de Chulumani, pero el instrumento era inusual.

—¿Cómo se llama esa canción? —le preguntó.

—No sé. Huaiño. *Paceñita mi amor* —le respondió el niño, pasando en seguida a entonar otro tema.

—Te dejo tocar, pero bien quedo —le advirtió Connington. La música lo relajó y casi sintió menos dolor. El nombre de la canción le trajo el recuerdo de unos ojos verdes. Un toque de optimismo se apoderó de él. Se sintió en los campos de su juventud, cuando descansaba en cualquier lugar fresco, durante los grandes desplazamientos de ganado en busca de pastos nuevos. Creyó volver a ver esos cielos azules por donde pasaban raudas las nubes blancas, empujadas por los vientos que venían del desierto. En un momento de su ensoñación estuvo a punto de dormirse. El instinto de conservación de la fiera acosada le avisó de que corría peligro. «Este chiquillo cabrón me está adormeciendo a propósito con su música», pensó.

—Para, niño —le dijo en un susurro conminatorio—. Para tu cabrona armónica. Ahora mismo…

El niño le obedeció de inmediato, y ocultó su instrumento bajo el poncho. Se mantuvo quieto tal como antes, mirándolo sin un gesto en el rostro.

—Me está irritando tu sucia cara de luna —lo insultó Connington—. Mira para otro lado o lo vas a pasar mal conmigo. Mejor vigila para estar atentos a la llegada de tu abuelo…

Pareció que el niño no lo entendía, ya que lo siguió observando impertérrito. Con un gesto de fastidio, Connington se puso a estudiar la cabaña. Miró su reloj. Habían transcurrido dos horas completas. El hombre se estaba demorando demasiado. «¿Qué estará tramando este indio hijo de la gran perra?», susurró el profesional.

Finalmente se durmió, sin percatarse de ello. Durmió varias horas, hasta que de pronto despertó, aguijoneado por la sed. Notó que empezaba a caer la tarde. Inmediatamente se dio cuenta de donde estaba. Buscó con los ojos el arma y al chiquillo, y lo vio en el mismo lugar de antes. Tenía en las manos un cuenco de agua que le ofreció sin decir palabra, mientras mordisqueaba una dura torta de maíz. Connington bebió con avidez, se dio cuenta de que el niño pudo haber escapado y que se había abstenido. «Los tengo aterrorizados», pensó. Se prometió ser más cauto.

Pero el asesino se empezó a quedar dormido otra vez, arrullado por el sonido de la armónica que de nuevo había comenzado a sonar quedamente, sin que él atinara a detener al niño, aletargado como se hallaba, cuando vio reaparecer el viejo pastor, acompañado de un señor calvo y obeso, vestido con un terno gris arrugado y corbata negra. Portaba un maletín de médico en la mano. Connington se despabiló de inmediato. Los observó mientras entraban a la choza, y salían a los pocos segundos para otear el panorama. Luego, con el viejo a la cabeza, se acercaron al roquedal tras el cual se escondían el herido y el niño.

Connington se puso de pie con dificultad y se aproximó renqueando a ellos. Los dos recién llegados se quedaron mirando al asesino, que les hizo gestos de apresurarse. Con la ayuda de los dos volvió a la choza, donde se tiró sobre el jergón para que el médico lo examinara. Ninguno pronunció palabra durante el corto trayecto. El asesino se sentía febril y mareado, y los pensamientos más negros rondaban por su cabeza.

—Tiene una herida de bala, señor. El proyectil está hundido en su muslo —dijo el médico, una vez que hubo cortado con una tijera el pantalón, tieso de sangre, y hubo expuesto la pierna hinchada y enrojecida de Connington. Agregó—: Es necesario avisar a la policía. Y es mejor que vaya a un hospital…

—Me la hice casualmente —respondió Connington—. No hace falta ningún policía. Y no vamos a ir a ningún hospital. ¿Está claro? Y usted me va a curar…

El médico lo miró con cara astuta. Connington vio la codicia reflejada en ese rostro. Reconoció el mensaje subliminal de la corrupción, como en tantas otras ocasiones. Se dio cuenta de que no había otra posibilidad, de modo que en lugar de amenazar prefirió condescender:

—Lo remuneraré adecuadamente, doctor. En dólares. Téngalo por seguro.

—De acuerdo, señor. Procederemos como usted dice. Pero igual tengo que llevarlo a mi consultorio. Tranquilo, estoy hablando de mi casa, que queda en las afueras del pueblo de Irupana, apartado de Chulumani. Traje mi vehículo. Iremos hasta allá. Le ayudaremos.

—El viejo y el niño vienen con nosotros —dijo Connington con sequedad.

—Sí, señor —replicó el indígena, en un tono que, si bien temeroso, escondía también un llamado a sacar provecho monetario de la situación. Un gesto de asentimiento del médico, tranquilizador, pareció disminuir sus aprensiones.

Durante todo este tiempo Connington había permanecido con el arma empuñada dentro de su chaqueta, gesto que era evidente para sus interlocutores, y que sin duda constituía un argumento suficientemente contundente como para evitar cualquier tentación de traición. El doctor Salmón se había enfrentado a situaciones similares, y no era la primera vez que debía curar a mafiosos malheridos. Y sabía bien lo mucho que apreciaban que alguien se ocupara de salvar sus pellejos miserables. Nadie dispararía sobre él si lograba manejar bien la situación, y hasta la fecha le había resultado bien correr esos insignificantes riesgos.

No eran raros en la zona los enfrentamientos entre traficantes, y era sabido que él estaba siempre presto a dispensar atenciones discretas. Tenía claro que lo más práctico en tales ocasiones era hacer las menos preguntas posibles y ofrecer un servicio rápido, silencioso y eficaz. Su marca de fábrica, pensaba, orgulloso de sí mismo.

Sabía también por experiencia que muchos de sus pacientes clandestinos eran tipos duros, capaces de aguantar el dolor como las fieras que eran, de modo que no podía correr el riesgo de denunciarlos o hacerles malas jugadas. Conocía muchos casos de colegas que habían sido ejecutados justamente por eso. Jugaba con fuego el doctor Salmón, era consciente de ello, pero también contaba con un repertorio de trucos para salir adelante.

Ya en su consultorio, el doctor explicó en pocas palabras a Connington que iba a usar sólo anestesia local, para que tuviera confianza, pero que iba a sentir un dolor casi insoportable. El asesino le hizo un gesto de proceder, no se inmutaba por eso. Pidió algún licor, el médico le pasó una botella del más fuerte singani local, que Connington bebió con cierto asco al principio, que se transformó luego en placer. Era un licor potente y sabroso, lo que necesitaba.

Le herida era neta. La bala, por ser de una pistola, no había entrado muy profundamente ni tampoco dañado demasiados tejidos de la pierna. El hueso no había sido tocado. Al médico le tomó más tiempo limpiar y cauterizar la zona que extraer la munición. Luego se ocupó de la herida del cuero cabelludo, donde le hizo un par de puntos y le cortó el mechón de pelo pegoteado de sangre que, indudablemente, había ayudado a parar la hemorragia. Connington aguantó con los dientes apretados toda la operación, sin perder el conocimiento, el arma segura dentro de su bolsillo.

Por razones de seguridad había exigido que el viejo y el niño estuvieran a la vista. El campesino había tenido siempre al niño cogido de la mano mientras duró la actuación del médico. Connington se percató, en medio de las nieblas mentales que comenzaban a posesionarse de su cerebro afiebrado, que el pequeño indígena se había comportado a la altura de las circunstancias, quizá por inteligencia o por mera curiosidad; como fuera, no había intentado huir ni exteriorizado ninguna otra manifestación que hubiera transformado todo en un infierno.

Gaspar, a su vez, había comprendido que Connington era extremadamente peligroso y no les habría permitido actos temerarios. Veía en él al tipo duro de verdad, dispuesto a disparar sin dilaciones si había que hacerlo, lo cual provocaba en el niño, como era de esperar, cierta admiración. Él mismo no entendía bien el sentimiento que le estaba naciendo con respecto a Connington, pero era obvio que esperaba que el gringo valiente se recuperara.

El tejano buscó la mirada del niño y la encontró. Vio una señal de intensa comunicación allí, pero no logró descifrarla. Creyó ver odio, pero no estaba seguro. Pensó en cuán impenetrable podía ser un rostro indígena. Tenía poca por no decir ninguna experiencia con niños, y nunca había observado en nadie gestos de admiración o afecto hacia él. «Este niño me va a traer problemas», fue lo único que logró consolidar como explicación.

Pensó que debía tomar una decisión drástica, el proceso de curación le había devuelto su lucidez. Lo más lógico era liquidarlos, pero por el momento descartó la opción. Tampoco podía matar al viejo y dejar al niño vivo. «Tendré que correr el riesgo, no me molesta. Me gusta así», procuró convencerse de que lo que discurría era correcto. Lo que no tenía claro era qué hacer de allí en adelante.

Entonces el viejo habló:

—Señor —le dijo—. No nos mate. Lo podemos cuidar hasta que se recupere. La casa de mi hija, la madre de Gaspar, donde vivimos todos, está no muy lejos, en el monte. No hay peligro. Nadie llega por allá. Lo alimentaremos hasta que sane… La coquita ayudará.

—Me parece buena idea —intervino el médico—. Yo me ofrezco a controlar sus heridas diariamente, al menos por una semana. Iré a verlo donde don Cosme. Le aseguro que usted necesita tratamiento, o puede venirle gangrena y perder esa pierna. Lo que no puede por ningún motivo es quedarse aquí. Viene mucha gente. Lo andan buscando, supongo…

—No suponga nada —replicó Connington de mala manera—. Ya le dije que se me disparó un arma y con esa explicación quédese. Me entrega la bala extraída, ahora —añadió, estirando su mano, que notó débil y temblorosa—. Lo remuneraré adecuadamente. Esto no es un favor…

—De acuerdo —respondió el médico, y le alcanzó un pequeño objeto metálico—. No se ofusque. Pero créame que no puede permanecer aquí… No hay tampoco donde ocultarse.

—Me voy con el viejo y el niño —accedió finalmente el pistolero, mientras le pasaba al médico dos billetes de cien dólares sin preguntar por la tarifa de la cura—. Usted me visitará cada veinticuatro horas durante tres días. Mismo pago por visita. Luego veremos. Y nada de sorpresas —amenazó—. Ahora, en marcha.

El galeno guardó los billetes con un suspiro de satisfacción. Se había dado cuenta de que había más, no era inteligente de su parte perder un cliente tan bueno, elucubró con codicia. Entre todos levantaron a Connington en una improvisada camilla para meterlo nuevamente en el automóvil. Antes de salir, el médico hizo distribuir por un sirviente que nunca los miró a la cara un plato de sopa, trozos de pan y una rebanada de queso a cada uno. La salida fue discreta, y ya era de noche cuando dejaron el lugar. Efectivamente, la casa del doctor Salmón se hallaba aislada, protegida por una alta muralla, de modo que nadie podía ver lo que ocurría dentro. La puerta fue abierta por el mismo sirviente, que deliberadamente miraba hacia el suelo mientras salía el vehículo con sus pasajeros dentro. Connington apreció esos sencillos pero eficaces detalles de seguridad.

Se sentía mejor el pistolero, en parte debido a los medicamentos que le había dado el médico, incluidos analgésicos para el dolor. Había salido adelante de situaciones peores, de modo que confiaba en su recuperación, se hallaba en la mejor disposición psicológica para ello.

Los llevó el médico por unos senderos más o menos infernales, en medio de una oscuridad total, rota sólo por los débiles faros delanteros del auto. Era un *station wagon* antiguo pero grande y bien mantenido. Connigton iba recostado en el asiento trasero, mientras el viejo y su nieto se habían acomodado delante y daban instrucciones de ruta al conductor. Más de media hora duró el trayecto sin que Connington, desorientado por completo, se percatara de adónde lo llevaban.

IX

Sopocachi

Melgarejo permaneció sólo una semana más entre sus benefacto-
res. No quería ponerlos en peligro y necesitaba volver a sus asuntos personales lo antes posible. Apenas pudo salió a dar unos pasos
y se percató que hacía rápidos progresos, sus heridas se veían bien
cicatrizadas, resistentes a los movimientos suaves. El resto lo harán
el ejercicio y la alimentación, pensó.

Sus nuevos amigos pertenecían a una cofradía de comerciantes cocaleros de Tiwanaku, que se movían entre La Paz y Yungas
para hacer su honesto comercio de hojas de coca, como sus antepasados por siglos. Se hacían llamar los «Wainas del Gran Poder
Aymara», y llevaban años instalándose en el viejo hotel abandonado de Chulumani, cuando les correspondía reabastecerse para
mantener su trashumante mercado. Por años también mantenían
su devoción al Señor del Gran Poder.

El detective se divirtió ayudando a la banda de la cofradía. No
tocaba él mismo ningún instrumento, pero tenía buen oído y les
dio variadas y útiles indicaciones. Se divirtió y emocionó al oír
cómo el grupo mejoraba, ajustaba su ataque y reducía las desafina-
ciones. El de la bombarda, un jovencito entusiasta, más indiscipli-
nado, logró tras largas sesiones con el detective controlar mejor su
instrumento, y sus desaguisados eventuales le daban incluso un toque estilístico a los arreglos.

Pronto ya tocaban para él, y sus recomendaciones eran ley. A Melgarejo no le cupo duda de que aquella fue la parte más importante de su convalecencia. No podía acompañarlos aún en las marchas ni en los bailes, pero aprendió las coreografías y se comprometió a participar con ellos el gran día.

El futuro próximo lo preocupaba. Se hizo afeitar la barba y cortar el pelo al ras, muy corto, para que así no lo reconocieran. Una mañana, antes de dejarlo salir al aire libre, la cholita María llegó con un par de tijeras, una brocha de afeitar, navaja y su correspondiente piedra de afilar, más un jabón muy perfumado, de contrabando por cierto, con lo cual procedió a afeitarlo escrupulosamente y a cortar su cabello hasta dejarlo como un soldado.

Melgarejo la escuchaba canturrear mientras trabajaba sobre sus cabellos, los mismos aires que ensayaba la banda de bronces para el Gran Poder. También decidió prescindir de los lentes, y aunque su astigmatismo no le permitía ver muy bien, se le ocurrió que eso era preferible al peligro de ser identificado. La verdad es que había quedado irreconocible, pues a eso se sumaba la delgadez adquirida y una cierta propensión a andar agachado que lo hacían aparecer más bajo de lo que era.

Pensó que también era bueno dejar de fumar, para evitar tener que frecuentar lugares de expendio donde podía ser reconocido, pero fue sólo una intención, ya que pronto sucumbió a las delicias del tabaco. Tenía dos posibilidades: presentarse a la policía, con lo cual seguramente iría preso por estar involucrado en el asesinato de Machicao y del pistolero, y por quién sabe cuántas cosas más, o perder su identidad e irse a la clandestinidad. Esto último sólo tenía sentido si se hallaba dispuesto a acometer la misión de venganza, de lo cual no estaba aún muy seguro. Necesitaba pensar seriamente sobre eso.

Por entonces apenas salía al aire libre del pequeño poblado, bien arropado con la chaqueta del aparapita, la que, misterio para Melgarejo, alguien había dejado allí para él; y bien lavada por la joven cholita, era una prenda maravillosa, el detective sentía cómo le transmitía no sólo calor, sino una energía extraña que lo iba revitalizando aceleradamente.

Se trataba de una verdadera comunidad de parientes, todos ellos cocaleros, que vivían en un grupo de chozas dispuestas circularmente en torno a un gran patio común, donde había un pozo manual para sacar agua. Entregaban la coca de diferentes maneras, como hojas verdes frescas, o bien secas (lo cual hacían en grandes telas expuestas al sol). También la molían en polvillo grueso para hacer saquitos de infusión. Le explicaron a Melgarejo que ellos no hacían esa parte, que requería equipos de los cuales carecían, sino que se entregaba la materia prima a unos industriales que llegaban en camioneta a buscar el material. Durante alguna de estas visitas de negocios, avisaban a Melgarejo para que se metiera dentro de su cabaña, y no se hiciera visible hasta que partieran.

Conseguían precios ridículos de bajos, pero de eso vivían varias familias. Los más viejos se ocupaban de los niños, y les enseñaban a leer. Habían improvisado incluso una rudimentaria escuela. El detective quedó admirado de la fuerza de la solidaridad en esa pequeña comunidad. Pero su preocupación principal era sin duda la fiesta del Gran Poder, ya se acercaba la fecha del evento y los preparativos eran lo más importante para ellos.

Aparte de los ensayos de media docena de temas tradicionales que interpretaría la banda para apoyar las distintas coreografías, había un grupo de danzarines, otro de acróbatas, oficiantes disfrazados y beatas rezadoras. Caporal era el señor Chuquiago, y la pequeña María, a pesar de su tierna edad, la guaripola o tambor mayor del grupo. Como era de rigor, también había ensayos de baile y preparación física, ya que la jornada requería desplazarse desde El Alto al centro de La Paz, lo que significaba un día entero bajo el sol, sin parar de moverse. Aunque se hacía lentamente, era una prueba dura para el cuerpo. Piernas y brazos debían responder, y aun cuando había agua y vituallas en la ruta proporcionadas por los devotos, y también cerveza y singani, nadie podía desfallecer.

En cualquier caso, había una gran alegría en todos ellos ante la expectativa de la magna fiesta. Una celebración originalmente pagana, demostración de la fuerza del poder aymara sobre los invasores, desde los incas a los españoles, su transformación en celebración cristiana, el Cristo del Gran Poder como le llamaban los frailes, no había eliminado aún los resabios de las serenas aunque combativas devociones primigenias.

Llegó un día en que Melgarejo se sintió suficientemente fuerte como para empezar a asumir su vida propia. No podía seguir perturbando la existencia pacífica de esta pequeña comunidad, por mucho que la devoción fuera compartida por el detective. Tuvo, pues, una conversación con el jefe, el caporal Moisés Chuquiago, el líder de la comunidad y de la cofradía.

—Moisés, hermano —le dijo—. Creo que ha llegado la hora de que parta, a rehacer mi vida y prepararme para los desafíos futuros…

—Me alegro de que estés bien, doctor. Contamos contigo para el Gran Poder. ¿Vendrás a practicar en cuanto te encuentres mejor?

—Prometido, hermano. Y en cuanto a la otra misión, tengo que meditar seriamente sobre ello…

—Por cierto, hermanito doctor. Tienes todo nuestro apoyo si decides buscar la justicia. Pero primero tienes que recuperarte bien del cuerpo.

—Y del alma, Moisés. Necesito reencontrarme conmigo mismo. Mi identidad ha sufrido un quiebre, ¿me entiendes?

—Por cierto que sí. Has salido de la muerte, has conocido el definitivo misterio…

—Ahora debo organizarme para dejarlos.

—Permíteme, Isidoro, doctor. Yo me encargaré de que personas de confianza se enteren de dónde estás. Ya hicimos algún contacto, y saben que estás bien, pero tu paradero sigue siendo nuestro secreto.

—¿Con quién contactaron?

—Pues con Elvira…

A Melgarejo se le agolparon los recuerdos. Se dio cuenta entonces de que su mente lo engañaba, de que había estado sufriendo alguna suerte de amnesia. Simplemente se había olvidado de la existencia de quien era su ayudante en las tareas de edición. Ese nombre de mujer actuó como un detonador y se quedó mudo por un largo rato. Un mundo perdido volvió a su mente: su taller y casa en calle Castrillo, los claveles del aire que adornaban los cables que cruzaban la calle, las rejas de los jardines de sus vecinos, el panóptico de plaza Sucre, la calle Colombia, conocida como la «calle de la amargura» porque llevaba a esa cárcel, un macizo de geranios por acá, un jazminero fragante por allá, los gatos compartidos por las casas del barrio… Pero sobre todo la cara de ella, de su joven asistente, Elvira Ardiles.

Elvira era una jovencita de buena familia, pertenecía a una de las más destacadas estirpes bolivianas, hasta con presidentes y arzobispos remontándose en la historia patria, entre abuelos, tíos abuelos, bisabuelos y más atrás. Estudiaba arquitectura en la Universidad Mayor de San Andrés y preparaba una tesis sobre las calles de la ciudad de La Paz, por lo que contaba con una erudición sólida, que agradaba a Melgarejo, amante como era de la arisca urbe andina.

Averiguar datos sobre las calles era una afición de Melgarejo, y tenía cuadernos donde anotaba sus impresiones o simples datos que recogía por aquí y por allá. Se entendía por esto muy bien con Elvira, aunque lo de ella eran los factores constructivos, la arquitectónica de la ciudad. La información histórica existía en algunos libros raros, de poca circulación, verdaderos tesoros de erudición, no demasiado rigurosos en general, pero plagados de anécdotas y detalles, que se contaban entre los volúmenes de cabecera del detective-impresor.

Lo que le gustaba a Melgarejo era captar el espíritu de cada calle de La Paz, esa magia que hacía que una conjunción de nombre (o nombres, cuando contaba con varios, antiguos o modernos), transformaciones cuadra a cuadra, evoluciones históricas, topografía, casas y comercios, gente, mitos y tradiciones, leyendas negras, convertían a esa calle en algo especial y diferente.

Elvira trabajaba con el detective en forma esporádica, ayudándolo en la producción de libros, revistas y folletos. No eran demasiados trabajos al año, en todo caso. La Imprenta Castrillo no era un sello editorial conocido, de modo que sus contactos no eran frecuentes más que cuando Melgarejo la mandaba llamar para una tarea específica. Por cierto, Elvira Ardiles no tenía problemas económicos y se movía en un todoterreno propio, regalo de papá Ardiles, destacado político progresista.

Fue justamente a Elvira a quien Melgarejo vio aparecer, sonriente y feliz al día siguiente por la tarde, en su polvoriento Lada 4WD color burdeos. Como siempre, entró como una tromba y frenó bruscamente, levantando una polvareda infernal. Estaba como una niña excitada, su melena crespa, negrísima, parecía tener movimiento propio para expresar la alegría que la embargaba. Abrazó a Melgarejo con natural apasionamiento, por primera vez, ya que siempre habían mantenido una relación distante, sin contactos físicos. Pertenecían a órdenes sociales diferentes y su diferencia de edad parecía abismal: Melgarejo, un cuarentón un tanto deteriorado, y ella, una veinteañera, que por su menudez parecía una adolescente.

—Te dábamos por muerto —le dijo con un sollozo, tuteándolo también por primera vez—. Dios existe, caray. Nunca creímos totalmente los recados que nos llegaban de que estabas bien.

—Ahí tienes, chicoca querida —le replicó Melgarejo—. No siempre hay que ser tan incrédulo. Los milagros suelen ocurrir… Tú también estás distinta, eres toda una mujer en miniatura, mira esas curvas que te traes.

—No seas zalamero —replicó Elvira, enjugando una última lágrima rebelde. Llevaba unos ajustados *blue jeans* y una camisa roja a cuadros que la hacían terriblemente atractiva. Se reía con toda su cara pecosa, sus ojos negros como el carbón que resaltaban en su piel blanca, y donde su nariz recta, larga y delicada, se instalaba como un homenaje a las *madonnas* de Botticelli, pensó Melgarejo.

Escucharon unas risitas cercanas. Una buena parte de las mujeres de la comunidad se había asomado a las chozas, para ver quién venía a ver al doctor, y se imaginaban todo tipo de situaciones románticas en ese diálogo tan matizado de risas, abrazos y lágrimas.

—Vamos a otro lado. Te ves cambiada, pero continúas siendo la misma Calú —la siguió embromando el detective, aludiendo a una canción brasileña que Elvira acostumbraba tararear inconscientemente cuando se concentraba en un trabajo. Todo lo que ella emprendía lo hacía sorprendentemente bien, como la tarjeta de identificación falsa que sacó de un bolsillo y puso en las manos de Melgarejo, una vez que estuvieron a salvo de miradas entrometidas.

—De manera que ahora me llamo Juan Ricardo Garrido Gómez, y soy dos años más joven. Gracias, no podías haber conseguido un nombre más corriente, Calú. Y me has adjudicado dos años más para servir a las damas. Me has liberado para siempre de las cargas de una vida —bromeó Melgarejo.

—Mejor esperemos un rato, para entrar a La Paz cuando empiece a anochecer —le dijo Elvira—. No nos acercaremos a la calle Castrillo, sino que te llevaré directamente a una casa en Sopocachi alto, más arriba de plaza España, donde tengo para ti un alojamiento provisional, bastante cómodo, una casa en la ladera, tu cuarto está en el tercer piso y tiene entrada independiente por el jardín. Vive allí una viejecita que es amiga de mi abuela. No hay riesgo alguno, la pieza sirve justamente para recibir alojados, eres un pariente político que viene de Cochabamba para reposar. Te voy a presentar a la señora con tu nueva identidad, para que te vayas acostumbrando —remató con su risa cantarina. Melgarejo la miró con ironía y comentó:

—¿Todo arreglado entonces?

—Todo, jefe.

Melgarejo miraba su nueva tarjeta de identificación sin convencerse aún de que tal cosa era posible.

—¿Dónde conseguiste este chisme, se ve casi perfecto? —le preguntó a Elvira cuando ya estuvieron en el vehículo rumbo a la ciudad. Por acuerdo entre Moisés y Melgarejo, no hubo despedidas ni nada por el estilo, eran conscientes de que lo mejor era una salida discreta. En ruta vieron que en el horizonte se empezaba a formar un atardecer espectacular, en el que predominaban variados tonos de verde, como efecto de la mezcla entre el azul del cielo y el amarillo de los rayos solares. El detective se emocionó al pensar que pudo haberse perdido algo tan bello para siempre.

—La tarjeta fue hecha en nuestra imprenta, se hallaba lista hace tiempo, cuando nos alcanzaron los rumores de que estabas vivo y escondido en alguna parte de El Alto. Mérito de nuestro buen amigo, el sin par Chacho Mamani —explicó Elvira, refiriéndose al maestro que trabajaba con ellos en el taller de impresión, a cargo de las linotipias, prensas, marmitas para la cola, cajas de tipos y otros artefactos.

En ruta, Melgarejo le contó toda su aventura desde que salió de La Paz con Machicao rumbo a Yungas, hasta el enfrentamiento armado en el viejo hotel y su salvación maravillosa gracias a la comunidad de donde recién venían. Le contó que había probado el sabor de la muerte, que varias veces creyó que le llegaba la hora. No se explicaba tampoco su recuperación, ya que tenía heridas graves y nunca vio un médico acercarse a él.

—Eso, justamente. Mi tío, el doctor Marcelo Ardiles, te visitará esta noche. Yo lo llevaré allá…

—¿El famoso?

—El mismo. Lo hace por mí. No te preocupes, no te delatará, él mismo ha tenido experiencias, alguna vez estuvo en la clandestinidad y conoció el exilio.

—Confío en todo lo que venga de ti, chicoca. Eres lo más maravilloso que ha producido este país en las últimas dos décadas…

—Nada de zalamerías. Y no me digas chicoca, que seguro se lo dices a todas —y le regaló al detective otra de sus risas juguetonas.

Ya se acercaban a El Alto cuando Melgarejo se acordó de su amigo Machicao, y le preguntó a Elvira qué se había dicho acerca de su muerte. La información provista por el caporal de Tiwanaku nunca había sido muy exacta, la comunidad era demasiado pobre para permitirse comprar la prensa y estar al día.

—Se difundió la noticia de su asesinato a manos de unos traficantes de droga. En todo caso se dio por identificado al asesino, muerto a su vez por sus propios compañeros. No quedó muy bien tu amigo Machicao, debo decirte. Ciertos diarios recordaron la historia del crimen no resuelto de su padre, y se permitieron opinar que eso confirmaba que el viejo farmacéutico se entendía con las mafias.

—Pobre amigo mío —exclamó Melgarejo, emocionado.

—De todos modos tuvo un digno entierro masónico —dijo Elvira—. La logia se hizo cargo. Estuve allí, no se permitió acceso a la prensa.

—Yo aparecí mencionado, supongo —intervino Melgarejo.

—Claro que sí. Se te dio por muerto, pero tu cadáver nunca fue hallado. Hubo mención también a un segundo sicario, quien te habría disparado a ti, el cual desapareció, herido de gravedad. No ha sido hallado tampoco… Se ha distribuido una mala descripción, obtenida de gente que dice que lo vio en Chulumani junto al asesino muerto.

—A mí no me andan buscando, espero.

—Al parecer no. La policía llegó a la imprenta, encontraron a Chacho trabajando inocentemente, declaró que habías salido en tal fecha, que él no estaba presente. Les mostró tus instrucciones escritas de que debía hacer tales o cuales tareas. Le preguntaron que otra gente trabajaba allí, y dijo que nadie. Le pidieron nombres de clientes tuyos, dijo que no los conocía, revisaron tus papeles. Se llevaron varios.

—Y respecto a ti, Elvira, ¿te asociaron conmigo?

—Chacho no me mencionó cuando lo interrogaron, nadie me ha buscado ni preguntado por mí. Tampoco me he acercado a la Imprenta Castrillo, estuvieron vigilando tu casa varios días, pero ahora sólo se dan una vuelta esporádica. Nunca de noche, Chacho lleva la estadística. Creo que podemos acercarnos allí en algún momento con las máximas precauciones. Pero en ningún caso puedes volver a vivir o trabajar allí, a menos que te entregues.

—Algo hay que hacer con la imprenta.

—Si me permites, tengo un plan.

—Adelante, estás al mando.

—Creo que hay que hacer una reinstalación. Mi familia tiene una casita un tanto alejada, donde empieza el barrio de Obrajes. Allí sería posible reinstalar el taller. Castrillo debe quedar congelado, retiraremos lo que se pueda, con la mayor discreción. Ahora, como todo es propiedad tuya, no se puede mover nada, pero como estás muerto, no puedes andar firmando autorizaciones de traslado de tus pertenencias. Pero tampoco pueden requisar la propiedad hasta pasados dos años y seas declarado oficialmente muerto. Tus herederos podrían sólo entonces disponer de tus bienes, pero como no tienes herederos… Oye, ¿los tienes?

—Estoy solo en el mundo, pero prosigue. Me mareas aún más si te callas.

—Bueno. Terminé. ¿Qué te parece mi plan?

—Bien en principio, Calú. Bien pensado. Lo haremos así, pero creo que no vale la pena mover la imprenta completa, Chacho puede seguir produciendo. ¿Sabías que es socio mío? Tiene propiedad sobre parte de las maquinarias, puede defenderse jurídicamente. Lo que está claro es que yo no me voy a acercar por allá. Escucha: he decidido investigar a la mafia que asesinó al Toño Machicao. Quiero permanecer sumergido hasta lograr la verdad o la venganza.

—De acuerdo, jefecito. Cuenta conmigo… Aprovecho para contarte algo, detective, de cómo supe de ti y llegué a buscarte. Fue gracias a que conozco a Moisés Chuquiago. Alguna vez con mis amigas de la organización solidaria que fundamos, la Artemisa, la Amparo, la Alexandra, te acuerdas de ellas, estuvimos haciendo una investigación sobre las cofradías de El Alto. Allí le conocí. Él sabía que yo estaba asociada a una imprenta y me buscó casualmente, para ver si ubicaba a amigos tuyos fiables. Fue un golpe de suerte, aunque creo que él igual te habría ubicado a través de Chacho Mamani. Pero fue una suerte también que no se acercara por allá, por calle Castrillo.

Finalmente entraron a La Paz; lloviznaba ligeramente y las calles se veían desiertas. El todoterreno se desgañitó para subir las resbaladizas cuestas de plaza España arriba, y finalmente arribaron a la casa preparada por Elvira. La viejecita famosa estaba feliz de recibirlos, tenía una sopa preparada para la niña Elvira y el señor Garrido, a lo cual siguió un pollo asado y natillas, una verdadera cena. Recién terminaban cuando apareció el tío médico. Melgarejo le contó sucintamente lo de los tiros recibidos, el doctor lo examinó cuidadosamente y comprobó que se hallaba en recuperación efectiva, los tratamientos habían sido correctos. Fue amable y sobrio, recetó medicamentos, le hizo nuevas curaciones y quedó en volver en tres días.

Elvira se retiró casi de inmediato, estaba claro que su jefe y amigo necesitaba recuperarse. Prometió retornar al día siguiente para planear los pasos siguientes. Melgarejo se metió en su cuarto, que halló de lo más acogedor, y se quedó dormido apenas se sacó los zapatos. Sólo por unos segundos le pasó por la cabeza la idea de lo mucho que le habría gustado que Elvira se quedara a dormir con él; pero la desechó porque eso era incorrecto, impropio de un católico.

X

Kistuña

Todo se cumplió para Connington más o menos como lo había pensado. La casita de la hija del viejo pastor, una mujer que no tendría más de treinta años pero representaba cincuenta, una cholita típica, ancha, regordeta y taciturna, poco agraciada, se hallaba oculta en una quebrada entre los cerros, donde se dedicaba al modesto oficio de preparar empanadas, chicha y alfajores que luego vendía en los mercados de Chulumani e Irupana, lugares a donde accedía tras largas caminatas.

Le habían explicado al herido que se acercarían al pueblo de Chulumani, pero que igual se iba a hallar en una zona aislada, donde no había peligro de interferencias. Llegado al lugar, donde de pronto el camino parecía terminar, apareció una choza en la oscuridad, visible a las luces del vehículo. Lo ayudaron a descender y le dieron un rincón aislado por un desvencijado biombo, en la modesta construcción sin piso y paredes de barro que ocupaban la mujercita, llamada Ana, y su hijo Gaspar, todos de apellido Chuspikaña como comprobó Connington. Luego se dispusieron a partir el médico y el viejo, dejando al pistolero con la mujer y el niño. Hubo una conferencia en aymara a la que Connington asistió sin entender nada, y donde el doctor Salmón parecía tratar de convencerlos a todos de que no había peligro, que él lo garantizaba. Antes de montar en su vehículo le habló brevemente a Connington:

—Espero que cumpla su palabra de no hacerle daño a esta gente.

—Usted ocúpese de lo suyo —fue la grosera réplica—, yo y nadie más que yo respondo de lo mío. Ahora, hasta mañana, doctor, antes del anochecer —añadió con velado tono de amenaza.

Fueron días monótonos para el convaleciente. Descansaba en su jergón, al principio sólo dentro de la cabaña, pero luego al aire libre en cuanto fue familiarizándose con el lugar. Se las arregló para reparar una mesa rota y un asiento con una caja de madera, todo lo cual instaló bajo un árbol. Allí comía al mediodía, la mujer le servía sin formular una palabra. El hombre le había prohibido salir, todas las compras las hacía el niño, era un sistema de control que lo satisfacía. El médico hacía sus apariciones hacia el atardecer para comprobar que todo iba bien y que la pierna herida progresaba favorablemente, los cuidados profesionales habían mostrado su eficacia, sin duda alguna. En una ocasión le informó de indagaciones en el área:

—Llegaron los jachos a mi consultorio…

—¿Los qué?

—Los jachos, los policías. Estaban investigando sobre un hombre herido de bala en un enfrentamiento entre traficantes. Les dije que no había llegado nadie a verme con ese problema…

—Mejor —replicó Connington secamente—. No tengo nada que ver con eso, pero no quiero saber nada con la policía.

—Tenían fotos y un nombre.

—Olvídelos —fue la respuesta de Connington—. Más le conviene…

No hablaron más del tema ni hubo otras informaciones por el estilo. Todos los días el pistolero salía a caminar un poco para ir acostumbrando su pierna a la actividad, lo cual era aprobado por el médico, que no vio ningún signo negativo tras ello. Al revés, lo estimuló, ya que eso apuraría la curación. El entorno era semitropical, muchas colinas llenas de árboles y arbustos que daban una magnífica sombra para el calor un tanto pegajoso que se apoderaba del área, sobre todo después del mediodía.

Al cabo de cinco días de reposo y una buena aunque modesta alimentación, Connington se sentía dispuesto a continuar con su tarea de recuperación personal y a pensar sistemáticamente en llevar a cabo su venganza. Tenía dos objetivos: el personaje que lo había herido, de quien sólo sabía que era un amigo de su víctima original, el dentista Machicao, y el contacto en Chulumani, el supuesto profesor de barbitas, de quien conocía bien cara, voz y aspecto, no su nombre, aunque sí su lugar de alojamiento al momento de la fracasada misión. Pensó que algo tenía que hacer también con el sacerdote negro. No era imposible que el personaje fuera parte de la conspiración...

No sabía aún por dónde empezar. En todo caso tenía claro que lo primero era darse una nueva identidad. Lo andaban buscando por su nombre y por su físico, el dato del médico había sido importante: no sobreviviría tal como había lucido hasta entonces. Estaba obligado a transformarse de manera drástica. El hombre estaba preparado para ese menester, más aún, perfectamente entrenado y dueño de recursos en tal emergencia.

Para empezar, Connington se había dejado crecer cabellera y barbas, que avanzaban rápidamente en cabeza y cara, una gran masa de pelo rubio dorado que rápidamente empezó a tostar el sol. Esto le ayudaba además a cubrir la herida del cuero cabelludo provocada por el roce de una bala, lo que suponía un recuerdo de la metralleta del barbitas. A los diez días del enfrentamiento, ya podía decir que era físicamente otra persona, sus únicos testigos, el médico y la pequeña familia campesina.

Todos ellos se hallaban por cierto sumamente atemorizados acerca de cuál sería su futuro, y en su ingenuidad pensaban que les iría mejor haciéndose los amables al personaje con quien se veían obligados a convivir. Éste a su vez correspondía torpemente a tales amabilidades como una fiera fría y despiadada, incapaz de gestos amistosos; al revés, siempre observándolo todo con una mirada que sus rehenes consideraban la maldad más pura.

Ya había dominado la cojera y cualquier señal evidente de que había estado herido alguna vez, lo cual había sido parte importante de su empeño por recuperarse lo más pronto posible. Obligado a caminar a trancos más lentos, muy pronto se inventó un estilo adecuado que parecía completamente natural. Acostumbró sus ojos a la luz natural, para no utilizar gafas como las que portaba durante el enfrentamiento.

El siguiente paso importante de Robert Connington fue cambiar de nombre, de pasado y de actividad presente. Para eso se había provisto de una segunda identidad, cosa que sus eventuales empleadores desconocían. Pegado a su cuerpo, en una bolsa hermética capaz de soportar cualquier inclemencia, no sólo llevaba su pasaporte y otros documentos legales, sino también un segundo juego completo de papeles, oculto en un fondo falso sin abertura, que lo identificaban como Arthur O'Keen, veterinario especializado en caballos, de Albuquerque, Nuevo México.

Con un rápido preparativo a base de jabón y agua, aprendido de un charlatán de feria, trasladó el sello de ingreso a Bolivia desde su pasaporte original al nuevo, adulterando además levemente la fecha. Confió en que la ineficiencia local ayudaría a que no pudieran rastrearlo por ese lado, pero eso ocurriría si lo atrapaban, cosa que procuraría evitar. Estaba en Bolivia de vacaciones, como tantos miles de gringos aventureros, jóvenes y viejos, que recorrían alegres el país.

Efectuados los arreglos anteriores, despedazó minuciosamente toda su documentación original, y la quemó hasta que la vio convertida en cenizas, que tiró en un arroyo cercano a la casa que lo acogía. Ya era otro hombre, renacido sano y fuerte. Podía negarlo todo, preparó mentalmente respuestas para cualquier pregunta, el resto lo haría una supuesta torpeza de entendederas, sobre todo argumentando mayores dificultades con el castellano de las que realmente tenía. Estaba listo, no podía perder más tiempo.

A todo esto había continuado con su… no digamos amistad, pero sí acercamiento al niño Gaspar, que se mostraba fascinado a su modo hermético con el obligado huésped familiar. Gaspar salía temprano por la mañana tras desayunar con el asesino convaleciente y su madre, para ayudar al viejo en el pastoreo del rebaño de cabras en las cercanías del viejo hotel abandonado. En realidad, desplazaban a los animales según la disponibilidad de las pasturas, sin que hubiera un lugar fijo para ello. El niño regresaba a la hora de almuerzo, tras lo cual su madre le daba lecciones, básicamente lectura, un poco de aritmética y religión. No asistía a ninguna escuela.

Connington calculó que Gaspar tendría unos diez años, pero representaba menos debido a su reducido porte. Lucía robusto en todo caso, signo de que se alimentaba relativamente bien. Finalizada la clase, el niño volvía a salir para encerrar el ganado a fin de que pasara la noche. Volvía definitivamente al atardecer, por lo general justo cuando empezaba a oscurecer.

Sólo a esa hora Connington, que no intercambiaba la menor frase con la mujer, ni se aproximaba a ella, lo buscaba para conversar. Sentía necesidad de hablar con alguien, y el muchacho lo atraía. Durante el almuerzo tampoco le dirigía la palabra, aunque no era raro que Gaspar no volviera a mediodía, por las necesidades del pastoreo, para lo cual la madre le daba unas modestas vituallas que metía en un pequeño morral pringoso. Allí llevaba siempre su armónica, que tocaba con frecuencia, totalmente por oído. Un día le preguntó:

—¿Cómo se dice mujer fea?

—Kistuña, chapchosa —respondió el niño, ante las risas del gringo. Le preguntaba también cuestiones relacionadas con la geografía, la fauna y las plantas de la zona, tras lo cual recibía parcas explicaciones, mezclas de datos objetivos con mitos. No le ponía demasiada atención, pero lo divertía su seriedad para seguir el juego de la conversación sin hacer preguntas él mismo, que seguramente las tenía. En apariencia no mostraba curiosidad por saber quién era o qué hacía el pistolero. Tampoco habría recibido respuesta, por cierto.

Una vez el niño le contó que en los Yungas había habido un rey negro muy perverso, que se comía a la gente. Todavía andaba por ahí, era inmortal, había llegado de África. Connington se divertía con tales historias, nunca intervenía demasiado, su mente estaba ocupada en otras cosas, aunque de tanto en tanto deslizaba unas pocas preguntas:

—¿Cómo se llamaba ese rey negro?

—Bonifacio.

—¿Qué más?

—En los carnavales lo quemamos, pero resucita.

—¿Y dónde vive?

—En Mururata…

—¿Cerca?

—Lejos, por Coroico.

Normalmente Gaspar no volvía a hablar tras las preguntas, y el pistolero tampoco se prodigaba por mantener la conversación, le bastaba con unos minutos de comunicación para aburrirse y su afán de conversación moría allí. Lo que el niño hacía entonces era ponerse a soplar la armónica, desentendiéndose de su interlocutor. Su repertorio eran puros temas que sonaban a andinos.

—¿De dónde sacaste ese instrumento? —le preguntó un día Connington, que lo sorprendió tocando con particular entusiasmo—. No los hacen aquí…

—Me lo dio una gringa.

—¿Ella te enseñó a tocar?

—No, regalo… Que lo halló en Tiwanaku, el templo. Dejado por los dioses antiguos…

Connington se rió ante la salida del muchacho. Dudó si en verdad creía la historia o le estaba tomando el pelo.

—Pásamela para mirarla de cerca —le dijo.

El niño le alargó el instrumento. Connington notó un breve temblor dubitativo, se veía que apreciaba su armónica. Pero estoico, Gaspar obedeció la voz de mando del más fuerte. Era una vieja pieza abollada y semioxidada, aunque limpia y bien cuidada. Lo había observado puliéndola amorosamente. Miró la marca: *Butterfly Harmonica. Made in Japan.* Nuevo motivo de risa.

—¿Sabes qué es *butterfly*? —le preguntó.

—No.

—¿Sabes la marca de la armónica?

—Mariposa —dijo el niño. Connington volvió a reírse. La armónica tenía estampada una mariposa en el centro de la cubierta metálica. Era una bella pieza, pesada, equilibrada. Contó los orificios dobles: 24. El soporte de madera blanquecina se notaba duro y resistente, semejaba un trozo de leño petrificado. No la sopló, por seguridad higiénica.

—¿Nos vas a matar? —le dijo el niño, impertérrito, al recibir de vuelta su instrumento.

—Tal vez —respondió el asesino profesional con otra carcajada, incapaz de dar respuestas amistosas—. No me vayas a denunciar —agregó— o mato a tu madre y a tu abuelo de la manera más cruel, y luego voy por ti, te corto las orejas y la nariz, y te mato también, pero de a poco. Soy un tipo muy malo…

El niño no pareció mostrar ningún asomo de miedo y volvió a tocar su armónica, el mismo aire solemne y triste que estaba interpretando antes de la interrupción, lo que llamó la atención del gringo.

—¿Cómo se llama esa canción? —le preguntó.

—No sé. Triste —dijo el niño—. *Yo quiero que a mí me entierren…*

Lo anterior provocó una nueva carcajada de Connington. Se le ocurrió que lo que correspondía decir era:

—Muy adecuado. Sí. Muy adecuado —y volvió a reírse, esta vez de su macabra salida. Estaba de buen humor, a su modo.

En alguna de sus visitas, el médico había llegado con ropas nuevas para Connington, más una mochila y unos cuantos enseres prácticos que el norteamericano le había encargado con profusos detalles; siempre terminaba reclamando por cualquier cosa que no era totalmente de su agrado. También lo abasteció de mapas del país, y le explicó dónde se hallaban en ese momento y las rutas para desplazarse hacia los centros urbanos.

Cabe mencionar que ante cada llegada del médico, el ruido del motor del vehículo, que se escuchaba desde varios kilómetros de distancia, hacía que se ocultara con las armas preparadas, precaución que tomó siempre, no confiándose en lo más mínimo. A su llegada había inspeccionado la choza y sus alrededores con acuciosa disciplina, lo que no dejaba de repetir varias veces al día.

Recibida la nueva ropa, que incluía un par de sombreros, destruyó la vieja a tijeretazos y se dio el trabajo de enterrar los retazos en una quebrada alejada. Las horas que pasó cavando el hoyo en el suelo rocoso le hicieron bien, y tras ello, transpirado y sucio, se sintió animado y más fuerte que nunca.

Llegó así el día de la última visita del doctor Salmón, que dictaminó total recuperación, le dio unas cuantas tabletas adicionales por si tenía problemas en el futuro, cobró sus honorarios y partió sin preguntar ni agregar nada. Ni siquiera miró a los campesinos, a quienes dejó librados a su suerte. El pistolero lo había obligado a traer al abuelo consigo en esa última visita. Robert Connington era ahora Arthur O'Keen, y venía el momento de tomar decisiones importantes.

Esa noche el pistolero estuvo hasta tarde haciendo preparativos y organizando su futuro periplo. Confiaba a plenitud en su nueva identidad y en el disfraz. Se consideraba completamente a cubierto, no había ninguna razón para que sospecharan de él. Podía soportar cualquier interrogatorio, se repitió a sí mismo, quería convencerse. Tras la inspección ritual de los alrededores que hacía cada noche, procedió a acostarse. Se sentía particularmente aletargado, lo que explicó por la sopa de harina de maíz que le habían dado por cena. Al día siguiente decidiría qué hacer con sus indefensos rehenes.

Lo despertó el canto de los pájaros y una gran claridad que le extrañó. Siempre dormía justo hasta el amanecer, estaba habituado a esa facultad de su cuerpo de actuar como un reloj natural de total precisión. Nunca había necesitado despertadores.

Miró su reloj y vio que eran pasadas las nueve de la mañana, pegó un salto y se dirigió a la cocina, donde siempre la mujer les servía a todos el desayuno temprano. No había nadie, en el fuego apagado yacían las cenizas de la noche anterior. Recorrió en dos zancadas la pequeña choza y se asomó al exterior, su arma en la mano. No había nadie. Escuchó nítidamente los ruidos ordinarios de una vertiente cercana, los cantos de los pájaros y los zumbidos de los insectos. Ni un alma alrededor.

Ahogó una imprecación. Estaba claro lo ocurrido: la mujer, el viejo y el niño habían huido durante la noche. Seguramente el maldito muchacho lo había drogado, pensó O'Keen. Luego revisaría sus medicamentos, o tal vez una maldita hierba en la sopita aquélla.

—Astuto bastardo —rezongó en voz alta. No le cupo duda que Gaspar lo había planeado todo.

O'Keen revisó sus pertenencias. Todo estaba en orden, no faltaba nada. Se habían preocupado solamente de salvar su pellejo. Preparó entonces la partida, no podía dilatar la situación ya que había alguna probabilidad de que lo denunciaran. No lo creía por cierto. Era un riesgo para ellos también, que serían acusados de cómplices y encubridores. Estaba empezando a entender a esta gente, no harían nada que pudiera perjudicarlos ni poner en peligro su innato sentido de la libertad, que los hacía asumir las situaciones con resignación, pero con un fuerte sentido de grupo, de masa. Como que el anonimato del mundo indígena, al menos como lo veía la elite más o menos blanca que dirigía el país, hacía que una cholita pasara por otra, y cada niño fuera cualquier niño.

El pistolero tuvo la tentación de quemar la choza, pero recapacitó, era una manera tonta de llamar la atención que podía complicarlo. Prefirió sacar cuentas y puso sobre la mesa de la cocina unos pocos billetes bajo el modesto azucarero de greda. Se merecían una remuneración, a pesar de la traición final. Era claro que tenían derecho a querer salvar sus míseros pellejos, como todo el mundo, filosofó O'Keen.

Preparó su mochila, ubicó sus dos armas en lugar seguro, una en una caja de doble fondo que simulaba una Biblia, la otra en su cintura bajo la forma de un par de prismáticos. Una vez organizado todo, el ojo siempre avizor a las señales del exterior, colgó su brújula del cuello y partió siguiendo el sendero de llegada a la choza, desviándose cuando podía para seguirlo desde cierta distancia.

El doctor Salmón le había explicado claramente dónde se hallaban, a menos de diez kilómetros de Chulumani, al que se accedía por caminos accidentados, llenos de curvas, subidas y bajadas. El trayecto que hacía cada día el niño Gaspar, que se las arreglaba cuando podía para conseguir algún transporte caritativo. La intención del pistolero era llegar caminando al hotel donde se habían alojado el profesor de barbitas y las víctimas, necesitaba averiguar dónde encontrar al miserable traidor. Comprendió que era una prueba de fuego para su nueva identidad, pero si no arriesgaba no lograría nada.

Partió, pues, Arthur O'Keen, antes Robert Connington, en dirección a su nueva y autoimpuesta misión. Esta vez, matar por un deber moral, no por una remuneración.

XI

Chaki

Tras una dura caminata bajo el sol y el calor, que O'Keen disfrutó de todos modos, finalmente logró arribar a Chulumani de nuevo. Se trataba de un momento crítico para él, nada garantizaba que todo iba a marchar bien, pero el asesino confiaba en su intuición y… en su suerte. No podrían asociarlo con los hechos: se veía a sí mismo en la tarea de atraparse y lo creía muy difícil. Era otra persona, con papeles legales y podía explicar detalladamente sus movimientos, en fin, no se cansaba de repetir una y otra vez tales argumentos.

Cruzó así por el pueblo de Chulumani, la plaza Mayor, la iglesia catedral, el mercado, la terminal de autobuses. Hacía bastante calor, y la larga caminata lo había dejado sofocado y polvoriento. Se moría por sentarse a beber una cerveza en alguna de las terrazas, bajo la sombra de los grandes pimenteros, pero se abstuvo. Quería evitar riesgos, de modo que cruzó derecho, con su tranco lento de vaquero, como tantos otros gringos. Efectivamente, nadie se fijó en él.

Se dirigió hacia el hotel para inquirir sobre el profesor de barbitas, no tenía idea de su nombre siquiera, ya lo averiguaría. No le interesaba en sí mismo, pero le haría falta para su búsqueda. Por supuesto, no se le ocurrió acercarse al hotel abandonado, aquel tópico de que el asesino siempre vuelve al lugar del crimen, donde lo atrapan, le provocaba un pavor supersticioso, y jamás osaría cometer tal error. Cinematográfico error, elucubró.

Cansado, encontró el hotel, llamado Parador de Yungas, según recordaba. No había guardado el burdo croquis que le había hecho el profesor de barbitas, lo había hallado en un bolsillo de la camisa que vestía el día del enfrentamiento. Era un documento comprometedor y había considerado preferible quemarlo junto con la documentación de su anterior identidad. El parador se encontraba casi vacío de pasajeros cuando entró en su bello jardín hacia las dos de la tarde. Había tardado cuatro horas en hacer el recorrido desde la cabaña de los campesinos a Chulumani. Se sintió fuerte, no estaba mal para alguien que había sido tan seriamente herido hacía menos de diez días.

Apenas entró, se dejó caer sobre un sillón en la terraza. La pierna le dolía, no podía negarlo. La caminata no había sido lo mismo que los breves paseos alrededor de la cabaña durante su convalecencia. Sacó las aspirinas que le había dado el médico y pidió de beber. Lo atendió el propio administrador, el señor Enríquez.

—¿Una Coca-Cola, *mister*?

O'Keen lo miró extrañado.

—Adivino por sus aspirinas que tiene dolor de cabeza… Lo mejor es tomarlas con una Coca-Cola heladita, pues.

—Oiga —le respondió O'Keen poniendo una falsa cara de enojo—. De esa mierda no bebo. ¿Sabe usted cómo era originalmente? Pues una mezcla de cocaína de Bolivia, a la que añadían cafeína para potenciar el alcaloide, más cola de África, que es una puta plantita amarga e insignificante; y un toque de alcohol. Grandiosa mezcla, vaya. ¿No le parece?

—Si usted lo dice, señor…

—Escuche. Para darle mejor sabor le metieron caramelo; y luego soda para que quedara efervescente. Una bomba. El mejor remedio jamás inventado para el *hangover*, decía mi abuelo, que de esto sabía mucho. ¿Cómo le llaman acá?

—Le llamamos chaki, señor. También caña o chupa…

—Chaki. Me gusta. ¿De dónde proviene ese nombre?

—Pues dicen que es el nombre del demonio pagano que atormenta al borracho al día siguiente.

—Buena explicación. Da igual, para mí nada de Coca-Cola, señor. Me asquea. Contaba mi abuelo que le quitaron todo lo interesante, y dejaron sólo la plantita de coca, la cafeína, el color de mierda y el sabor dulcecito, para los paladares muertos de los imbéciles de este mundo que quieren mantenerse lúcidos y contentos, zombis ilusionados de que están vivos. Más de algún cabrón se está enriqueciendo aquí con este puto maldito brebaje —murmuró esto último en inglés. Remató en voz alta—: Para mí, cerveza, señor...

—De inmediato, caballero. ¿Paceña o Taquiña? —dijo el hotelero, sin replicar, acostumbrado a los monólogos incoherentes de tanto gringo loco.

—La última que nombró, para comenzar —respondió el pistolero, celebrando su propia perorata subversiva. Viendo que el viejo no se había inmutado, le preguntó—: ¿A ver, amigo, cómo le llaman acá a la cerveza?

—Una chela, señor.

—Excelente. ¡Chelas, a mí!

Cuando hubo llegado su Taquiña, O'Keen hizo lo mismo que el héroe (o más bien antihéroe) de uno de sus libros preferidos, *A sangre fría,* de Truman Capote, quien para aplacar los dolores de sus huesos quebrados ingería aspirinas disueltas en cerveza. Por primera vez O'Keen probaba ese remedio, y se sintió orgulloso de su modesto gesto estético. Le metió cuatro aspirinas de una vez a su Taquiña. Curiosamente, el mejunje le hizo efecto, o al menos eso creyó; aunque era evidente que lo que más le ayudó fue el reposo tras la larga caminata.

Habría querido tirarse a la piscina, tentadora frente a él. En ese momento se bañaba un par de extranjeras en sus treinta, bellas y bronceadas, altas, fuertes, risueñas, levemente borrachas según se percató, quienes lo invitaron a desvestirse y meterse al agua con miradas insinuantes y movimientos sensuales de sus cuerpos casi perfectos, enfundados en reducidos bikinis multicolores. O'Keen quedó impresionado. Les devolvió las sonrisas y les hizo gestos de que no podía bañarse en ese momento. No le convenía exponer su herida, y tampoco exhibirla; estaba seguro de que se hallaba bien sana, pero era aún bastante llamativa.

Le pareció que eran francesas, al menos hablaban en ese idioma, que O'Keen no entendía pero sí podía identificar. Se relajó oyéndolas parlotear, parecían unas cacatúas simpáticas. No pasó mucho rato antes que las mujeres estuvieran sentadas en su mesa. Un camarero atento trasladó sus vasos de whisky, adecuadamente rellenados. Se dirigieron a él en un inglés horrible pero divertido, se les notaba contentas de practicarlo con un gringo tan buen mozo.

No eran francesas, le informaron a O'Keen, sino suizas, y se hallaban de vacaciones, eran azafatas de Swissair. El pistolero no les creyó, pero igual la idea le pareció excitante. Tirarse a una azafata de línea aérea nunca estuvo entre sus fantasías, pero ahora no le parecía un plan desdeñable. Se llamaban Marie-Claude y Moira. Las halló bellas y distinguidas, estaba encantado de su suerte, tal vez era el momento de probar su fortaleza física y, además, ver cómo asumía su nueva situación y personalidad, procurando evitar que se enteraran que se encontraba herido de bala.

Mientras O'Keen ordenaba su tercera cerveza, las dos muchachas se inclinaron por otro whisky con soda. Llegó mucho hielo, refuerzo de cacahuetes salados, nueces y otras menudencias. Moira abordó primero el problema de inventar una conversación:

—¿En qué andas? Pareces un vaquero buscando novia —y se rieron, mientras sorbían sus tragos y enroscaban y desenroscaban sus piernas en beneficio del gringo.

—Novias ya encontré —replicó O'Keen para el regocijo de las suizas—. Lo que busco es un poco de tranquilidad en un lugar más o menos salvaje, mi país ya casi no ofrece eso. Salvo ir a Alaska, a congelarse el culo…

—¿De dónde eres? —preguntó ahora Marie-Claude. Parecía hermana de la otra, las dos de ojos verdosos y melenas cobrizas y lisas, casi del mismo largo y de corte semejante, estatura mediana, fuertes y tersos pechos, caderas anchas sin exageración, piernas largas y bien torneadas, en suma, con aspecto deportivo y sano. Un par de hembras realmente magníficas, el concepto se formó en la mente de O'Keen.

—Soy de Nuevo México, de una zona bastante agreste, pero domesticada, que no es lo mismo. Me dedico a la cría de caballos. He aprendido mucho de ellos —acotó con intención, llevándose la botella a la boca, lo cual provocó ruiditos de aprobación entre las damas—. Me presento: soy Arthur O'Keen, de Albuquerque, Nuevo México —y les estiró la mano que ellas estrecharon solemnemente, entre risas, repitiendo sus nombres.

—¿Tus amigas te dicen Artie, o algo así? —intervino Moira.

—En realidad me dicen OK, por mi apellido.

—OK, OK —terció Marie-Claude—. Supongo que serás un tipo OK.

—Totalmente. Aunque llevo tantos días vagando que no sé si estoy en forma. Me haría falta algo más potente que esta cerveza debilucha.

—¿Un whisky? —dijeron a dúo las muchachas, lo que los hizo reír a todos.

—En realidad estoy pensando en algo más potente. A ver qué se os ocurre —añadió, bajando la voz y meneando los bigotes, un jueguito nuevo que había aprendido.

Siguieron conversando trivialidades por un rato. Las muchachas volvieron a meterse a la piscina y O'Keen a negarse, después de lo cual, como empezaba a refrescar, las damas decidieron ir a ducharse a su cabaña y ponerse algo de ropa. O'Keen manifestó que haría lo mismo. Moira sugirió que se juntaran en la cabaña de ellas para planear algo juntos para más tarde, lo cual a O'Keen le pareció una gran idea; tenía además algo de hambre.

Apenas había salido de la ducha cuando el pistolero oyó sonar el teléfono de su habitación. Era Moira o Marie-Claude que lo invitaba a la cabaña de ellas, no estaban listas pero tenían una sorpresa para él, que se fuera como estaba. O'Keen se secó rápida y cuidadosamente, dejando su pelo mojado y desgreñado, se puso unos *shorts* largos y ajustados, del tipo bermudas, que le había comprado el doctor, ideales para cubrir la herida en su muslo. Partió tal cual, en su desnudo pecho peludo un collar de oro con la figura de una herradura. En su cinturón, bien disimulada atrás, su pistola pequeña disfrazada de prismáticos. No quería sorpresas.

Las suizas tenían puesta una casete con música disco, y estaban bailando entre ellas en ropa interior, unas diminutas piezas que les cubrían apenas pechos y pubis. O'Keen decidió que aquello le estaba gustando cada vez más. Se encontraba un tanto arrecho, de modo que siguió el juego, tal vez con eso ayudaría a su recuperación. Probó un contoneo medido para ponerse a tono, moviendo básicamente torso y pies, para no parecer forzado y tampoco someter a demasiado esfuerzo a su pierna herida. Pasó la prueba, porque en un momento las tenía abrazadas a las dos, que se disputaban por admirar su collar mientras mantenían el ritmo.

Terminada la canción, se separaron y O'Keen preguntó por la sorpresa. Una de ellas se acercó a una mesita donde había una servilleta de tela que cubría algo. Ese algo eran tres ordenadas filas de un polvillo blanco, de obvia identificación.

—Maravilloso —dijo O'Keen—. Justo lo que me hacía falta. ¿Cómo adivinaron mi religión?

Marie-Claude sacó con gestos de mago un elegante tubo de plata, especialmente diseñado para ello, y cada cual procedió a aspirar su línea de cocaína. Las dos mujeres lanzaron suspiros de satisfacción, mientras O'Keen, fuera de forma por tanto tiempo en misión, y sobre todo debido a los últimos acontecimientos, se sofocó un tanto y lanzó una serie de estornudos que hicieron reír a las mujeres. Moira se acercó a él y le dijo:

—Te empolvaste la cara. Déjame limpiarte —tras lo cual procedió a lamerle nariz y labios. O'Keen la dejó hacer y luego la besó en la boca, con fuerza y lengua, mientras deslizaba su mano por su cintura y luego por sus nalgas, que encontró tan sabrosas como prometían.

Marie-Claude, entretanto, se había puesto de rodillas y se

concentraba en la zona genital del macho. La erección de O'Keen reventaba su *short*. La muchacha empezó a trabajar sobre su cinturón para bajarle el breve pantalón, pero el pistolero la detuvo.

—Lo haremos a mi manera, hermanas —les dijo, tras lo cual abrió su bragueta y dejó asomar su miembro, ya casi totalmente enhiesto. La muchacha procedió a meterlo en su boca y a lamerlo con gran arte, mientras él desnudaba a Moira, siempre de pie, y hacía su trabajo con manos y rodillas. Al percibir que ella empezaba a sentir un principio de orgasmo tras sus expertas acciones, O'Keen la hizo arrodillarse y le introdujo buena parte del miembro en la boca, mientras ponía de pie a Marie-Claude y la desnudaba para darle el mismo tratamiento que a Moira.

Así las mantuvo por un largo rato, turnándolas mientras ambas se excitaban cada vez más. En todo caso, O'Keen no les permitía ni empujarlo ni que se acercaran a su espalda. Tampoco aceptó la sugerencia de encender las luces, la oscuridad le ayudaba a evitar cualquier visión comprometedora. En un momento culminante, las puso a las dos de pie, las hizo apoyarse en la pared exponiendo sus grupas, una a cada lado, y trabajó con una mano en cada una, manoseando sus entrepiernas e introduciendo con suavidad sus dedos por las vulvas, a esas alturas casi chorreantes. Con el mismo líquido lubricó sus anillos anales y con arte introdujo sus dedos por allí. Escuchaba en tanto el jadear de las suizas y sus grititos en francés. Disfrutó de ese sexo acústico. Finalmente las penetró varias veces, turnándolas, hasta lograr el orgasmo casi simultáneo de las dos.

Hubiera querido arrodillarse él mismo, para lamerlas por atrás, pero se controló, ya que tal postura podría perjudicar su pierna herida. Ya lo haría en otra oportunidad. Optó por una nueva sucesión de felaciones, con ambas chicas nuevamente de rodillas frente a él, hasta eyacular en sus caras. Las muchachas procedieron a lamerse entre ellas y a lamer el miembro de O'Keen hasta tragar todo el semen. Después se tiraron al suelo, agotadas pero contentas. O'Keen les pasó cigarrillos encendidos y un whisky a cada una. Enseguida se tiró en un sillón a contemplarlas. Estaban las dos de espaldas en el suelo, con las piernas abiertas, sus pubis depilados enrojecidos e hinchados. Magnífico espectáculo, pensó el pistolero.

Las suizas llevaban varios días aburridas en el hotel, de modo que se explicaba su entusiasmo. Cuando se juntaron una hora más tarde esa noche a cenar en el mismo hotel le informaron a O'Keen que planeaban salir al día siguiente, hacia el mediodía, de vuelta hacia La Paz. Habían arrendado un vehículo todoterreno. No eran demasiados kilómetros de distancia, pero sabían que el camino era tortuoso. Él había llegado por ahí, ¿no? El asesino se dio cuenta de que era peligroso hacerle saber a quien fuera que había llegado en helicóptero, de modo que asintió a lo que las mujeres decían. Decidió que lo mejor para él era partir con ellas, siempre que lograra conseguir antes alguna información sobre el profesor de barbitas.

Tras la cena, que O'Keen saboreó con apetito, su primera comida verdadera tras los frugales condumios con los campesinos, rechazó la invitación de las muchachas a una nueva orgía. Quedaron un poco vejadas, pero les explicó que necesitaba conversar con el dueño del hotel acerca de posibles negocios. De modo que las despachó hasta el día siguiente. Les prometió desayunar con ellas en su cabaña. Que guardaran sus energías hasta entonces.

Una vez que se hubo quedado solo, llamó al mozo para que le buscara al administrador, el señor Enríquez. El viejo se hizo esperar un rato y finalmente apareció, con cara de molestia y aire de estar muy ocupado. El pistolero tuvo ganas de aplicarle un poco de violencia, quizás un par de bofetadas suaves por donde más duele, pero se contuvo. No se lo podía permitir. Al revés, con toda la amabilidad que podía prodigar, que no era mucha, lo invitó a sentarse con él para tomar una copa. El viejo accedió. Consideraba eso parte de su trabajo, de modo que le pidió unos minutos para despachar un par de asuntos y que pronto lo alcanzaba.

O'Keen contempló cómo se alejaba, su estampa típica de mestizo, la clase media de este país, pensó, no menos explotados que el indio, a juzgar por el aire de derrotado de ese viejo que tal vez no era tan viejo. Como era previsible, el hombre apareció a los veinte minutos con una botella de singani, seguido por el mozo, que traía cubos de hielo y trozos de limón.

—Permítame, *mister* —le dijo, se había acostumbrado a tratarlo así y el gringo no lo corrigió, ni le dio más datos respecto a su nombre—, quiero que pruebe nuestro aguardiente nacional, le he traído el de mejor calidad.

—Gracias, jefe —le respondió O'Keen—. Éste es un bonito lugar. Llevo varios días recorriendo el área, recién he conocido Chulumani. Me parece de lo mejor…

—Gracias, *mister*. Estamos orgullosos del favor que los turistas le hacen a nuestra tierra.

Tras unos quince minutos de conversación banal, con el pistolero esforzándose por mostrar interés por la geografía de la zona, se llegó finalmente al punto:

—Estimulante lo que me cuenta, jefe. Ahora necesito una información. Me dedico a negocios de caballos finos, y aunque ando de vacaciones, recordando mis años mozos de hippie, siempre me gusta hacer contactos…

—Bonito oficio el suyo —comentó don Enríquez, levantando su vaso—. Me encantan esos animales, tan nobles. Por acá ya casi no se ven. En otra época eran el medio de transporte obligado.

—Ahora son un lujo —metió baza el gringo—, lo cual es mejor, se trabaja con animales más selectos y hay menos pestes.

—¿Qué quiere saber el señor? —preguntó el administrador, sorbiendo su aguardiente.

—Bueno, en realidad ando buscando a un conocido, norteamericano como yo. Sé que estuvo alojado acá la semana pasada más o menos…

—¿Cómo se llama su amigo?

—En realidad no sé bien. Creo que Lowell —contestó el gringo, evasivo, constatando que se había equivocado en la forma de abordar al asunto. No era su manera de actuar, se sentía incómodo en ese registro; sabía bien, por experiencia propia, lo eficaz que era un buen apretón en el cuello para pendejos como ése—. Se trata del amigo de un amigo, un profesor universitario de más de cincuenta años, de barbita blanca, sólo mostacho y perilla. Es muy conocedor del tema, aunque trabaja en otros rubros…

Enríquez se lo quedó mirando. Se dio cuenta de inmediato de quién estaba hablando el gringo con cara de inocente. Se prometió no abrir la boca. En pocos segundos circuló por su cabeza el episodio del enfrentamiento a tiros que había tenido lugar en Chulumani, hacía poco más de una semana. La policía había investigado, ya que las víctimas habían estado alojadas en ese hotel. Se hablaba de un asesino muerto y de otro que había logrado huir, herido de bala. Miró a O'Keen, su cara no coincidía con la descripción, y éste se veía de lo más sano. Se decía que el otro había huido gravemente herido.

El pistolero, por su parte, adivinó exactamente lo que había pasado por la cabeza del administrador. Se le ocurrió que tal vez convendría que le aplicara alguna de sus recetas predilectas, si el hombre se ponía difícil. Desde ya, tendría que vigilarlo mientras estuviera allí, no cabía duda de que se había puesto en evidencia.

—No recuerdo a nadie así —dijo finalmente Enríquez, lacónico, aunque sabía perfectamente que el tal barbitas era del grupo de gringos que había estado bebiendo y bañándose en la piscina, por casi dos semanas, coincidiendo en unos pocos días con los dos caballeros asesinados, cuando estaban alojados también. Rememoró que les había dicho a ellos, pobres víctimas, que esa gente le parecía ligada a las mafias de la droga.

Para Enríquez, Melgarejo también estaba muerto, aunque su cadáver no hubiera sido descubierto, lo más probable es que ya hubiera sido víctima de los carroñeros, allá por los parajes amazónicos donde los ríos de Yungas alimentaban a otros ríos más grandes.

—Haga memoria, jefe —insistió O'Keen—. Hay posibilidad de muy buenos negocios. Sólo me hace falta alguna pista para localizar a ese señor y hablarle. Me voy pronto de vuelta a Albuquerque, Nuevo México, y no quisiera perder la oportunidad. Creo que hay potencial en esta zona para la crianza de caballos, al hotel le puede convenir.

—Entiendo, *mister*, pero…

O'Keen empezó a jugar como casualmente con un billete de cien dólares, enrollándolo como si fuera a fabricarse un cigarrillo. Observó a Enríquez ponerse bizco, la codicia se apoderó de él al instante. O'Keen lo vio remojarse los labios. El viejo Enríquez se lo pensó: era tan sólo un empleado, ganaba poco para lo mucho que trabajaba, era una buena propina la que le ofrecían, y no se comprometía con nada. Decidió jugársela.

—Déjeme consultar los libros, señor. Vuelvo ahora mismo.

El pistolero lo dejó ir, pero con el pretexto de estirar las piernas, se puso a caminar por el jardín, vigilando de reojo por si el administrador intentaba cualquier conato de traición. Desde que había escapado de la muerte procuraba no dejar ningún espacio para el error. Observó que el hombre efectivamente consultaba unos libros y anotaba algo en un papelito. No se acercó al teléfono ni habló con nadie. «No quiere compartir la propina», pensó O'Keen.

Cuando el viejo volvió, le entregó una tarjeta con las señas de una tienda de antigüedades en La Paz, en cuyo reverso había escrito un nombre: Walter P. Van Dune, Jr.

—Hombre, de acuerdo. Gracias —respondió O'Keen, estrechando espontáneamente la mano de Enríquez y poniendo entre sus dedos el billete enrollado. Agregó—: ¿Sabe si venía acompañado?

—Perdone, señor, pero más no puedo decirle —expresó Enríquez—, no estoy facultado a entregar nombres de huéspedes más que a las autoridades. Lo he hecho como un servicio especial para usted —añadió guardando el billete enrollado en lo más profundo de su chaqueta.

—No hay problema, jefe —se apresuró a decir O'Keen—. Era sólo por si se me facilitaba la búsqueda, pero con esto tengo suficiente. Los negocios son los negocios, usted me entiende.

No podía exagerar su interés. Estaba seguro además de que el viejo le había dado la información correcta: probablemente sabía bien, o sospechaba, que la venganza podía ser terrible si se le ocurría un engaño. Se notaba que el don Enríquez desconfiaba profundamente de los gringos, los temía y odiaba. Siempre podía negar todo si el de barbitas lo increpaba, había muchas maneras de conseguir los nombres de las personas que habían pasado por el hotel. El riesgo era mínimo.

Tras esta transacción, el pistolero anunció que se retiraba a su cabaña, necesitaba descansar, lo cual era cierto. El episodio con las supuestas azafatas había sido fabuloso, pero no podía repetirlo ese día. La pierna no le dolía, pero la sentía débil y rígida, le reclamaba reposo.

Esperó en su cabaña, fumando, mientras se hacía la oscuridad total, y luego se levantó para ir a instalarse en otra. Se había fijado que muchas se hallaban desocupadas y nadie se preocupaba mayormente de que estuvieran bien cerradas. De todas formas tenía un par de llaves maestras. Se acomodó, pues, en una cabaña diferente, desde donde podía observar tanto la suya, como la de las mujeres y el edificio de la administración. «Juan Segura vivió muchos años», se repitió para sí mismo, mientras se desvestía y acostaba en la oscuridad. El dicho se lo había oído a un taxista en La Paz.

Al día siguiente se encontró tomando desayuno temprano en la terraza. Le fastidiaba ir a la cabaña de las suizas. Ellas aparecieron tarde, con las caras estragadas. Se han estado atiborrando de cocaína y whisky, pensó el gringo. Son un par de putas adictas y alcohólicas, con mucho dinero encima. Las había empezado a despreciar, no soportaba a las mujeres fáciles.

Ellas no le hablaron por un rato, se sentían ofendidas. De todos modos lo llevaron a La Paz, y cuando estaban en el todoterreno ya se habían amigado de nuevo y hacían planes para desenfrenarse en La Paz.

XII

Poto-Poto

El viaje entre Chulumani y La Paz no fue precisamente plácido, pero divirtió a O'Keen. Cuando salieron del Parador de Yungas, y tras comprobar el pistolero que todo marchaba bien al ver al administrador perfectamente relajado, empezaba a lloviznar. El tiempo había cambiado, y aunque seguía haciendo calor, la tormenta se sentía en el aire. Casi al salir empezaron los inconvenientes. Un neumático pinchado, afortunadamente cerca de la única estación proveedora de gasolina del pueblo, les hizo perder más de media hora. Les cambiaron la llanta por la de repuesto, pero no encontraron a nadie que reparara la averiada. De modo que se vieron obligados a partir sin llanta de recambio. A O'Keen le dio lo mismo, no era el tipo de cosas por las que se lamentaba. Se acordó de su difunto socio. Contecorvo habría hecho del asunto un drama. Cuestión de personalidades.

Cuando se metieron en la carretera propiamente tal, el asesino no pudo sino impresionarse por lo agreste de la ruta, cavada en la roca sobre impresionantes precipicios. La mujer que manejaba lo hacía con cierta pericia, aunque a una velocidad muy baja. O'Keen llegó incluso a dormitar un rato, ya que había pasado la noche en semivigilia, con un arma en la mano. Todo iba bien hasta que de repente el vehículo dejó de avanzar, negándose a subir por una cuesta bastante empinada.

—¿Qué le pasa a esta mierda? —rezongó Moira, que era quien manejaba. Se había vestido a la última moda francesa para conducir, una coqueta gorra multicolor con visera, camisa de amplias mangas, *shorts*, botines y guantes sin dedos.

—Acelera a fondo —le dijo O'Keen.

—Bueno, estoy tratando —respondió Moira—. Pero el acelerador no responde a mi presión, es como si estuviera suelto.

—Mejor nos detenemos para revisarlo —dijo el pistolero—. Pégate bien al cerro a tu izquierda, aprovecha la pendiente. Tienes que dejar espacio para que pasen otros vehículos. Para peor estamos en plena curva, qué mierda —masculló.

Moira lo hizo así y entre todos abrieron la cubierta del motor. En ese momento la lluvia se había transformado en una llovizna suave, pero el cielo se notaba amenazador. El vehículo ronroneaba bien, se veía que no tenía problemas de combustión, la temperatura del agua estaba normal. O'Keen le pidió a Moira que apretara el acelerador, sin detener el motor, mientras él controlaba el carburador. Al hacerlo, vio que el delicado sistema de cables y brazos articulados que permitía meter más combustible al sistema, y así acelerar la marcha, se había roto. Se había desprendido de su base. Estaba funcionando, pero en falso, le faltaba el apoyo necesario para que el juego de palancas y resortes cumpliera su función.

—Será necesario llevarlo a algún lugar donde lo puedan soldar —dictaminó O'Keen.

—¿Adónde, en estas soledades? —opinó Marie-Claude—. Estamos lejos de Chulumani y de cualquier poblado, me acuerdo de nuestra venida. Mira los cerros de enfrente, por allá va el camino, ni un alma.

—¿Tenemos algunas herramientas, algún alambre?

Revisaron el equipamiento del vehículo y hallaron algunos repuestos que O'Keen consideró útiles. Revisó su propia mochila, y encontró alambre y una fuerte y fina cuerda metálica, una de sus armas para ahorcar pendejos. Con todo eso improvisó una fijación, de modo que el acelerador quedara adosado a su ubicación original. No quedó demasiado sólido, la pieza tendía a bailar en su posición, pero permitía al vehículo tirar. Con ayuda de Moira logró calibrar una posición que hiciera avanzar el vehículo y meter las marchas. Pero el vehículo quedó entre mediana y fuertemente acelerado. No pudo adaptarlo para toques sutiles del pedal. Se dio cuenta de que ello era un riesgo tremendo, en ese camino al borde de barrancos. Pero O'Keen era un tipo con agallas y se pavoneaba de ello.

—Estamos listos. Nos vamos —dijo finalmente—. Pero yo manejo o me voy caminando. Elijan…

Las dos le dijeron a coro que preferían cualquier cosa a quedarse solas y manejar esa mierda de todoterreno, agregando que nadie mejor que él podría con esa cosa.

—Tal vez lleguemos vivas a destino, OK. Te recompensaremos adecuadamente —insinuó Moira, como siempre la más pronta a aprovechar el momento.

—Bien me parece —respondió el pistolero, cuidando su bien ganado prestigio de semental—. Pero mi precio será alto esta vez. Prepárense.

Las dos mujeres aplaudieron, con grititos y promesas de que iban a estar a la altura de las circunstancias, que no le cupiera duda, que mejor se fuera preparando *él* para lo que le esperaba, y se daban codazos entre ellas.

De modo que O'Keen asumió la conducción, lo cual hizo a la perfección, aunque la situación era realmente peligrosa. No conocía el camino, pero sabía de situaciones ruteras complejas. La lluvia volvió por sus fueros, y el camino resultaba doblemente peligroso, resbaladizo e indefinido. Pero O'Keen metió todas las luces y la marcha especial, con lo que el todoterreno se hacía más manejable, a pesar de estar permanentemente acelerado.

El pistolero tenía que mantenerse atento para forzar las marchas o poner la marcha en punto muerto, sobre todo en las bajadas pronunciadas. Afortunadamente los frenos operaban perfectamente bien, de modo que todo resultó sin dramas.

O'Keen sabía que conducir en tales condiciones iba a ser, además, una prueba para su pierna herida, pero se dio cuenta de que reaccionaba a la perfección, sentía cómo la sangre fluía por ella.

Estaba contento con la situación, y manejar por allí era una delicia
para un tipo arriesgado como él. Marie-Claude le contó que le habían dicho que se hacían carreras de rally por allí mismo, lo cual
ensoñó a O'Keen, ya se veía participando en esa prueba.

Llegaron finalmente a La Paz, sin más contratiempos, sólo tu-
vieron que perder una hora en El Castillo, la parada obligada donde también habían estado Melgarejo y Machicao, para permitir
que el vehículo se enfriara, la sobreaceleración lo había recalenta-
do. Aprovecharon para tomar mucho café y consumir unos empa-
redados que resultaron bien sabrosos.

Las mujeres tenían una reserva en el Sheraton de La Paz, y lo
invitaron a que se quedara con ellas. Al principio O'Keen se resistió, no quería compromisos, pero luego entendió que al menos por
esa noche le convenía tal solución.

Pidió en todo caso una habitación aparte, ya que tenía que organizar su programa para los días siguientes, según les explicó. No
quería que esas mujeres se le montaran encima y le dañaran la pierna. Si querían sexo se lo daría, pero nuevamente a su manera. Una
vez instalados y duchados se juntaron para sorber una línea de
coca cada uno, y partieron a cenar al restaurante giratorio que había en el último piso, desde donde se podía observar el magnífico
paisaje de las luces de la ciudad. Las mujeres, incansables, se pusieron a bailar en la discoteca que funcionaba allí mismo, se bebieron todo el whisky que encontraron, y finalmente O'Keen las tuvo
que llevar a la habitación completamente borrachas. No hubo,
pues, el riesgo del sexo y O'Keen se retiró a su cuarto. Al día siguiente desayunó temprano y se fue del hotel, sin despedirse de las
mujeres. Esperaba no volverlas a encontrar.

Lo primero que hizo, una vez en la calle, fue ponerse en acción. No deseaba perder tiempo. Consiguió un nuevo mapa de la
ciudad en un kiosco; la mujer que se lo vendió le explicó amable
dónde se hallaban, y en poco rato el pistolero estuvo en el lugar señalado por el administrador del hotel de Chulumani: la tienda de
antigüedades.

La tienda era ciertamente auténtica y estaba muy bien provista, como pudo comprobar. Se hallaba en el mismo centro cívico de La Paz, cerca de la plaza Murillo, donde se hallaban el Palacio de Gobierno y otros edificios públicos e históricos. Orientada como era de esperarse a clientes ricos, en su mayoría extranjeros, tenía cantidad de piezas de valor. O'Keen examinó largo rato la vitrina que daba a la calle antes de entrar, y luego abrió la puerta con su mejor aire de posible comprador. Una campana anunció su presencia, y una señora de edad madura y aspecto respetable le preguntó en inglés:

—¿Le puedo ayudar en algo?

O'Keen le respondió en castellano que quería dar una mirada, que le parecía todo tan bonito. La verdad es que el pistolero no daba un centavo por lo que veía, y despreciaba profundamente ese interés de algunas personas, que consideraba insano, por coleccionar cosas viejas. Y pagar fortunas por chismes inútiles y pasados de moda, superados por la tecnología y el progreso. Él se consideraba un hombre práctico ante todo, y lo más importante era que las cosas funcionaran.

Se dedicó a contemplar sin mayor interés unas miniaturas de arte religioso, la mayoría de ellas eran ovaladas, del tamaño de un huevo frito más o menos, pensó O'Keen.

—¿Se las colgarán al cuello? —masculló—. Parece cosa de monjas.

Al ver tanto interés en ese joven rubio por las piezas, y creyendo que el otro le había dirigido la palabra, le dijo:

—Son del siglo XVIII y XIX. Óleo o esmalte sobre metal. Son muy valiosas y raras. Hay algunas restauradas…

—¡Qué bien! —se vio obligado a opinar el pistolero—. ¿Y cuál es el precio?

—La verdad es que no son caras para su valor. La más barata vale mil quinientos dólares, es esta pequeña —dijo la dama mientras sacaba de su pedestal una pieza de color azul—, donde por un lado se ve a san José con el niño y por el otro a la Virgen de Loreto. Fíjese, lleva la tiara papal. El marquito metálico oval y la cadenita son de una aleación de plata.

O'Keen puso cara de que el precio le parecía razonable, pero por dentro sintió ganas de vomitar. ¡Vaya precios absurdos! ¡Por tamaña porquería en miniatura!

Buscó alguna cosa que pudiera comprar por un precio decente, y terminó por interesarse en una cucharilla pequeña que costaba diez dólares, según la mujer. Le parloteó acerca de las bondades de la pieza, era parte de un juego antiguo, etcétera. «Una locura —pensó O'Keen, que no la escuchaba—, pero me puede servir tal vez para preparar una dosis de *crack*.»

Hecha la transacción, el pistolero encontró que era el momento para hacer sus averiguaciones:

—Una consulta, señora. Ando buscando a un amigo, también aficionado a las antigüedades. Me dijeron que siempre viene por acá. Tal vez lo conoce, se llama Walter Van Dune…

—Repítalo, por favor —pidió la señora, haciendo bocina en su oreja. Era una dama de edad bastante avanzada y aspecto distinguido, sin duda una conocedora de las cosas que vendía.

O'Keen le repitió lentamente el nombre, y le describió al personaje, pero la vieja dama dijo que no lo conocía y no recordaba haber visto recientemente por la tienda a alguien con esa descripción.

—Claro que pasa tanta gente diferente por acá —se excusó—. Hay otros negocios de antigüedades en La Paz, puede buscar por allí.

O'Keen le dio las gracias, no podía insistir demasiado para no hacerse sospechoso, y le parecía que la mujer no lo engañaba. Preguntó si había otra gente en la tienda que pudiera recordarlo, cuando ella se ausentaba, pero tampoco resultó nada por allí. Ella estaba casi todo el tiempo, y a veces la reemplazaba una niña estudiante de arte, pero eso rara vez. Durante sus vacaciones, cerraba.

Era una pista fallida. O'Keen chequeó la dirección, le mostró a la dama la tarjeta que le habían dado en Chulumani, no había posibilidad de error. Se preparaba para irse, tras conseguir de la vieja algunas direcciones de otras tiendas similares, dando por perdida la pista, cuando ocurrió un hecho fortuito. Precedido de un fuerte olor a violetas hizo su entrada en el local nada menos que el pastor negro, con todo y cuello duro, el mismo que los había contactado a él y Contecorvo hacía ya casi dos semanas, para orientarlos en la misión. «Bingo —pensó O'Keen, apretando los puños de puro deleite—. Los tengo.» La dama entretanto se dirigía al sacerdote con grandes sonrisas:

—Bienvenido, reverendo Jerrigan —le dijo—. Dichosos los ojos. Lo esperaba desde hace días. Por aquí tengo un paquete para usted que le dejó mi socio.

Mientras decía lo anterior le entregó un paquete bien hecho, en papel grueso de color café, donde O'Keen pudo leer: «Rev. Hugh Jerrigan.» Ambos se pusieron a conversar a gritos, como buenos sordos, el negro parecía apurado pero no se atrevía a interrumpir a la dama. En un momento miró a O'Keen, que se hacía el interesado en unas piezas precolombinas, y no dio la menor señal de reconocerlo. Pero el mafioso captó cierta avidez viciosa en esa mirada, lo que le sugirió una idea. Por allí había una táctica. Discretamente, se sobó los genitales. Lo hizo en una posición tal que la dama no notó su gesto, pero él sí captó cómo el pastor lo miraba de reojo. Le pareció que sus labios se humedecían.

Se despidió finalmente de la dama, como un cliente que ya ha conseguido lo suyo; el negro volvió a mirarlo de manera insinuante mientras salía. Unos pocos metros más allá había una plazoleta, donde vio un banco vacío. Se sentó allí a vigilar la tienda, sin hacerse demasiado evidente. Un niño se le acercó para encerarle los botines, pero lo rechazó con un «mañana». No sabía hacia dónde partiría el pastor, por lo que se preparó para cualquier eventualidad. No pasaron más de cinco minutos cuando el sacerdote se lanzó a la calle, bien apurado, justo en dirección hacia donde se hallaba O'Keen.

El pistolero se puso de pie para cruzarlo como por casualidad, lo cual fue fácil porque el reverendo miraba hacia el suelo, de modo que no se percató de que el otro se movía y chocó con él levemente. Bajo el brazo llevaba su paquetito color café. Parecía un libro envuelto. O'Keen le habló en inglés:

—Perdón, amigo. Andaba distraído.

—Está bien —replicó el negro. Se dio cuenta de inmediato de con quién se topaba, el mismo buen mozo de la tienda. Se le pasaron como por encanto el apuro y la preocupación. Le llamó la atención el aire un tanto azorado del rubio, y le dirigió la palabra:

—Te veo inquieto, hermano. ¿En qué andas? ¿De turismo?

—Digamos que sí —respondió O'Keen—. En realidad ando de juerga. ¿No será pecado? —y le dio un breve golpecito en la barriga, que hizo reír al pastor. Tomó a O'Keen del brazo. Al sentir su musculatura se le salió un suspiro. Caminaron juntos unos metros.

—¿Tienes tiempo para un café, compañero? —le dijo—. Te invito y me cuentas de tu pecaminoso programa en La Paz. De repente no me vendría algo para reformarte.

Para Arthur O'Keen fue el momento más crítico desde que había dejado de ser Robert Connington. Se sentó frente a frente de quien había sido el percutor de su pesadilla en Bolivia. Seguramente el hombre estaba al tanto de que iba a haber una traición, y que él y Contecorvo serían ajusticiados tras cumplir la misión. Recordó cómo el pastor apenas los había mirado en esa ocasión, fijándose más en sus vestimentas que en sus caras. Su transformación parecía nuevamente mostrarse eficaz. Sintió un odio tan letal contra el negro que casi le tira las manos al cuello ahí mismo.

O'Keen se dedicó a inventar una historia de vacaciones tipo aventura mezclada con búsqueda de negocios, le interesaban los caballos, por encima de todo. Habló de su Nuevo México natal, de su familia retrógrada, en la onda del niño bueno poco comprendido, en particular por ciertas tendencias privadas. Esto lo dijo por cierto para ir preparando al reverendo. Luego le preguntó qué hacía un hombre de iglesia en La Paz, para así empezar a crear cierta familiaridad propicia para confidencias.

—Bueno, hermano. Hago lo que cualquier pastor de almas. Difundir la Palabra, convertir gentiles, sanar a pecadores… Pero tampoco soy ajeno a las cuestiones del cuerpo, por supuesto. Es un don del Altísimo demasiado preciado —declamó poniendo los ojos en blanco, tras lo cual lanzó una carcajada.

—Entiendo —lo alentó O'Keen—. Yo también soy propenso a buscar la felicidad, a mi modo. Soy un poco decadente, un transgresor de las leyes naturales...

—Patrañas —replicó el hombre de iglesia—. La naturaleza es más variada de lo que crees, no tiene leyes fijas, así lo dispuso el Creador. Y ¿andas buscando compañía en tus, digamos, vacaciones? —añadió con intención. O'Keen se rió, siguiéndole la corriente. Replicó:

—Bueno, no me disgustaría tener algunos amigos por acá, que compartieran mis ideales y principios, vaya. Pero que fueran algo transgresores también, no me gusta la gente convencional...

—¿Amigas, también?

—Francamente, no. Soy bastante clásico para mis gustos.

—¿Te agrada Apolo, por ejemplo?

—Justo —replicó O'Keen, tocándose la oreja izquierda. Ambos rieron, como cómplices. O'Keen vio el momento de hacer un avance adicional «El puto negro no sospecha nada», pensó.

—¿Por qué no vamos a tomar algo más fuerte que un café? —sugirió.

—Me parece excelente idea —replicó el pastor—. Pero un hombre de iglesia no puede andar metido en bares o cantinas. Vamos a mi casa, ¿de acuerdo? —al pistolero le pareció sentir un cierto jadeo en la ronca voz del pastor, que le sonó algo así como un Louis Armstrong cachondo.

—¿Es un lugar discreto? —preguntó a su vez O'Keen—. No tengo ganas de que mis amigos me increpen por meterme con eclesiásticos, vaya.

—No hay peligro, hermano. Poseo un rincón especial para encuentros interesantes, de lo más discreto... No es mi residencia oficial —agregó, en tono conspirador. A todo esto, el reverendo ya había iniciado un juego de piernas por debajo de la mesa de la cafetería, y O'Keen lo había dejado hacer, lanzándole miradas prometedoras de tanto en tanto. «El cabrón es un puto pederasta —pensó—, le va a tocar castigo doble, lo prometo.»

—Vamos a irnos al barrio Miraflores —le dijo el pastor—, en

la zona más antigua, antes le llamaban Poto-Poto al paraje. Es muy interesante, al fondo mismo de una gran quebrada que corta la ciudad en dos. ¿Sabes lo que significa poto?

—Ni idea.

—Pues poto es culo en mapuche…

—¿En qué?

—Mapuche. La lengua de los indios de Chile. Fui misionero por allá, días inolvidables… —suspiró.

«Por los culos que te comiste», pensó O'Keen con bronca.

—No me negarás que poto es un buen nombre, ¿verdad? —siguió el reverendo.

—Pues depende del poto —replicó O'Keen—. El mío es como una seda. —La broma hizo bimqui ni ul reverendo. A O'Keen le vino otra oleada de odio, más letal aún que la anterior. Tuvo que contenerse nuevamente.

Partieron, pues, en un taxi. O'Keen estaba completamente seguro de que el pastor no albergaba ninguna sospecha. Tampoco tuvo ninguna posibilidad de mandar un aviso, en el caso de que hubiera columbrado algo. Nunca se acercó siquiera a un teléfono ni hizo amago de querer hacer una llamada bajo algún pretexto.

O'Keen pensó que el negro debería saber que uno de los sicarios, él mismo, había escapado herido. Tal vez confiaba en que ya estaría más que muerto, o bien postrado en alguna cueva, curándose de sus heridas, como las bestias. Estaba seguro de que se había rastreado bien la zona. Lo más probable es que ya lo hubieran dado por muerto, sabían que sus heridas eran graves. El pistolero confiaba ciegamente en su transformación física, pero siempre dejaba un pequeño espacio de duda, en el sentido de suponer que existía alguna posibilidad de que el reverendo estuviera simplemente haciéndole una jugada.

Lo más probable era, sin embargo, que el pastor Jerrigan estuviera cayendo redondo en la trampa. «Víctima de su concupiscencia», elucubró O'Keen. Llegaron finalmente al piso privado del sacerdote. En el vehículo el pastor le había rozado levemente la mano, y al sentir que el otro no la retiraba, se la empezó a acariciar abiertamente, cuidando por cierto que el taxista no se percatara.

Una vez llegados a su destino, el pastor pagó al taxista y le indicó a su conquista una amplia casona de tres pisos. Se hallaban cerca de un gran hospital, según se dio cuenta O'Keen.

—Tengo el tercer piso completo para mí —dijo Jerrigan—. Es mi lugar privado para catequesis. El segundo piso está desocupado y en el primero viven los propietarios, unos viejos sordos como tapias. Es el lugar más reservado de toda La Paz.

—Me parece bien —dijo O'Keen. Mientras descendía del taxi, se puso tenso como una pantera, una vez más su hado se ponía a prueba. Procuró estar todo el tiempo detrás del reverendo, a fin de usarlo como escudo en caso de que fuera necesario. Para anticiparse a algún eventual ataque, preparó su arma pequeña, que llevaba a la espalda, presta para cualquier contingencia. Lo siguió, pues, escaleras arriba, el reverendo siempre delante. Nadie los vio llegar, aparentemente. El sacerdote se mostraba totalmente confiado, aunque le temblaban las manos de pura excitación al meter sus llaves en la triple cerradura. «Te gustan los culos blancos y peludos —le dijo mentalmente O'Keen—. El mío te va a salir bien durito.»

En el momento en que se abrió la puerta, O'Keen se hallaba presto, como una pantera se dijo antes, listo para repartir tiros si había algún truco. Pero no ocurrió nada de eso, el pastor prendió luces y cerró cortinas con total naturalidad. Después de ofrecer asiento a su visitante, se dirigió a la cocina en busca de cerveza. El pistolero no lo perdió de vista, su mano cerca del arma. Con una mirada se percató de que la cocina estaba limpia. No descuidó su retaguardia, en todo caso.

Una vez de vuelta al salón principal, el pistolero pidió permiso para ocupar el baño, donde orinó con la puerta abierta tras entrar con el máximo cuidado, mirando de reojo al pastor, que no despegó la mirada de sus nalgas. No vio tampoco nada sospechoso allí, el pastor seguía comportándose como antes. El negro puso algo de música de una casete, a O'Keen le sonó algo así como *The Platters* o *The Four Aces*, música romántica de los años cincuenta.

—Un poquito más fuerte —le pidió O'Keen. El pastor lo hizo y se acercó a él con el ánimo de bailar. «Otra vez lo mismo», rezongó el pistolero para sí. En cuanto el reverendo lo hubo abrazado, O'Keen consideró llegado el momento. Su mano izquierda apresó con la fuerza de una tenaza el cuello del negro, mientras con la derecha le asestaba un violento puñetazo en la boca del estómago. Jerrigan puso los ojos en blanco y se dobló, pero O'Keen lo mantuvo derecho. Trató luego el sacerdote de desasirse, pero con su mano izquierda siempre apretándole el cuello, el pistolero le torció la cabeza y le lanzó otro puñetazo, no menos feroz, esta vez en la sien. El pastor de desplomó, inconsciente.

De allí en adelante O'Keen manejó la situación a su gusto. Pistola en mano, y sin dejar de vigilar a su víctima, revisó dos habitaciones que no había mirado antes, que eran los dormitorios, equipados con dos camas cada uno. Abrió los armarios uno a uno. Todo parecía en orden. Se calzó un par de guantes. Trancó bien la puerta de entrada. Puso la música un poco más fuerte.

Hecho esto, levantó al pastor del suelo y lo sentó en una silla que encontró en uno de los cuartos. Lo ató a ella con fuerza y precisión, le vendó los ojos y amordazó parcialmente su boca, para que pudiera hablar pero no gritar. Actuó rápido. No quería perder tiempo, tampoco quería visitantes inesperados. Le lanzó una jarra de agua fría en la cara y luego le dio de sopapos para despertarlo. El reverendo salió de su inconsciencia para gemir:

—¿Dónde estoy?

—En tu lindo piso de soltero, cabrón.

—¿Qué quieres? Si es dinero, llévatelo todo y vete —masculló, apenas le salía el sonido entre la mordaza.

—Sólo necesito una información y te suelto.

—¿Quién eres?

—Yo hago las preguntas —le respondió O'Keen, al tiempo que le daba un puñetazo en la boca. La sangre brotó como un surtidor del labio roto del sacerdote.

—¿Qué quieres saber? —musitó el negro, escupiendo sangre.

—¿Dónde encuentro a Walter Van Dune?

El reverendo se quedó mudo tras esta pregunta. O'Keen lo acosó:

—Te hice una pregunta. Necesito ubicar a Walter Van Dune, el cara de profesor, el de las barbitas de chivo…

—No sé quién es —musitó el sacerdote.

—Esto te mejorará la memoria —le dijo O'Keen, al tiempo que le daba una patada en los testículos que le sacó un gemido. La segunda patada lo puso más locuaz.

—No te lo puedo decir. Me matarían —balbució Jerrigan.

Por toda respuesta, O'Keen sacó su navaja de resorte, el negro sintió el ruido y lanzó un chillido de terror que fue amortiguado por la mordaza. Pero no respondió la pregunta. De un corte limpio, O'Keen le abrió una de las aletas de la nariz, mientras le cubría la boca para ahogar el grito. Homenajeaba así a otra de sus películas favoritas, no se acordaba del título, pero sí de Jack Nicholson, que recibía un castigo similar.

—Basta, basta —chilló el sacerdote, salpicando sangre como un puerco degollado—. Está en el Chapare. Allí lo encontrarás, pero no sigas. Te daré todo el dinero y la droga que quieras. Suéltame y te haré rico…

—¿Dónde está ese Chapare?

—Cerca de Cochabamba. Todo el mundo lo conoce.

—Y el barbitas, ¿dónde se oculta?

—¿Me dejarás libre si te lo digo?

—Por supuesto que lo haré. Confía en papá… —tras lo cual le quitó la venda de los ojos. El reverendo lo miró y la luz se hizo en su mente. «Imposible», masculló. Ahogó un sollozo.

—Tienes que encontrar a un tal don Ramiro en el hostal El Pacú, en las afueras del pueblo principal del área, que se llama Villa Tunari. Donde empieza la selva en realidad…

—¿Entonces? —volvió a preguntar. Con una servilleta, el pistolero limpió algo de la sangre del rostro del reverendo, con un gesto casi amoroso.

—Él te enseñará la ruta…

—¿Hay alguna contraseña?

—Dile que te manda el misionero y pregunta por el profesor.

—¿Cómo sé que no me engañas?

—Te juro que todo es cierto. No me mates, por favor —y empezó a sollozar.

Por toda respuesta, O'Keen sacó su pistola grande y atornilló lentamente el silenciador. Antes de ajusticiarlo, le dijo en susurros:

—Mírame bien, puto negro marico, para que veas quién te mandó al paraíso de los cabrones como tú, al infierno de los traidores, o donde yace la puta que te parió, si prefieres.

Entonces le descerrajó dos tiros en la boca abierta e implorante, y un tercero en el pecho, justo debajo de su cruz de eclesiástico. Vio cómo la caja craneana se esparcía por la pared y el suelo impecable del apartamento amueblado del pastor, mientras la silla se desequilibraba y la víctima caía al suelo, flotando entre sus propios sesos.

O'Keen revisó cuidadosamente el lugar, con movimientos rápidos y seguros. Tomó el paquete que el reverendo había recibido en la tienda de antigüedades y que había dejado sobre una mesa. Limpió posibles huellas digitales, con sus guantes puestos. Apagó luces y música, y salió lentamente del departamento, procurando hacer el menor ruido posible. Echó los cerrojos. Nadie lo vio salir. En la planta baja tiró las llaves a la basura, en medio de los desperdicios. Rompió el paquete y asomó un cuaderno de anotaciones. Lo hojeó, tenía profusión de nombres, cifras y teléfonos. Lo guardó en su mochila.

Se adentró en la calle vacía, empezaba a anochecer, una leve llovizna mojaba el pavimento. Caminó unas diez cuadras por una ancha avenida sin árboles. Nadie lo seguía. Vio perfilarse las luminarias de un estadio de fútbol, hacia allá se dirigió. En las cercanías vio un pequeño hotel, llamado Residencia Miraflores. Lucía decente y anónimo. Pidió una habitación tranquila y se tiró a dormir. Estaba cansado.

XIII

Choqueyapu

—Garrido Gómez, así es como me llamo ahora —musitó el detective varias veces, contemplando su nueva cédula de identidad—. Así me llamaré para toda la vida que me resta, no más Melgarejo Daza. ¿Para toda la vida?

—Melgarejo fue un libertino respetable, Usía —le dijo el aparapita—. Ha sido difamado, sí, señor, di-fa-mado. No era tan malo como reclama cierta gente…

—Era un perverso —le discutió el detective—. No hubo maldad que dejara de hacer.

—Su propia sangre, Usía. No tiene derecho a renegar de su herencia. Más le vale…

—Oye, aparapita inmundo. Tú no tienes por qué saber de mi antigua personalidad… Y no es mi sangre ni mi herencia, te advierto.

—Le regaló un enorme pedazo del país a los chilenos, nada menos que nuestro mar. Y otro buen trozo a los brasileños, de nuestra selva. Tenía buen corazón… Por eso lo honraron los enemigos, lo condecoraron, lo hicieron general… El gran intuitivo le decían. El Quijote de Tarata también.

—Un imbécil histriónico, un ambicioso, un degenerado. Aparapita tenías que ser para mostrarte tan ignorante.

—Apellidarse Daza, eso sí que es grave, Usía. Ello no se lo

perdono, aunque dicen que era un hombre de buenas intenciones, patriota… Lo mataron a traición… Lo lincharon.

—Basta. Suficiente, aparapita. No puedo seguir escuchando tus sandeces y herejías. Lárgate de aquí. No eres real.

—Bueno, don Isidoro. ¿Isidoro es su nombre? Como Belzu. El peor de todos, pero tan inteligente y seductor. Bueno con el indio. El tata Belzu. Nuestro Dios. El Mahoma boliviano… Vaya nombres que se eligió usted, don Isidoro Melgarejo Daza —escupió en el suelo—. Atención, escuche ese rumor. Mejor me largo, como usted dice, Usía, la cosa se pone brava… ¡Tupac Catari vuelve a la carga!

Garrido Gómez sintió un estruendo fenomenal, al principio no pudo saber qué era, después creyó reconocer el rugido de un torrente. Él sabía que yacía sobre su cama, en su habitación, en la nueva residencia de Sopocachi alto, no tenía sentido ese ruido, pensó que tal vez se había desatado una tormenta y el cerro se venía abajo. El estruendo comenzó a hacerse cada vez más fuerte, esta vez sintió claramente que se trataba de una gran masa de agua que se aproximaba, de seguro a aterradora velocidad. Pero con el ruido llegó otra cosa: el olor. Un olor insoportable, el olor de mierda más potente y salvaje que nunca había olido, un olor de mierda donde se mezclaban hedores de diferentes épocas y lugares, un olor de cadáveres, de descomposición, de miseria, de desamparo.

«Esto es la muerte —pensó Melgarejo—, la hedionda muerte que llega al galope sobre un río desbocado.»

—¡El Choqueyapu! —gritó para nadie—. ¡El Choqueyapu se ha desbordado de su cauce subterráneo! —No había terminado su grito, mientras el eco repetía «áneo, áneo, áneo», cuando el río penetró en su cuarto, por la puerta, por las ventanas, por el tragaluz del techo, por las cuevas de ratones, por los escondites de las arañas. El Choqueyapu lo agarró y se lo llevó. Melgarejo se sintió transportado, los pies hacia delante por el río correntoso y tóxico, estiró sus brazos y sintió que tocaba las paredes artificiales del río, ora de ladrillos, ora de cemento, en loca carrera montaña abajo. El trayecto iba por unos túneles, y en las laderas vio ratas enormes como gatos que lo miraron extrañadas, más de alguna se lanzó al torrente para atacarlo, pero la fuerza de la corriente era demasiado grande y oyó cómo quedaban atrás, chillando de despecho. En algún momento el río emergió al aire libre, le pareció reconocer Obrajes, de pronto cruzó frente a una casa que se asemejaba al hospital psiquiátrico, el manicomio de La Paz, sobre el techo lo saludaba un pequeño grupo donde creyó distinguir al aparapita, al loco disfrazado de pepino, al ciego pipón y a otros personajes que agitaban sombreros y bastones, pero la visión fue tan fugaz que no estuvo seguro de ella, más le preocupaba no ahogarse.

De pronto el río se lanzó en una vertiginosa carrera cerro arriba, se estaba moviendo por las laderas del Laikakota, a Melgarejo se le metió esa agua horrenda por la boca, lo atacaron unas náuseas violentas. Vio a lo lejos la Muela del Diablo, esa extraña roca que había observado tantas veces desde su nueva residencia. De pronto se dio cuenta de que la catástrofe venía, el río se dirigía a chocar inexorablemente contra la Muela del Diablo, nada impediría esa colisión, la mole se hacía cada vez más visible y cercana. Melgarejo lanzó un grito de horror, escuchó tambores, fuertes tambores que parecían celebrar su holocausto, escuchó también gritos diabólicos que lo llamaban, pero los gritos decían: «Juan, Juan, Juan».

Despertó de un salto. Estaba en su cama, alguien golpeaba la puerta de su cuarto y lo llamaba. Era Elvira, que lo había sacado de su pesadilla.

—¿Estás bien? —le preguntó ansiosa. Al no recibir respuesta, se le quedó mirando. Hacía varios días que andaba preocupada por el ánimo de su jefe y amigo, al que veía caer en cada vez más frecuentes accesos de mutismo que le parecían un tanto insanos. Nunca lo había visto así. Además, casi no fumaba, y no por algún ataque de abstinencia, sino porque se le olvidaba, o no le importaba. Necesitaba un remezón, y ella se lo traía.

—Estoy bien chicoca —le respondió levantándose de la cama, el pelo mojado de transpiración—. Era sólo un sueño tonto…

—Bueno, Juan —ella había optado por llamarlo siempre bajo su nuevo nombre, por precaución—. Traje a un niño —agregó.

—¿Un qué?

—Un niño. Un niño que ha insistido en hablarte.

—¿De dónde es?

—De Yungas… Pues te cuento. Me contactó Moisés Chuquiago, de la comunidad de Tiwanaku. El niño era amigo de varios otros niños del grupo. Un día llegó, solo, y no ha parado de llorar, según él. No le han sacado palabra, salvo que tenía que verte a ti. No conocía tu nombre, pero se refería al caballero que no mataron. Moisés es un buen hombre, llegó donde yo estaba. Se había preocupado porque el niño apenas comía. Lo fui a buscar, tal como lo encontré, aquí lo tengo.

—Pasa, Gaspar —le dijo a una sombra pequeña que se veía tras la puerta. Garrido Gómez vio entrar tímidamente a un niño campesino pequeñito, tan sucio que parecía negro. Llevaba un gorro de lanas multicolor con orejeras, una manta pringosa de color indefinido, unas ojotas medio rotas. De uno de sus hombros colgaba una bolsa de tela, donde obviamente tenía sus haberes. En el otro hombro le colgaba una canasta de mimbre, con algunos utensilios y herramientas, según le pareció al detective. En una de sus manitas brillaba una armónica. El pobrecito parecía un *ekeko* aporreado, y su cara era la imagen de la tristeza.

—No tengas miedo, hijo —le habló—. ¿Cómo te llamas?

—Gaspar Chuspikaña, señor.

—¿Tienes hambre, Gaspar?

—No, señor.

—¿Pero te gustaría tomar un poco de sopa con nosotros?

—Sí, señor.

—Bueno, te vas a lavar primero. Elvira te va a ayudar. ¿Te portarás bien? Yo voy a hacer una sopita de quinua y una ensalada para nosotros, ¿de acuerdo? Luego me vas a contar todo. Estás invitado a dormir aquí esta noche. ¿O hay otros planes, Elvira?

Gaspar lanzó un sollozo, un chorro de mocos le salió por la nariz. Elvira lo tomó de la mano y lo llevó al baño. El niño apestaba, Garrido vio la cara de asco de su discípula. Linda, soltera y refinada, aunque trabajara en proyectos sociales, era ante todo una niña de familia.

—Animo, Calú —le gritó desde la cocina.

Garrido se ocupó, pues, de armar una buena cena. Tenía unos trozos de pollo cocido con los que aderezó la prometida sopa de quinua, y preparó una gran fuente de ensalada de tomates, pimentones, lechuga, trozos de queso y aceitunas. Tenía también pan de esa mañana, que levemente calentado lanzó un rico olor. Le quedaba una botella de vino de Tarija para acompañar. Al parecer todo iba bien en el baño, ya que escuchó risas en algún momento.

Cuando avisó que la cena estaba lista, vio asomar a Elvira bien colorada por el esfuerzo, y a Gaspar reluciente, vestido como un niñito burgués, camisa blanca, pantalones cortos, calcetines de lana, zapatillas de goma. Conservaba con él su armónica, que le asomaba de un bolsillo. Garrido quedó impresionado con la metamorfosis.

—Le compré ropa antes de venir —explicó Elvira—. Las otras habría que botarlas, pero Gaspar prefiere que las lavemos. Les dejo a ustedes dos la tarea. —Se rieron a coro.

Enseguida se dispusieron a comer. El niño atacó las vituallas con gran apetito, se notaba que tenía hambres atrasadas, además que el baño caliente lo había reanimado. El detective lo dejó alimentarse sin hacer preguntas. Finalmente, habiendo devorado todo lo que le pusieron delante, incluido un medio vasito de vino, entraron en materia.

—¿Por qué llegaste a Tiwanaku? —le preguntó Garrido.

—Mamá y abuelo desaparecieron.

—¿Cuándo?

—Tres días.

—¿Cómo?

El niño le contó entonces su historia, con frases entrecortadas y explicaciones que había que pedir una y otra vez, ya que se expresaba mal y parcamente. El detective se enteró así cómo la pequeña familia se había visto obligada a acoger al gringo asesino herido en su hogar de Irupana, que un doctor lo había curado, y que habían logrado finalmente huir antes de que los mataran.

—Y, ¿adónde huyeron?

—Casa del abuelo. Gringo no conocía.

—¿Qué pasó después?

—Que fui a cuidar cabras y caballo. Volví de noche. Mamá y abuelo desaparecieron.

—¿Qué hiciste?

—Esperar. Busqué en Chulumani. Luego fui a casa de Irupana. Tampoco estaban.

—¿Cómo te movías?

—En caballo.

Entonces decidiste venirte a Tiwanaku.

—Sí, donde amigos.

—¿La comunidad que estaba en el hotel viejo de Chulumani?

—Sí.

Al niño se le llenaron los ojos de lágrimas y en un momento pareció que volvía a sus sollozos, pero se repuso y dijo:

—Tú ayudarme a encontrar mamá y abuelo.

—¿Cómo sabes quién soy?

—Porque vi batalla en el hotel. Escondido. Tú muerto. Por el gringo. Pero resucitaste.

—¿Quién te dijo eso?

—Los Wainas.

—¿Qué sabes del gringo ahora?

—Nada. Sano. Viene a matarte.

—¿Crees que sabe dónde estoy?

—Es muy malo. Pero valiente.

El detective miró a Elvira, una pregunta muda:

—Estoy segura de que nadie nos siguió. Garantizado. Me fijé bien durante toda la ruta.

—¿Sabes algo de ese doctor? —continuó Garrido interrogando al niño.

—Doctor Salmón.

—¿Desapareció también?

—No sé. Parece. Dicen…

Siguieron hablando por un rato, Gaspar respondiendo con monosílabos. Se notaba que estaba exhausto y traumatizado por las experiencias vividas. En un momento el niño ahogó un bostezo, puso el brazo derecho sobre la mesa y apoyó su cabeza en él. Se quedó dormido de inmediato.

—Ya nos dijo bastante —expresó el detective en voz baja—. Más adelante trataré de que me cuente más…

—Está agotado. Pobrecillo —dijo Elvira—. Mejor lo acostamos. ¿Dónde te parece mejor?

—Aquí mismo, en el sofá. Tengo sólo una cama, pero el sofá es blando y amplio. Espera, Calú, que ya traigo cobijas…

Entre los dos procedieron a descalzar al niño y a meterlo en la improvisada cama. Estaba tan dormido que no se percató de nada. Apagaron luces y se pusieron a conversar un rato, antes de que Elvira se retirara. A Garrido le estaba siendo cada vez más difícil no tocar a la jovencita, sentía una atracción por ella que se estaba volviendo obsesión. Pero se daba cuenta de que no estaba en los planes sentimentales de ella.

—¿Qué voy a hacer con él? —rezongó el detective.

—Yo me encargo —respondió Elvira—. Por ahora lo puedes tener un par de días, ¿no?

—Por supuesto, chicoca, no te alteres. Era bien importante hablarle. Ahora sé que el asesino está recuperado y anda suelto. Probablemente yo mismo lo herí, al menos creo haberle metido un tiro…

—Por lo que le entendí a Gaspar, los atacaron desde un helicóptero.

—Seguramente fueron los mismos que lo contrataron a él y al otro para matarnos a Machicao y a mí. Para no dejar huellas se ajusticia también a los asesinos. Lo han hecho la mafia y la CIA por décadas.

—Eso te afecta a ti, ¿no?

—Obvio. Ahora tengo dos enemigos al frente. El asesino que trata de vengarse por haberlo herido y los mafiosos que quieren matarnos a los dos. ¡Vaya panorama!

—¿Qué piensas hacer? —le preguntó Elvira.

—Creo que seguiré con mis planes de vida. Mañana descansaré, pero pasado mañana me comprometí a ir a ensayar con la comunidad para la fiesta del Gran Poder. Soy el director honorario de la banda, como sabes. Me esperan. Creen que me necesitan. También bailaré el día de la procesión…

—¿No te parece arriesgado, dado lo que averiguamos hoy?

—Iré con máscara y disfraz de viejo. Irreconocible. Tengo que prepararme físicamente, es bien pesado todo eso, son varias horas de baile bajo el sol, como sabes. Además, tengo que ponerme al día, los demás ya llevan harto tiempo ensayando.

—De acuerdo, te llevaré ese día. No me discutas, puedo hacerlo. Quiero hacerlo. ¿A qué hora acordaron ensayar?

—Por la tarde. Ellos tienen que hacer su mercado ese día y sólo pueden empezar sus ensayos por la tarde.

—Bien. Pero vamos a aprovechar para trabajar por la mañana. Hay cuestiones pendientes en la imprenta. Traeré varias cosas que Chacho Mamani necesita que mires. Él desea verte, pero le he dicho que no por ahora…

—Sabes que no es bueno que te acerques por allá, Calú.

—No te inquietes. Estoy bien coordinada con Chacho. Me preocupas tú. ¿Podrás con el niño hasta entonces?

—Sí, chicoca. Tú insistes en hacerme trabajar. Yo quiero meditar…

—Perdona, Juan…

—No me llames así. No es mi nombre.

—… Te veo deprimido, inactivo. Estás meditando demasiado. Necesitas acción.

—Ya tuve bastante.

—No me refiero a eso, lo sabes.

—Lo sé.

—¿Qué piensas del tema de la desaparición de la madre y el abuelo del niño? —le preguntó Elvira, cuando ya salía.

—Raro. No creo que se hayan escondido dejando al niño solo. Se ve que estaban muy unidos. Lo más probable es lo más siniestro. El pistolero los ha agarrado, o bien los mafiosos. Pensándolo bien, no creo que el pistolero lo haya hecho, ya que no habría dejado escapar al niño. La tesis de un secuestro de los mafiosos para interrogarlos sobre el asesino, precisamente, la veo como la más plausible.

—¿Y qué podemos hacer?

—Iniciemos una investigación a través de Moisés Chuquiago. Seguramente hay gente en Yungas que él conoce y puede dar alguna información. Me temo que no se puede hacer más. Ahora, el punto es que buscar a los mafiosos, o al asesino, es como dar con una aguja en un pajar.

—Entiendo. Contactaré con Moisés. Pero no podemos permanecer quietos.

—Me temo que sí, pero no en un estatismo pacífico. Tenemos que esperar que el asesino o los mafiosos me encuentren a mí primero. Y ese momento va a ser complicado, querida Calú. Ahora, ¡adiós!

Tras estas palabras, Elvira partió, dejando al detective ensoñado con su bella y ágil figura enfundada en *jeans*. ¡Cómo le gustaba esa mujer!

Garrido Gómez soñó esa noche que él era precisamente Garrido Gómez, y que nunca se había llamado Melgarejo Daza, que ahora ostentaba apellidos de nadie, no era nadie, nunca había existido. Ese no-sueño se repitió varias veces. El detective trató de encontrar en el sueño sustancia, pasado, historia, vicios o méritos que lo expresaran a sí mismo. Pero sólo encontraba nada. «Estoy muerto», habló en su sueño, donde tampoco había sonido. Sólo negrura absoluta, sin imágenes, sin hechos, sin personas. «Nunca estuve vivo —volvió a hablar—. Soy Garrido Gómez.» Y el sueño volvía a repetirse.

Lo despertó una música suave, semejaba una vieja canción andina. Luchó con su memoria para identificarla; sí, eso era, un clásico, un tópico más bien, en su mente se dibujó el título: *Vírgenes del sol.* Era una versión correcta, pero sonaba curiosa. Finalmente se despertó del todo. Recordó al niño y su armónica metálica. Eso era, estaba tocando quedito en su improvisado dormitorio. No se movió; lo escuchó un rato. Ahora era otra pieza tradicional: *El cóndor pasa.* Al detective le sonó divertido el repertorio ultraconvencional del niño, seguramente repetía lo que escuchaba en la radio. Se levantó del lecho y fue al salón.

—Buenos días, Gaspar —le dijo al niño, que ya se había vestido y ordenado sus cobijas, que yacían bien dobladas en el suelo—. ¿Has amanecido bien? Me gusta tu música…

—Armónica, señor —respondió el niño por todo saludo.

—Vamos a preparar desayuno —dijo Garrido—. Tengo algo de leche, café, seguramente nos ha llegado pan fresco.

Se dirigió a la puerta, donde encontró un bolso de tela con varios panes, todavía calientes, además de cuatro huevos y un frasco de mermelada. La señora viejita se ocupaba de abastecerlo de estos víveres fundamentales.

—Bien, bien —exclamó Garrido—. Nuestra hada madrina no falla. ¿Te gustan los huevos?

—Sí, señor —replicó Gaspar.

Luego de desayunar, el detective invitó al niño a dar un paseo por el barrio. Se hizo con un sombrero y anteojos de sol, para disimular en caso de que algún conocido se les cruzara. Antes de salir a la calle habló con la viejita de la casa y le presentó a Gaspar como un sobrino que estaría unos pocos días con él. La buena mujer acarició la cara del niño y le dio la bienvenida. Tras eso, Garrido le encargó algunas compras de alimentos, ya que la señora hacía mercado ese día con su sirvienta, y se ofrecía para traer lo que el señor Garrido necesitara.

En tanto, Gaspar no dejaba de contemplar sus nuevas zapatillas azules, las primeras de su vida, y se hallaba tan encantado que había olvidado parcialmente a su madre y a su abuelo. En un momento Garrido se percató de su mirada implorante. Para tranquilizarlo, le dijo que ya estaban haciendo averiguaciones, que se mantuviera quieto y confiara en él y en Elvira.

Bajaron hasta plaza España, donde se sentaron un rato a mirar el ajetreo de comerciantes y amas de casa. Había muchas flores en los jardines, que se disputaban mariposas, abejas y pájaros. Gaspar se rió con un par de colibríes que competían por meter sus largos picos en el cáliz en forma de trompeta de una enorme flor rosada. Luego les dio calor por la falta de sombra y se dirigieron hacia el cercano parque del Montículo, a fin de mirar el paisaje de la hoya de La Paz allá abajo. El niño estaba impresionado con tantas construcciones.

Los grandes árboles del parque, en su mayoría pinos y eucaliptos, daban una sombra fresca y solemne al área, agradable tras la aridez y la poca hospitalidad de la plaza España, siempre llena de trufis y taxis subiendo y bajando. Contemplaron, pues, el paisaje por un rato. El Illimani se ofrecía en toda su magnificencia, la cumbre cubierta de nieve reciente. El detective le mostró al niño la extraña formación llamada la Muela del Diablo. Un lugar maldito para algunos paceños antiguos. Gaspar se quedó largo rato contemplando el gran reloj del parque, no se convencía de que funcionaba perfectamente bien.

Luego se sentó en un banco y empezó a tocar su inseparable armónica, una dulce y extraña melodía que encantó al detective.

—¿Cómo se llama esa canción? —le preguntó, ya que no era un aire conocido para él.

—No sé. *Cae la noche, sopla el viento.*

El detective se quedó pensando un rato en Elvira, mientras escuchaba esa triste canción. Se deleitó en la idea de lo mucho que le gustaría tener un hijo con ella. Era solterón, y a sus cuarenta años y pico sólo había conocido relaciones sentimentales conflictivas, frustradas por los compromisos políticos, por las obligaciones de su trabajo de impresor, o por los riesgos inherentes a sus eventuales actividades detectivescas.

Alguna vez había hecho un voto de pureza, ahora no se explicaba bien por qué, tal vez motivado por las enseñanzas de los curas salesianos de Cochabamba, en cuyo colegio había sido por más de una década condiscípulo de Antonio Machicao. Consideraba el matrimonio un sacramento, y como Dios no le había concedido a él la gracia de recibirlo, se había quedado soltero, luchando entre su concupiscencia y su fe cristiana, entre el pecado de la lujuria y la virtud del celibato. El voto de pureza lo había hecho allí mismo, en el Montículo, ante la efigie de la Virgen de la Purísima Concepción, instalada en el altar de la capilla, dedicada a ella.

Era una de las imágenes fundadoras de la ciudad, con reputación de milagrosa, de las primeras traídas por los conquistadores, objeto de devoción por siglos. Según la tradición, le contó a Gaspar, la imagen se había salvado del hundimiento de un pueblo allá abajo, donde murieron miles de aymaras.

—Entremos a rezar un rato, Gaspar —lo invitó Garrido finalmente. El niño dejó de tocar y lo siguió.

—Rezaremos por tu mamá y tu tata, por que estén bien. La Virgencita te ayudará. Pero nada de lloros, pon mucha fe en tus rezos. Ella es muy milagrosa.

El lugar estaba fresco y solitario, se acercaba un mediodía que se preludiaba caluroso. Los dos se arrodillaron y rezaron silenciosamente, el niño por sus seres queridos perdidos, el detective por Elvira. Se elevó casi en éxtasis en la contemplación de su figura menuda y alegre vestida de blanco y entrando del brazo con él, a esa misma capilla, para recibir el sacramento del matrimonio. Desechó esa imagen por imposible, y rezó brevemente por el difunto Machicao y por la familia de Gaspar.

Deambularon un rato más por el Montículo. Gaspar se encantó con una de las fuentes, decorada con un conjunto escultórico donde se veía un niño sobre un caballo, todo de mármol blanco, reluciente bajo el fuerte sol. Bajaron por una de las calles de Sopocachi alto, mirando los jardines de esas casas serenamente burguesas. El detective necesitaba de esos ejercicios para irse reponiendo, de acuerdo a las instrucciones dejadas por el médico.

Una vez de vuelta al hogar, Garrido se metió en la cocina y mandó a Gaspar a lavar su ropa vieja. La había dejado en remojo en bastante jabón y desinfectante, de modo que el muchacho pudiera completar la tarea. Terminados los sencillos preparativos de almuerzo, unas chuletas de cerdo fritas, choclos y papas cocidas, chuño y ensalada, llamó a Gaspar, con quien se sentó a comer. El niño mostró tanto apetito como el día anterior, y el detective quedó contento de ver cómo se iba recuperando.

—¿Terminaste con la ropa?

—Sí, señor.

—¿Qué hiciste con ella?

—Colgada. Sé lavar.

—Bien. Cuéntame algo, ¿vas al colegio?

—No. Mamá me enseñaba.

—¿Qué cosas?

—Leer. Números.

—¿Historia?

—No.

—Bien. Cuando hayamos lavado los platos y reposado un rato te voy a dar una clase de historia, ¿te parece?

—Sí

Cuando tras una breve siesta Garrido volvió al salón, que se conservaba fresco y oscuro, Gaspar tenía consigo su cuaderno y un lápiz, seguramente objetos preciados para él. Le mostró el cuaderno al detective, quien repasó someramente algunos de sus conocimientos. El niño sabía pocas cosas, pero bien aprendidas.

Acto seguido, Garrido le contó algo de la historia antigua de Bolivia, del Kollasuyo, un imperio poderoso y organizado anterior al Tawantinsuyo de los incas, que después lo conquistó. Le habló del pueblo aymara, del cual todos descendían, y cómo los caciques poderosos casaban a sus hijas, las princesas, con los españoles conquistadores. Le habló del oro y la plata, que abundaban tanto que enriquecieron al rey de España. Le contó de las dos fundaciones de la ciudad de La Paz, le contó de don Alonso de Mendoza, de los primeros obispos, de los franciscanos y su convento hecho con las piedras de Tiwanaku y con donaciones de los españoles e indios ricos. También le contó cómo el Illimani, ese monte nevado que habían visto antes, era considerado un dios, en fin, una serie de historias patrias que no rememoraba desde su niñez.

En eso estuvieron toda la tarde, luego salieron para un breve paseo vespertino, cenaron frugalmente: frutas, pan con mantequilla y un mate de coca. Garrido se durmió pronto, arrullado por la armónica de Gaspar.

XIV

Tunari

Al día siguiente O'Keen se levantó relativamente temprano. Había descansado lo suficiente y no quería perder el tiempo. La pista que había conseguido de parte del pastor negro, tan colaborador, era demasiado frágil y vaga: que el profesor barbitas se ocultaba en algún lugar remoto llamado Chapare, que todo el mundo conocía. Él no lo conocía, vaya. Debía llegar pronto allí, y punto. No tardarían en descubrir el cadáver del reverendo Jerrigan, y era mejor arrancar lejos de La Paz.

Preguntó en el hotel si lo podían ayudar contactando con alguna agencia de viajes, y le dijeron que no había necesidad. Había muchos vuelos diarios a Santa Cruz de la Sierra. Insistió en Santa Cruz, a pesar de que su destino apuntaba a Cochabamba. No dejaría pistas fáciles. El encargado, que no era el mismo de la noche anterior, hizo unas cuantas llamadas y le dijo:

—Vaya directo al aeropuerto de El Alto. Encontrará vuelos para todas las ciudades de Bolivia. Hoy tiene como cinco vuelos a Santa Cruz, y aún hay espacio disponible, según me informaron.

—¿Cuánto cuesta un transporte al aeropuerto? No quiero que me estafen —añadió, ya casi en la puerta.

—Le puedo pedir un taxi de confianza, señor. Tarifa fijada de antemano.

O'Keen denegó el ofrecimiento. Le dieron un valor aproxi-

mado y partió caminando. Cuando se encontró fuera de la vista del
hotel hizo parar un taxi y ordenó que lo llevaran a una peluquería
en el centro de la ciudad. Descendió en el paseo del Prado, en un
área donde había varias. Eligió una con puros hombres, eran menos observadores según su experiencia. De allí emergió completamente afeitado de cabeza y barba, parecía un perfecto gringo loco
de ésos que se pasean por el Ande como si fueran antropólogos. Se
caló unas gafas oscurísimas que no había usado antes. Estrenó también un sombrero. De nuevo era otro.

En dos horas estaba embarcado para Cochabamba en un
avión de Lloyds. Pero antes hizo un par de cosas clave. Con discreción depositó en varios basureros del aeropuerto la ropa que
había utilizado durante la ejecución del reverendo, adecuadamente reducida a tiras. Luego se fue a tomar un buen café negro, cargado y caliente. Pensó que podría llegar inclusive a almorzar a su
gusto en destino, no pensaba probar la basura de comida del
avión, de cualquier avión. «Ya te tendré, profesor», masculló. Tenía claro que podía haber resistencia, ya que mientras más demorara, mayor probabilidad había de que lo informaran de la ejecución del pastor negro. No podía perder ni un minuto. Confiaba en
que las precauciones del sacerdote para esconder su antro de pecados impedirían su ubicación rápida. Pero había aprendido a no
fiarse de nada.

Una vez en Cochabamba se instaló en un hotel situado en el
paseo del Prado (descubrió que también lo tenían) y preguntó por
Villa Tunari, en el Chapare. Le dieron todo tipo de informaciones
turísticas, distancias, clima, gastronomía y hoteles. El Hostal El
Pacú aparecía entre los de precio medio, apto para gente de trabajo y turistas de clase media. Allí mismo en el hotel negoció el alquiler de un todoterreno. Eligió uno de color verde oscuro.

—Tiene que probar los pescados de la zona, señor —le dijo el
tipo encargado del alquiler—: el surubí y el pacú son únicos en
el mundo.

—Y la cerveza también —replicó O'Keen, sintiéndose todo
un diplomático. Había notado que la marca Taquiña era práctica-

mente un símbolo en la zona y muy adecuada por su contenido alcohólico moderado, especial para el clima caluroso.

Decidió permanecer en Cochabamba ese día, lo cual hizo encerrado en su habitación del hotel; no quería exponerse. Lo que había entrevisto de la ciudad en el trayecto desde el aeropuerto al hotel no lo entusiasmó lo suficiente para hacer un recorrido turístico. Le pareció un lugar enfermo de provincianismo, ramplón, desordenado, sin ninguna gracia y mucho polvo. No estaba para deleitarse con eso. Y decidió permanecer allí, además, porque prefería no llegar de noche al Chapare y correr el albur de quedar confinado en un hotel donde le podían tender cualquier trampa. Prefirió organizarse para viajar al día siguiente, lo más temprano posible, pero con luz natural. Tampoco tenía ganas de extraviarse en una carretera desconocida.

Se relajó, pidió un filete *mignon* con papas duquesas al *room service*, hojeó folletos turísticos un rato, después se dedicó al programa de cine pornográfico. Le tocó una película excelente, que ocurría en un lugar que era algo así como la Guyana; unas negritas preciosas, nada más procaces, originalmente esclavas, atrapaban a un grupo de científicos cazadores de mariposas, unos pelmas de lentes con marco negro y rosadas caras de sacristanes, que se transformaban en unos sátiros insaciables, empezaban con las negritas, seguían con sus alumnas, unas gringas que parecían monjas pero que después sacaban unas tetas de campeonato, para terminar fornicándose entre ellos, lo cual no era todo, ya que de la sodomía pasaban al canibalismo y los aquelarres, un verdadero cachondeo a chorro.

No había modo de extraviarse, en todo caso, como O'Keen lo comprobó al día siguiente. Fueron unas tres horas en una ruta marcada por fuertes cambios en la vegetación y el paisaje, un calor cada vez más intenso y una flora cada vez más exuberante y colorida. El terreno se iba haciendo más plano y menos agreste, y las montañas dejaban paso a suaves colinas. Las grandes masas de selva, de un verde intenso, tapadas por mantos de niebla, señalaban que se estaba internando en una zona que parecía de un país diferente, nada que ver con el altiplano y sus calores secos; o con Yungas y sus verdes discretos, sus árboles frutales de flores delicadas.

Antes de las diez de la mañana ya estaba en Villa Tunari. Tuvo que sortear algunas dificultades, un piquete de campesinos había bloqueado la ruta en dos puntos, defendiendo su derecho a cultivar coca. O'Keen los apoyó con grandes sonrisas y aspavientos, más una contribución monetaria a la causa, con lo cual logró que lo dejaran pasar con vítores. Más allá le tocaron un par de controles, uno de la policía y otro del ejército. Su pasaporte falso funcionó perfectamente y cruzó las barreras sin problema.

El ojo avezado de O'Keen le permitió percatarse de que el asunto de la droga estaba en su fase más dramática en el Chapare, mucho más aún que en Yungas. No solo por los controles que había tenido que soportar antes de entrar en Villa Tunari, sino también por el ambiente tenso que se respiraba, a pesar de hallarse en un balneario turístico. Los policías habían sido amables, pero se les notaba nerviosos y próximos a reaccionar con violencia. Se comportaban atentos con los vehículos de categoría, como el todoterreno que conducía O'Keen, y bravos con los camiones viejos y los autobuses. Notó también muchos camiones detenidos en cualquier parte de la ruta, presumiblemente esperando la noche.

Observó a un funcionario público bajar de su vehículo rodeado de guardaespaldas, y no simplemente guardia armada, sino puntos de civil que vigilaban el entorno. No cabía duda que así se reflejaba un temor a las organizaciones de la droga. No fueron más de 150 kilómetros y había bajado hasta 300 metros sobre el nivel del mar, desde los 2.500 de Cochabamba. Se sentía eufórico, contento, oxigenado. Preparado para matar, se le ocurrió pensar.

A O'Keen no le fue difícil tampoco localizar el Hostal El Pacú y entrevistarse con el contacto, que estaba precisamente de turno ese día en la recepción. Fue directo al grano, el mensaje fue recibido, las contraseñas operaron. Aparentemente no había habido ninguna noticia referente al eclesiástico asesinado por él. El don Ramiro aquel lo llevó hasta un cuarto vacío, con el pretexto de mostrárselo por si quería alojarse en el hotel. Por cierto que tal visita la hizo el pistolero con su habitual actitud vigilante.

Allí don Ramiro le pasó un croquis bastante bien hecho que señalaba el lugar donde debía encontrarse con el profesor, indicado con el mote «Proyecto Antigüedades». Le dio instrucciones de cómo llegar, desde el camino principal a uno secundario, para luego tomar un sendero por la selva. Debía vadear dos ríos y moverse por la orilla de una laguna pantanosa hasta llegar a un claro, desde donde debía proseguir a pie. A unos quinientos metros del claro se hallaba el primer control. No podía perderse.

—¿Necesita un todoterreno? —le preguntó el encargado.

—Tengo —le respondió O'Keen—. Debo ir a recogerlo donde unos conocidos. No se preocupe.

—El señor Van Dune lo va a esperar. ¿A quién debo anunciar?

El pistolero quedó un tanto descolocado con esta variante, pero impertérrito respondió:

—Al profesor O'Keen de la Universidad de Albuquerque, Nuevo México. ¿Cómo le va a avisar?

—Tenemos una radio de onda corta —replicó el otro—. Él lo conoce, me imagino.

—Sí, me conoce. Dígale que le llevo un mensaje importante referente a las muestras que se perdieron en Chulumani. Simplemente eso.

—Lo haré, señor, descuide. ¿Puedo ver su identificación? Hay un procedimiento de seguridad. Espero que no le moleste.

O'Keen le mostró su pasaporte. El hombre lo revisó y murmuró un *okey*. No le había gustado mucho el procedimiento al pistolero; pero, en fin, no estaba en condiciones de oponerse, lo sabía perfectamente. No era una salida muy confortable. De todos modos no tenía otra mejor. Significaba que tendría que llegar preparado para combatir desde el primer momento.

No esperó más ni se desesperó. Agarró su vehículo, que había dejado a unas pocas cuadras del hotel para que el tal don Ramiro no pudiera identificarlo. Se largó pues a toda la velocidad que

pudo en ruta; esperaba que la radio no funcionara o que el hotelero, por indolencia o exceso de trabajo, se demorara en enviar el
mensaje y así se hiciera el milagro de que el profesor de barbitas no
se enterara de su llegada.

Sabía también que su ambiguo recado lo iba a poner en guardia, podía significar muchas cosas; y el apellido O'Keen, autentifi-
cado por la revisión que don Ramiro hizo del pasaporte, no le iba
a decir nada. El pistolero se puso en el lugar del profesor de barbitas, éste pensaría que podía ser algo importante. De seguro don
barbitas decidiría que lo mejor era ver a ese personaje. No lo iba a
acribillar a balazos a la primera.

O'Keen alcanzó sin interferencias el primer caudal, un río pequeño que vadeó sin problemas, el todoterreno se comportó de
manera sólida y estable. Tras un tramo por una parte densa de la
selva, donde debió pasar por encima de gruesas raíces y enormes
helechos, llegó hasta la laguna. El sendero la rodeaba, y era puro
barro arenoso. No había otra posibilidad que seguir por allí ya que
luego venía una selva tupida. Pero también el vehículo trabajó a la
altura de las circunstancias y nunca dio señales de empantanarse,
aun cuando había partes del terreno bastante sueltas.

Se acercó al segundo río señalado por el croquis, cuyo estruendo escuchó a la distancia, testimonio de que había una casca-
da. Pero también escuchó otro ruido: un helicóptero se aproximaba. «Empezó el juego», murmuró O'Keen para sus adentros. Se
salió del sendero y clavó el vehículo en la selva, en un espacio entre
dos grandes árboles que le parecieron de caucho, sin seleccionar el
lugar, no podía demorarse. Para su satisfacción, el todoterreno
quedó medio enterrado entre lianas, helechos y las enormes hojas
de plantas y árboles circundantes.

El helicóptero era el mismo, o al menos era idéntico, se percató O'Keen, al que lo había atacado en Chulumani. Una máquina
grande, del tipo de las dadas de baja por el ejército norteamericano para ser empleada por empresas en los países del Tercer Mundo. El helicóptero recorrió el sendero de arriba abajo, dos veces;
buscó por los alrededores, a la mínima altura que le permitían los

árboles. No lo vieron. Finalmente la máquina voladora se alejó en dirección a la carretera.

«Creen que aún estoy más atrás», pensó O'Keen. Podía quizá tratarse de una inspección de rutina, pero juzgó mejor ponerse en el caso menos favorable. Dejó pues el vehículo donde lo había metido, procuró antes cubrirlo aún mejor, y se largó a pie para lo que restaba de la ruta. Tenía agua y alimentos para un par de días. No iba con el armamento más adecuado, sólo sus dos pistolas y armas blancas, todo de buena calidad en cualquier caso. No se había atrevido a comprar un fusil, ya que eso lo hubiera puesto en evidencia.

Las partes hondas de la selva, plagadas de musgos resbaladizos y hongos de monstruosa apariencia, bichos que pululaban por aire y suelo, y fangos donde primaba la podredumbre, contrastaban con la belleza sublime de enormes mariposas que refulgían al pasar por un rayo de sol que lograba colarse por entre el techo de árboles y vegetación. Las partes más altas, en cambio, lucían colores más claros y una vegetación más amable y menos variada, producto de la intervención humana. Desde los cuentos que su abuelo le narraba en su niñez, las aventuras de Tarzán, el hombre-mono, y todo eso, O'Keen sabía que la selva era un lugar donde era posible esconderse sin ser descubierto. El recuerdo le había sido útil en Vietnam y también lo sería aquí.

Cruzó el arroyo sin contratiempos, con el agua a la cintura y sus pertenencias sobre la cabeza. Eligió una zona aguas arriba del vado, que se encontraba en medio del sendero. Luego continuó desplazándose hacia su objetivo, pero no por la ruta trazada, sino paralelamente, por la selva misma, tratando de no perderla de vista y atento por si reaparecía el helicóptero. Así llegó finalmente al claro que marcaba el fin del sendero. En él se veía instalado un pequeño campamento, observó un par de tiendas de campaña y cuatro guardias armados, algunos de pie y otros sentados en sillas de lona. Un gran espacio vacío hacía las veces de helipuerto.

El calor era tremendo. O'Keen escogió un gran árbol, de gruesas y resistentes ramas que partían a menos de un metro del suelo. Subió lo más arriba que pudo para observar las actividades del campamento con ayuda de sus prismáticos. Se encontraba a bastante distancia, de modo que era imposible que lo vieran a simple vista. Notó un par de perros que descansaban a la sombra, agobiados también por la canícula.

«Afortunadamente, esas bestias no me han olido —pensó el pistolero—. Pero lo harán con toda seguridad.» Tenía recursos como para ocuparse de ellos, en todo caso, ya que llevaba un silbato de ultrasonidos que los volvía locos (aunque era de los que venden en los supermercados); pero sabía también que había canes adiestrados para soportar ese ruido, inaudible para un humano pero no para el fino oído perruno.

El claro se hallaba completamente rodeado por la selva. Se notaban dos senderos perfectamente marcados, que apuntaban al noroeste y al noreste, según comprobó O'Keen con su brújula. Frente a cada uno de ellos se situaba un guardia armado sentado en una silla, una botella de agua al lado. Los guardias portaban metralletas, que apoyaban en sus rodillas, prontas para disparar. Los otros dos guardias se movían en el espacio que quedaba en torno a las carpas y frente a ellas. Estaba claro que se trataba de gente entrenada, tipos altos y fornidos, habituados al manejo de armamento pesado. Todos le parecieron a O'Keen norteamericanos latinos, pero no estaba seguro. Podían ser también mexicanos o ex militares locales. Eran soldados profesionales, aquello le pareció indiscutible.

«No podré con todos —pensó O'Keen—. Con este armamento, imposible, sin discusión. Tal vez con mi fusil de mira telescópica —y suspiró por su magnífica arma, perdida en el combate en Chulumani—. ¿Quién se apropiaría de ella?»

Observó a uno de los guardias entrar en una de las carpas y salir con un cigarrillo apagado en la boca. Después se metió en la otra, de donde surgió arrastrando un par de bidones, aparentemente de gasolina, que colocó cerca del helipuerto. Luego volvió a la zona de carpas y encendió su tabaco. Se veía que ambas tiendas estaban destinadas a apoyar a la guardia de la entrada, y no eran el centro del campamento mismo. El barbitas no podría estar allí.

O'Keen calculó que tendría que aventurarse por uno de los dos caminos abiertos en la selva.

Esperó allí cerca de una hora, mientras los mosquitos lo acosaban sin piedad. Vio una pequeña víbora verde moverse en una rama delgada casi a la altura de su cabeza, a no más de un metro de su escondite. No hizo ningún gesto agresivo y la pequeña bestia siguió su ruta, sin ocuparse de él. Al rato percibió en la pierna la picada de una hormiga, y luego otra. Vio cómo se le metían por el pantalón, seguramente eran la avanzada de una colonia, ya vendrían más. «Me van a devorar el culo —pensó O'Keen—. Lo que no pudo hacer el reverendo.»

Con movimientos dificultados por la posición en que se hallaba, el pistolero retiró de su mochila un repelente para alimañas, parte de su arsenal, y se roció lo mejor que pudo de pies a cabeza. Roció también la rama del árbol que le servía de sostén. Había terminado con esta maniobra cuando prestó atención a un ruido familiar: el ronroneo del helicóptero que se acercaba.

La nave aérea se fue aproximando cada vez más, hasta aterrizar limpiamente en el claro, en la zona dispuesta para ello. Antes que las aspas dejaran de girar, descendieron sus ocupantes, media docena de individuos, todos dotados de ametralladoras. Entre ellos estaba el profesor Van Dune, con sus barbitas enhiestas. O'Keen se llegó a estremecer de regocijo. Los observó conferenciar. El profesor parecía evidentemente el líder, ya que repartía órdenes a diestro y siniestro. Dos de los ocupantes del helicóptero se quedaron cada uno frente a cada pasaje, mientras los demás retiraban cajas y bultos de la máquina. «Están reforzando la guardia», dedujo el pistolero. Todos los hombres armados protegían el proceso de descarga.

Tras lo anterior, el profesor se dirigió por el camino del noreste, seguido de un guardia armado y dos de los porteadores. El piloto del helicóptero partió por la otra ruta, seguido de los perros. «Un camino debe llevar al campamento habitación, el otro a las instalaciones, al laboratorio, a la refinería o lo que sea», elucubró O'Keen.

A todo esto, la noche se vendría pronto encima, y debía apurarse para tener un panorama lo más claro posible del área, si quería actuar de noche, como parecía ser lo más conveniente para él. Difícil, pero se las arreglaría. Llevaba un par de linternas consigo, pero no se podía arriesgar, sabía por su experiencia en la guerra cuán visible era una luz cualquiera donde predominaba la oscuridad total. Y ya vería cómo apañárselas con los animales venenosos o las fieras. Más le valía no pensar en ello por el momento.

No tenía miedo, no sabía qué era eso. Lo importante era salir vivo y, si era posible, con éxito. Y el éxito consistía en acabar con el cabrón de las barbitas. No quería pedirle ninguna explicación cuando lo atrapara, ni preguntarle un carajo, ni discutir con él. Solamente quería matarlo. Ni siquiera de frente, porque el personaje seguramente ya sabía que él andaba rondando. No se explicaría de otro modo tanto apresto bélico, pensó.

Se desplazó, pues, lentamente por la selva, teniendo precaución sobre todo de cuidar dónde ponía los pies. En un momento pisó arenas movedizas y una pierna se le hundió casi hasta la rodilla en el suelo barroso. Mantuvo la calma, trató de asentar lo mejor posible el pie flexionado que tocaba terreno firme y buscó donde agarrarse. Había sólo al alcance unas matas de helechos, de las cuales asió un montón con cada brazo y las tiró suavemente hacia sí. La planta resistió el esfuerzo y su pierna se liberó.

Aliviado, y más alerta ahora de no pisar en terrenos que se vieran desprovistos de algún tipo de cubierta vegetal, avanzó siguiendo el contorno del claro, buscando la entrada del noreste, donde suponía que se hallaban las instalaciones, y hacia donde se había dirigido el profesor de barbitas. El helicóptero con su gran masa metálica le servía de referencia.

Tras una penosa media hora de marcha para una distancia que no superaría los doscientos metros, O'Keen se fue aproximando a una zona donde se perfilaban unas construcciones. La selva era allí tan tupida que era casi imposible avanzar caminando por el suelo, y había que pasar de un árbol a otro en muchos casos, o arrastrarse como ofidio por un suelo húmedo y fétido, todo en una semipe-

numbra que lo liberaba del ataque del sol candente, pero que hacía que se tuviera la sensación de estar metido en un horno. El sonido de los cantos de los pájaros era casi ensordecedor, de modo
que por ese lado O'Keen no vio peligro para él, nadie escucharía
los débiles ruidos de su desplazamiento. El pistolero hizo todo lo
anterior con relativa soltura, lo habían entrenado en Vietnam para
sobrevivir en situaciones similares.

Nuevamente buscó un árbol apropiado para tener una visión
general de la nueva área de su interés. No le fue tan fácil como antes, el terreno se había vuelto resbaladizo y desagradable en extremo, por donde se movía se encontraba con obstáculos, plantas trepadoras, nidos de hormigas, charcos llenos de ranas, en fin, se le
hacía imposible mantener una dirección lineal. Debía estar cons-
tantemente mirando su brújula a pesar de avanzar tan breve
trecho.

Cuando finalmente consiguió una atalaya adecuada, el atardecer empezaba a llenar los espacios de cielo que dejaba la selva con
rojos y dorados. Era una óptima luminosidad para captar detalles,
y el pistolero se percató que se había equivocado en su apreciación
previa. Ese nuevo claro, más pequeño, era un área de habitaciones.
Había varias cabañas toscamente construidas, como para dese-
charlas rápido, aunque se notaban resistentes. Del lugar partía un
nuevo sendero, donde se hallaban instalados dos guardias armados. Posiblemente ese caminito sí conduciría al núcleo de la fábrica de cocaína, pero O'Keen prefirió esta vez no aventurar conclu-
siones tajantes.

Se fijó en que aparte de los dos guardias frente al nuevo sendero había otro que vigilaba la entrada al claro y rondaba alrededor de las cabañas. Éstas eran cinco, dos grandes y tres pequeñas.
Las dos grandes parecían dormitorios colectivos. Ninguna tenía
ventanas, seguramente para no dejar pasar luces desde dentro. De
las pequeñas había una separada del resto, y era frente a la cual él
se hallaba en ese momento. Esa cabaña era la única que tenía un
guardia en la puerta. «Hay algo especial en esa cabaña —pensó
O'Keen—. Tal vez el profesor se aloja en ella.» Decidió explorar

allí en cuanto oscureciera. Pero antes de eso hizo un ensayo general de sus movimientos para conocer el terreno. También se preocupó de memorizar una ruta de huida, lo más parecida a la que había empleado para llegar.

La puerta de la cabaña estaba ligeramente de soslayo con relación a las demás, de manera que el guardia era sólo parcialmente visible para sus colegas. «La única entrada es la puerta —pensó O'Keen—. Voy a tener que reducir al guardia.» El hombre tenía una ametralladora y se hallaba sentado en las sillitas de lona que parecían la moda en aquel lugar. O'Keen lo observó largo rato y constató que con fruición, y de manera subrepticia, el hombre hacía uso de una botella que no parecía precisamente de agua. Llegada la noche, en el campamento se encendieron discretas lámparas de keroseno, que daban una luz localizada sumamente débil, de modo que el guardia de la cabaña aislada estaba en la casi completa oscuridad.

Vio que alguien traía platos con comida para distribuir entre los guardias. «Bien —pensó O'Keen—. No me va a tocar un relevo todavía.» El mismo repartidor entró a la cabaña y dejó una ración dentro. O'Keen se fijó en que simplemente giraba una llave visible desde afuera y abría. No había cerrojo de seguridad ni candado. «Hay alguien allí. Tal vez un prisionero encadenado o enfermo», elucubró el pistolero. Sintió ronronear al helicóptero, al que vio dar varias vueltas en torno al campamento y luego descender con los últimos retazos de luz. «Probablemente me han estado buscando los cabrones. Viene la noche. Ya no se moverá más ese helicóptero. No querrán llamar la atención con luces», pensó.

El profesional del crimen no esperó más de media hora. La oscuridad ya era total, el guardia de la cabaña no se movía de su lugar, tal vez el aguardiente lo tenía un tanto aletargado. «Morirás feliz, hijo de puta», le habló mentalmente O'Keen. Se acercó al hombre por atrás, con movimientos precisos y silenciosos. Se puso en una posición estable y sólida, y le tiró la cuerda metálica al cuello. Apretó con todas sus fuerzas para impedir que el hombre gritara. Éste se agitó un poco y lanzó unos gemidos roncos que fueron apa-

gados por los ruidos de la selva, mientras con sus manos entorpe-
cidas por el armamento trataba de liberarse de la presión del lazo.
Al minuto ya estaba asfixiado, O'Keen dejó de sentir sus movimientos vitales. Con el mayor cuidado lo dejó instalado en su silla,
tal como estaba, le quitó la ametralladora y la munición y penetró
en la cabaña.

Cerró la puerta tras sí y escuchó. No había ningún sonido
dentro pero sí un olor fuerte a sangre, a sudor y a excrementos.
Sintió un respirar fuerte y lento. Alguien había allí que no se encontraba bien de salud. Volvió a aguzar el oído y le pareció que había sólo una persona. Apoyado en una de las paredes, encendió
una linterna, la ametralladora terciada y un arma en su mano derecha. El haz de luz barrió la cabaña. Se veía un camastro en el rincón opuesto. Una persona yacía en dicho camastro. No había nadie más ni tampoco otros muebles.

Se acercó al yacente. Lo reconoció de inmediato. Era el doctor Salmón, aquel que lo había curado de sus heridas de bala en
Chulumani. Antes de hacer cualquier otra cosa se asomó a la puerta para ver si había alguna novedad. Todo seguía igual. Se arriesgó
a cerrarla nuevamente, no podía dejar que el menor rayo de luz se
filtrara.

—Doctor —dijo en susurros—. ¿Me escucha?

El hombre postrado abrió los ojos. A la luz de la linterna,
O'Keen le vio el rostro tumefacto, un ojo cerrado rodeado de una
aureola de sangre seca, los labios hinchados y heridos, una ceja
desgarrada, los pelos pegados a la sien. El médico miró fijamente al
pistolero y lo reconoció de inmediato. Levantó un brazo débilmente y le tocó el hombro en señal de reconocimiento.

—Es usted. Hice un buen trabajo.

—Sí, doctor, le estoy agradecido. Trataré de ayudarlo…

—Por favor, máteme…

—¿Qué hace aquí?

—Me atrapó el doctor Van Dune. Me han torturado para saber de usted. Nos creen cómplices…

—Lo voy a salvar. Usted salvó mi vida…

—Máteme. Me han cortado el tendón de Aquiles de ambos pies, para que no huya. Tengo el hígado destrozado a golpes. Escupo sangre. Un brazo fracturado. Mire mi mano izquierda, destrozada. Apenas puedo respirar, hundido el esternón —el desgraciado hizo una pausa penosa para atrapar una bocanada de aire.

—Lo pueden curar.

—No viviré. Por favor, máteme. No resisto más…

—Lo haré doctor. Pero le juro que acabaré con ese hijo de puta en su honor.

—Hágalo, moriré contento.

—¿Dónde encuentro a Van Dune?

—Viene cada noche para reiniciar la sesión de tortura. No ha llegado aún… Es su oportunidad.

—¿Qué fue del viejo, la mujer y el niño?

—Tampoco pudieron huir. Los mataron en represalia. Menos al niño, no lo hallaron. Hicieron desaparecer los cadáveres. Escuché que ese perro sarnoso lo comentaba. Tanta maldad… —musitó el médico, cerrando los ojos, agobiado por el dolor.

—Adiós, doctor —musitó O'Keen. Sacó su pistola, instaló el silenciador y le descerrajó dos tiros en la boca. Se sintió bondadoso, experimentó una rara sensación de beatitud, cosa que nunca le había ocurrido antes. Había hecho una buena obra. La segunda de la semana, pensó, la primera había sido cargarse a ese predicador asqueroso. Ahora era el turno del hijo de puta mayor. Se sentía poseído por un intenso odio vengador. Asomó su cabeza por la puerta entreabierta. Todo seguía tal cual. El guardia ahorcado continuaba en la misma posición, sentado como si descansara. Le puso la botella en las manos como si fuera un arma.

Respiró el aire libre. Todo continuaba igual de plácido. Aparentemente se habían convencido de que él no estaba en la zona y habían relajado las medidas de seguridad. Se retiró a la cercana selva, justo en el borde, a esperar la llegada del profesor de barbitas.

XV

Supay

La amistad entre el fallecido Machicao y el transmutado Melgarejo era un fenómeno notable, raro, si no extravagante, para los cánones de los años ochenta, marcados por el posmodernismo y sus valores pragmáticos y materialistas. Compañeros de colegio por casi doce años, donde practicaron juntos el fútbol, las primeras juergas y la persecución de faldas, siempre se les consideró inseparables; ya entonces fueron asiduos miembros del club de ajedrez de Cochabamba y de asociaciones de estudios históricos, porque también compartían ciertas inclinaciones más intelectuales.

Luego Machicao entró en la universidad, donde se inclinó por la odontología, cosa que a Melgarejo le pareció un poco absurdo, pero su amigo tenía tendencia a actuar por impulsos, y una vez que se lanzaba, prefería seguirlos hasta las últimas consecuencias. Melgarejo no pudo entrar a hacer estudios académicos. Su familia, demasiado modesta, no podía financiar una universidad, de modo que inició una carrera en la policía civil, donde trabajó e hizo estudios completos y fue un destacado profesional. Naturalmente, eso los fue alejando el uno del otro.

Hasta que ambos se trasladaron a La Paz, donde volvieron a encontrarse, aunque esporádicamente. Porque había algo adicional que los impulsó a separarse de nuevo: Machicao ingresó en la masonería, una logia que seguía el Rito de York, la más prestigiosa y seria de Bolivia, filial de la inglesa, que se remontaba a la Edad Media. Melgarejo se mantuvo fiel a la fe católica, en una versión un tanto anacrónica y muy personal, que incluía ver a la masonería como una asociación inspirada por el Demonio.

Pero de todos modos había muchos aspectos que los unían. Como ex alumnos de los Salesianos, habían desarrollado un particular gusto por la cultura, sobre todo la historia, y también la literatura, en sus expresiones más consagradas. Esto los unió en aquel tiempo y los hacía reencontrarse de vez en cuando, en conferencias sobre historia de la ciudad de La Paz, concursos públicos de ajedrez, conciertos, ferias de libros usados. No era raro que se toparan en la calle Montes, escarbando en los kioscos de los libreros, tras lo cual terminaban paseando del brazo por la Alameda, bebiendo un café con salteñas en homenaje a los viejos tiempos.

Se veían sólo y apenas en tales ocasiones marcadas por el azar, que les servían para renovar la amistad y discutir fraternalmente del destino de su país. Ambos eran políticamente progresistas, en todo caso, aunque Melgarejo tenía tendencia a ser más proclive al extremismo, sobre todo el anarquismo, el trotskismo y otros ismos vivos en Bolivia, muchas veces gracias a grupos minúsculos, a quienes ayudaba con sus panfletos y proclamas.

Pero nunca fueron adictos a los actos patrióticos ni a la hipocresía inherente a la práctica militante. Se mantenían distantes, irónicos, críticos, y gracias a eso podían tener discusiones ricas, de mutuo provecho. Ambos carecían además de cualquier sentimiento racista contra el indio, un vicio de las clases dominantes; al revés, se sabían producto del mestizaje profundo y fecundo que había formado la patria, y compartían una actitud amistosa y respetuosa hacia los descendientes de sus ancestros.

No se buscaban socialmente, en todo caso. Machicao había hecho un matrimonio temprano, de ésos considerados brillantes, y aunque había sido invitado a la ceremonia religiosa, Melgarejo se abstuvo. Le había parecido una hipocresía de parte de su amigo. Nada como para romper una amistad, pero sí un detalle suficiente como para crear distancia. Cuando se había producido el episodio del crimen del padre de Machicao, Melgarejo le había ofrecido su ayuda, ya que trabajaba por entonces en la policía civil, pero Machicao libraba su propia batalla contra el sistema y no quiso aceptar la ayuda de su ex condiscípulo. Luego supo de su retiro y de sus actividades de detective privado, y fue por eso que lo contactó.

De su juventud en Cochabamba lo que más gustaban de evocar Machicao y Melgarejo eran las grandes orgías gastronómicas y etílicas, compitiendo entre ellos y con otros condiscípulos por quién ingería el silpancho más grande e ingurgitaba la mayor cantidad de cerveza. También se divertían recordando las sesiones de espiritismo, donde habían logrado invocar a algunas de las más grandes divas o mujeres fatales de la historia, desde Cleopatra y Mata Hari, a Veronica Lake y Bette Davis.

Todos éstos fueron siempre, para el par de amigos, tópicos de conversación más interesantes que otros que conmovían a su generación, como la revolución cubana o la guerra de Vietnam. Eran sobre todo las curiosidades históricas o las leyendas relacionadas con la ciudad de La Paz lo que interesaba más a Melgarejo y su amigo. Machicao lo seguía en ese registro. Cochabambinos los dos, se sentían poco integrados en esa ciudad. Un día, el dentista se lo mencionó:

—¿Sabes, hermano? No logro sentirme a gusto en esta ciudad. Me agrada, pero es como si estuviera de paso. ¿Qué piensas de eso?

—La Paz siempre fue una ciudad de paso, hermano. Recuerda la historia. Se fundó en una fecha precisa, por orden del virrey del Perú, como estación de tránsito entre Lima y Potosí. Punto. Nunca estuvo destinada a existir en sí misma.

—¿Será por eso que la construyeron en un lugar tan absurdo?

—Claro, hermano. Pero es una bella locura, ¿no?

—Maravillosa. Para contemplarla y no creerlo. Para volverse loco, también…

—Por eso no tuvimos aristocracia ni salones. No tuvimos intelectuales. Por eso tenemos una historia plagada de ambiciosos sanguinarios. Francisco Pizarro estuvo acá. Almagro no, pero su lugarteniente Saavedra sí. Pedro de Valdivia también se paró en El Alto a admirar la hoya…

—¡Vaya manicomio, hermano!

Machicao y Melgarejo gustaban de estos encuentros casuales, no hacían citas ni establecían rutinas. Preferían la sabiduría del azar. Durante el tiempo que pasaban sin verse averiguaban cosas nuevas, que se contaban el uno al otro, sus carcajadas hacían volverse a la gente en El Prado o en los cafetuchos y cantinas donde se metían a capear la lluvia o la canícula. Es que La Paz estaba llena de historias absurdas, increíbles, extravagantes. Muchas de ellas sangrientas, claro, pero otras meras anécdotas sabrosas.

Porque La Paz tiene ciertos hitos geográficos que la hacen poseedora de una identidad física carente en otras ciudades. Son hitos que superan los desarrollos urbanos, incluidos los más necios; que existen en el inconsciente profundo de sus habitantes; algo así como la nostalgia del mar, ubicado para siempre dentro de las fronteras de la patria sentimental, como lo expresó un poeta.

Entre estos hitos se halla en primer lugar el Illimani, presencia constante y testimonio del paso del tiempo y de la posibilidad cierta de la catástrofe. Todo el mundo ha mirado alguna vez el pedazo que le falta al Illimani, y los profesores no se cansan de narrar a los niños que, por allá 1647, una parte de la gran montaña se desmoronó, ese hueco que ven allá, y apareció una pepita de oro enorme, que mandaron como regalo al rey de España, tan enorme, que exclamó: «¡Ésta no es una Pepa, es una doña Josefa!» Humor de soberano, del peor, por supuesto.

Para muchos el corazón de la ciudad se halla en Churubamba, el punto donde se refundó Nuestra Señora de La Paz, y desde donde empezó a crecer hacia arriba y hacia abajo. Para otros, toda la esencia mestiza del cristianismo sincrético se sintetiza en la iglesia del Gran Poder. Y así con otros lugares, como la calle Max Paredes, donde las tiendas se prolongan a la acera y luego a la calle misma, lo que simplemente hace que se desvanezca el concepto de dentro y fuera; luego la Max Paredes desemboca en la calle Graneros y su mercado abierto, y de allí en adelante estamos en otra ciudad, nos hallamos en plena aldea aymara.

—¿Sabes qué me contó el otro día un librero? —le dijo Machicao a Melgarejo, un sábado por la mañana en que se habían topado en Los Amigos de Libro.

—¿Qué librero?

—Pues Morales, el loco ese que duerme dentro de su kiosco. Pero deja que te lo cuente, no lo descalifiques antes de escuchar...

—Cuenta, hermano.

—Tú sabes que yo siempre ando buscando ediciones viejas del *Quijote*...

—Y tienes algunas muy bellas por cierto.

—Con el favor del Gran Arquitecto. Pero escucha esto. Resulta que por ahí 1590, no recuerdo bien el año, Cervantes fue propuesto por algún amigo poderoso en Indias, como se decía entonces, para el cargo de Corregidor de la ciudad de La Paz. ¿Qué te parece?

—Increíble. Estaría muy necesitado de trabajo, me imagino...

—Al parecer sí. De todas formas no se lo dieron. El rey no acogió la petición. Pero imagínate si lo hubiera logrado. ¡Qué libro habría escrito sobre nuestros antepasados, hermano!

—Y tal vez nunca habría escrito el *Quijote*. O se le habría ocurrido hacer protagonista a Sancho Panza, como un paceño indolente, mañudo y sibarita. Buena historia, la mejor que te he escuchado, hereje.

Y así se iban intercambiando relatos tan absurdos como encantadores. Muchas veces eran cosas que ellos mismos ya sabían, aprendidas en la niñez, y que seguramente conocían todos los escolares bolivianos; pero el placer del redescubrimiento les hacía jugar a la complicidad. A Machicao, como buen masón a la antigua, le gustaba juntar cuentos acerca de las maldades o pecados de los curas, que a veces daban lugar a discusiones serias con su católico amigo.

—No me negarás que la historia del obispo La Santa, que degradó a la Virgen del Carmen por apoyar a los patriotas independentistas en 1809, la declaró «reo de rebelión» y como postre le metió proceso a la imagen, no es única en la historia de la humanidad.

—De acuerdo, hermano. Solían ser muy políticos los curas por aquella época, tú lo sabes bien.

—Y ese otro obispo, cuyo nombre afortunadamente nadie quiere recordar, que dispuso que los confesores de mujeres deberían tener más de cuarenta años, y que la cruz de la catedral no debía ser conducida por un indio, por ser esto «indecente»… Debes reconocer que son ideas propias de lunáticos.

—Estás tomando casos extremos, Toño. Aunque son cuentos divertidos, de acuerdo. ¿Más de cuarenta años dijiste? Yo ando por esa edad y todavía me dan ganas. Tengo que luchar contra las tentaciones de la carne.

Se acordó también de las leyendas de la calle Supay, o calle del Demonio, donde vivió la Chepa, la cholita más bella de La Paz, y quien fue amante de diferentes próceres según la imaginación de los diferentes historiadores. En esa calle vivió también el despreciado Uchicho, que les pegó a sus padres. Fue excomulgado *res sacre et cripta* y enterrado sin sacramento y con las manos fuera, en suelo no cristiano, para dar testimonio de su atroz falta.

Ambos amigos sentían que había algo místico allí. El concepto de que una ciudad es eterna se siente en pocos lugares de manera más intensa que en La Paz. Su topografía insensata hace que la ciudad esté plagada de rincones absurdos, de pasajes misteriosos, de calles que no llevan a ninguna parte (o a un precipicio o a un torrente), de edificaciones a medio construir debido a un derrumbe, de casas ruinosas eternizadas porque mantienen un equilibrio que si se rompe puede llevar a la catástrofe, de edificios imposibles que revelan una prodigiosa capacidad de ingeniería… Es un equilibrio inestable que siempre vale como motivo de angustia para el visitante: ¿cómo se pudo hacer aquí una ciudad que es distinta pero también igual a otras ciudades? Hasta que se desentiende del tema: su mente comienza a funcionar de otra manera, los procesos bioquímicos han resuelto el problema de vivir a cuatro mil metros de altitud, con tan poco oxígeno. Se empieza así a sentir, amar, pensar, vivir en una palabra, bajo un registro más cercano a la locura o el sueño, que a la sanidad mental o la vigilia.

A ambos amigos les gustaban también los comederos paceños populares, algunos bastante inmundos y donde pocos ciudadanos decentes se atrevían a penetrar. Por ejemplo, las chifas. Había algunas que, a la sola vista de sus dueños, la mayoría de la gente salía arrancando. Eran por lo general unos orientales mugrosos de uñas largas y negras, horripilantes de sucias, ostentando además sus greñas, llenas de caspa. Sonreían en las puertas exhibiendo sus dientes podridos, creyendo así hacerse gratos a los clientes.

Habían desarrollado cierta amistad con un viejo chino propietario de una chifa pequeñita en Sopocachi, barrio burgués por excelencia, donde predominaban las casas residenciales de gente respetable, pero que escondía sorpresas interesantes. Una de ellas era ese restaurante, casi familiar, lleno de puros chinos. El propietario era auténticamente piojento y libidinoso como pocos, se sentaba en la puerta a ver pasar a las mujeres y piropeaba incluso a las cholitas más desfavorecidas por el don de la belleza. Por cierto que recibía profundos desprecios, pero le daba lo mismo. Se relamía igual.

También Melgarejo y Machicao adoraban las cervecerías y cantinas, había tantas míticas en La Paz, como la famosa llamada La Chola que Pitea, cuya propietaria tenía la singular costumbre de llenar los jarros de lata al son de un pito, para así llevar mejor las cuentas y estimular el consumo. Vale la pena mencionar que los jarros estaban encadenados a las mesas para que los modestos contertulios no se los llevaran. Melgarejo había estado allí, podía jurar que la leyenda era cierta. No había logrado arrastrar a Machicao a ese lugar, y se lo había perdido, porque la cantina terminó por desaparecer, demolida por el progreso.

La alta calidad de la cerveza boliviana no era un mito, él lo sabía. Ya en 1872 se había instalado en La Paz la primera fábrica. Pocos años después, la segunda se hallaba produciendo en pleno paseo del Prado, propiedad de un alemán de apellido Wolf. Una de las mejores anécdotas de cerveza del mundo, y hay muchas, se refiere al desdén que un embajador británico hizo de la cerveza boliviana a fines del siglo XIX, negándose a beberla. Se dice que las autoridades castigaron su actitud arrastrándolo por las calles de La Paz amarrado a la espalda de un burro y después lo obligaron a beber un barril entero de cerveza. La reina Victoria, en soberana cólera, habría mandado a su escuadra bombardear Bolivia, y ante la imposibilidad de hacerlo en un país que había perdido su costa, tachó con su propia pluma a Bolivia del mapa, decretando que de allí en adelante ese país no existía.

Tendido en su cama de convaleciente, Garrido Gómez había recordado los momentos felices pasados con su amigo, cómo gozaban con esas historias. Se sentía auténticamente culpable de su muerte. Había cometido un error tremendo. En Chulumani se había dejado llevar por la placidez del clima y el lugar. En el fondo, no creía lo que le decía Machicao de que existía un verdadero peligro en esa investigación. Había pecado de incrédulo, de frívolo, de irracional, de perezoso. Y había sido la causa del sacrificio de un amigo de toda la vida. Tampoco había sido capaz de defenderlo adecuadamente cuando se había desatado el combate. Los sentimientos de culpa lo ahogaban. Necesitaba expiar. La fiesta del Gran Poder era una oportunidad para liberarse en parte de esa carga. La fe iba a ser su consuelo. Necesitaba la mortificación de su carne, no veía otra manera de sacarse de encima esa obsesión.

Durante su reunión de trabajo con Elvira, quien llegó según lo acordado con un montón de papeles, Garrido Gómez hizo sin mirarlos una serie de cheques con fechas adecuadas, de antes de su salida a Yungas, a fin de sanear algunas deudas y pagar cuentas de la imprenta. Hizo también desganadamente otros cheques para liberar la mayor cantidad de fondos posible. Nada de eso le interesaba. Ella se encargaría de explicar, si es que el banco hacía cuestión, cosa que era poco probable, que los documentos habían sido dejados por el señor Melgarejo antes de viajar.

Elvira, con su típica inteligencia, le había llevado también su libro de cabecera, la llamada Biblia de Amat, una traducción al español hecha en Bolivia en el siglo XVIII por un anónimo jesuita expulsado por el rey de España, junto con sus demás cofrades, y de cuyo texto se apropió un obispo Amat (hermano del virrey del Perú) para publicarlo con su nombre.

Después ella insistió en cocinar para sus hombrecitos, como dijo. Preparó un cebiche con truchas y pejerreyes del Titicaca, y un guiso de habas a la *Pecktu,* con huevo, tomate y papas al natural, una especialidad cochabambina. Había traído unas cervezas, las primeras para el detective tras los acontecimientos y su convalecencia.

Tras esto partieron los tres en dirección a Tiwanaku para el ensayo del Gran Poder. El niño también se había entusiasmado en participar. Garrido Gómez no veía peligro en ello. Había pensado que podría ser divertido incorporarlo a la banda con su armónica, le daría un toque levemente diferente al conjunto, aunque no estaba seguro de si los demás lo aprobarían. Todo lo que rodeaba al Gran Poder era extremadamente ritual y cerrado, poco abierto a cambios, cada elemento comportaba significados devotos que no se debían transgredir. Igualmente quería que el niño participara, que se olvidara de sus seres queridos. Esperaba que Moisés Chuquiago hubiera conseguido alguna información nueva para tranquilizarlo.

Cuando llegaron a la comunidad, todo el mundo estaba en la vena del Gran Poder con entrega y abnegación totales. La banda repetía una y otra vez el repertorio de piezas que serían ejecutadas durante el desfile de la cofradía de los llamados «Wainas del Gran Poder Aymara». Cada cofradía tenía su banda propia, y parte del esfuerzo competitivo eran su calidad y potencia musicales. La formada por la cofradía de los amigos del detective era una gran banda, tenía bombos, platillos y tambores en parejas, además de cinco trombones, tres bombardas y cinco trompetas, que con las dos tubas completaban una poderosa sección de bronces. También había dos clarinetes y dos saxofones, que contrapunteaban con trompetas y trombones en la mayoría de los temas. O sea, veinticinco ejecutantes en total, lo cual era un número considerable, incluso para los cánones del Gran Poder.

El primer trompetista, que oficiaba de líder del grupo (algo así como el primer violín), tenía una trompeta erecta, al estilo de Dizzy Gillespie, según notó Elvira, aficionada al jazz. Las dos tubas estaban pintadas de blanco. Los músicos llevaban terno gris, camisa blanca y corbata roja. Los sombreros eran de tela negra y ala ancha, con una cinta tricolor de los colores nacionales. Todos llevaban lustradísimas botas negras de charol. Se notaba que ese día se habían presentado con sus trajes completos.

El ensayo se hallaba en todo su apogeo. Quedaba menos de una semana para que la gran celebración religiosa tuviera lugar, y en toda La Paz, El Alto y sus alrededores la agitación era máxima, no había otro tema más importante. Apenas llegó, asomando entre la polvareda del Lada de Elvira, Garrido Gómez fue recibido con vítores. Todos sabían que al doctor se le debía decir simplemente don Juan, era parte del secreto de la cofradía ese año.

El niño miró ansioso para todos lados, y al no ver a su madre y a su abuelo cayó en un mutismo estático. Guardaba esperanzas de encontrarles allí por milagro. Moisés se acercó a sus amigos y tras saludarlos les dijo en un aparte:

—Me temo que hay malas noticias para el niño.

—¿Qué se ha averiguado? —inquirió Elvira.

—Descubrieron los cuerpos del abuelo y la madre en una zanja. Muertos a tiros.

—¿Ya lo sabe la policía?

—Está todo en manos de ellos.

—¿Alguien ha reclamado sus restos?

—Al parecer, nadie.

—El niño debería presentarse a reclamar sus bienes, pero no hacerse cargo del acto penoso de hacerlos enterrar —sugirió Elvira.

—Tal vez no todavía. Puede que lo anden buscando los asesinos —terció el detective.

—Uno de los nuestros puede presentarse diciendo que hay un

niño en peligro. Así se puede conseguir protección policial desde el inicio —opinó Chuquiago.

—Lo van a interrogar. Pueden hacerle daño —opinó a su vez Elvira—. Soy partidaria de esperar un tiempo y luego acompañarlo. Yo misma puedo llegar con él...

—Creo que es cierto. Por ahora es mejor esperar. ¿Se lo decimos todo a él?

Se miraron las caras. Finalmente fue Elvira quien con un suspiro dijo:

—Yo me haré cargo. Más tarde, en cualquier caso. Dejémoslo por ahora disfrutar con el ensayo. Parece que se ha entusiasmado —y señaló al niño que se había acercado a la banda para seguir de cerca sus desplazamientos. En la mano llevaba su armónica.

—Nosotros les daremos cristiana sepultura —intervino Chuquiago—. Nos presentaremos como amigos de ellos. Irá alguien que apenas los conocía como vecinos, no tendrán nada que preguntarle.

Se separaron para integrarse a sus tareas. Garrido Gómez estuvo conferenciando un rato con la banda. Les habló de Gaspar y su armónica, a todos les dio mucha risa el instrumento, pero le pidieron que tocara un poco, mientras descansaban sorbiendo unos pocillos de café y mate de coca que la linda cholita María, la benefactora de Melgarejo, vestida como guaripola, les había traído. El detective quedó deslumbrado de lo hermosa y femenina que se veía. Ella le hizo unos mohínes coquetos, con cara seria. «Está celosa de Elvira», pensó.

Dejó, pues, al niño con sus pares y se fue a lo suyo, que era el grupo de danzas de viejos, que a él le correspondía dentro del baile. Los viejos eran una versión de las más tradicionales morenadas, que en el caso de los Wainas, se habían separado en negros y viejos. Los negros eran representados por los más jóvenes. Los roles de viejos estaban a cargo de los mayores, como el detective. Una buena docena de bailarines se hallaban preparados para asumir cada uno de estos bloques. María, que lo había seguido, ayudó al detective a meterse en su traje.

Los viejos hacían en la coreografía el mismo paso que el resto, pero con movimientos lentos y solemnes, se suponía que un tanto ridículos. La idea era representar unos vejetes grotescos y divertidos, con ínfulas de juventud, pero que no podían mostrar mucho garbo dados sus huesos frágiles. En este caso, se hallaban casi todos los hombres mayores de la comunidad para conformar el respetable grupo de doce bailarines en el rol.

El disfraz era una variante del tradicional, el más difundido y conocido por las postales y fotos de la fiesta del Gran Poder. Se trataba de una gran parafernalia de cartones, adornos y telas, tan pesada como una armadura medieval, pensó el detective. Consistía en una máscara de cartón piedra con enormes orejas, ojos saltones medio fuera de las órbitas, y una prominente nariz adornada de un abominable lunar peludo en el extremo. Simulaba además una boca abierta y sonriente, cuyas encías desdentadas lucían un par de incisivos poco convincentes, un gran bigote desgreñado y una luenga barba amarillenta. Bigote y barba estaban hechos con pelos de animales. La frente abombada mostraba grandes surcos que simulaban arrugas.

El traje tenía también una gran falda montada sobre una armazón de alambre, y un amplio peto del mismo tipo. Falda y peto llevaban profusos adornos y colgajos. Los Wainas habían optado por un estilo más bien realista para estos personajes, de modo que la cabeza se viera particularmente grotesca, aunque con menos paleta de colores que otras cofradías. Normalmente se preferían disfraces donde predominaran las interpretaciones más fantásticas de los ancianos.

Junto con las morenadas y sus grupos de negros y viejos, que constituían bloques más o menos obligados del Gran Poder, otro lote típico en la procesión eran las mujeres disfrazadas de damas blancas, de respingada nariz y elegantes trajes. Las máscaras eran delicadísimas, de un erotismo sutil y encantador. Garrido recordaba que en la primera procesión de éstas, vista en su niñez gracias a que su abuelo lo había traído especialmente a La Paz desde Cochabamba para asistir al Gran Poder, se había enamorado no de una sino de una fila completa de estas bailarinas, que parecían princesas de cuento, deseosas de que alguien las liberara, a punta de besos, de dragones, moros perversos o maridos indiferentes.

María era la bastonera, la que iba a presidir toda la cofradía. Tras ella venían los portadores de cintas y banderolas, la banda y los grupos de baile. Al liberarse de su traje de cholita, con sus capas de faldas no siempre muy estéticas, había sacado a relucir su bello y minúsculo cuerpo. Había elegido un traje a tonos violeta, con sombrero del mismo color en un tono más oscuro, con tres plumas multicolores como adorno. El sombrero era una versión del típico de las cholitas paceñas. Completaba su atuendo con unas botas de terciopelo en el mismo tono del sombrero. Con su sonrisa perenne y sus gestos graciosos, hacía una bastonera en miniatura de particular encanto.

Tenían media docena de temas musicales sobre los cuales organizar la coreografía, y todos comportaban ritmos y pasos diferentes. La banda los iba interpretando sucesivamente, con pequeños segundos de descanso entre uno y otro. Si la procesión se detenía por cualquier razón, se continuaba bailando sin avanzar. Cada tanto había también una parada obligada para mostrar el baile a los espectadores y permitir a un par de malabaristas disfrazados de diablos hacer su número.

El detective se integró al grupo y pronto se hizo indistinguible para el resto, uno más entre la docena de bailarines disfrazados de viejos. Elvira se había dedicado en tanto a contemplar los diferentes bloques de bailarines y bailarinas. Moisés Chuquiago, muy metido en su rol dirigente, se acercaba a unos y otros dando breves indicaciones de ritmo, corrigiendo los pasos u ordenando las filas. Todo se desarrollaba en un ambiente distendido y entusiasta. La banda, instalada en medio del gran patio, ensayaba sus temas básicos, y cada grupo, fueran los negros, los viejos, las damas o los diablos, practicaba sus coreografías al mismo son.

Elvira vio con sorpresa que el niño se había integrado a la banda con su armónica. Habían decidido por unanimidad que tenía que formar parte del grupo, tras escucharlo tocar precisamente los temas de ellos, y lo hacía a la perfección. En un momento que dejaron de tocar, vio que Gaspar se hallaba en manos de dos mujeres que lo estaban midiendo.

—Le vamos a mandar hacer su traje —le explicó una, al ver que Elvira se acercaba—. Igual al del resto, va a verse como un verdadero caballerito paceño —se rieron.

Gaspar se mostraba feliz con la idea, su carita relucía. A Elvira le dio mucha pena tener que comunicarle la triste noticia. Ya había resuelto que lo mejor era convencerlo de que su presencia en la procesión era importante. Iba a ser su manera de pedir a Dios por sus seres queridos.

Elvira había decidido también llevarlo a su propia casa. El detective no podía atenderlo adecuadamente, metido en sus rollos. Las cholitas que trabajaban en la mansión paterna habían accedido felices a recibirlo y ocuparse de él, ningún niño huérfano era rechazado en La Paz por la gente modesta.

XVI

Chapare

O'Keen no tuvo que esperar mucho rato. Permaneció acuclillado tras un par de arbustos espesos, con su nueva arma preparada, la que le había arrebatado al guardia. En breves segundos descifró los trucos de su uso. Sin dejar de estar alerta, reforzó sobre su cuerpo la capa de repelente para alimañas, y luego mordisqueó un trozo de pan con queso y cecina. Bebió un largo trago de agua. Se sentía preparado, listo para entrar en acción en cuanto viera ante sí la figura despreciable del barbitas.

Sabía bien que el otro se hallaba totalmente confiado, y que aparecería como todos los días a continuar con la destrucción física y moral del doctor Salmón. «¿Por qué lo haría? —se preguntó el profesional del crimen—. Pues de puro degenerado —se respondió—. El pobre doctor no tenía nada más que entregar. Lo ha estado haciendo trizas de puro placer malsano.»

Sentado en el borde de la selva oscura, rodeado por los variados y nada tranquilizadores ruidos de la naturaleza salvaje, una mezcla de susurros amenazadores y alaridos electrizantes, capaces de atemorizar al más osado, el pistolero pudo por primera vez en varios días pensar acerca del absurdo argumento que estaba viviendo. Ni las peores novelas de su abuelo sonaban tan inverosímiles.

Él, un profesional del crimen reconocido por su eficacia, se hallaba en una situación desesperada, a pesar de haber cumplido lo esencial de la misión para la cual lo habían contratado: acabar con un individuo que estaba haciéndose molesto para la organización de la droga, que lo tenía en su nómina como sicario competente. No era la primera vez que se le encomendaban misiones de este tipo, siempre había salido airoso.

Era consciente de que había dejado parte del trabajo sin hacer, había perdido a su socio y su mejor armamento, y lo que era aún peor, lo habían traicionado y tratado de asesinar, dejándolo malherido. Eso sí que no le había ocurrido nunca: haber caído en una trampa para bobos. ¿Por qué lo harían? Ya habría oportunidad de averiguarlo. Al de barbitas no se lo iba a preguntar, claro.

Todavía dudaba de su propia recuperación, los dolores lo acosaban, luchaba contra la rigidez de su pierna herida y trataba de no dejarse llevar por tales síntomas. Se consideraba un tipo duro y debía estar a la altura. Aunque lo peor radicaba en su psique: le habían arrebatado su personalidad. Era otro, un ente sin pasado alguno, apenas un presente dudoso y precario, y ningún futuro. O'Keen, que ahora pensaba y actuaba como O'Keen por un asunto de supervivencia casi animal, tuvo un ataque de nostalgia del yo, de pena por sí mismo. Recordó al niño que fue alguna vez, y se vio sentado allí, en la oscuridad que tanto temía, en el desamparo más absoluto, con el único proyecto personal de matar a un hijo de puta. ¿Y después qué? ¿Volver? ¿Adónde? ¿A hacer qué? ¿A ser quién?

Lo sacó de sus cavilaciones un ciempiés que se la había colado por el cuello, sabía que algunos eran venenosos. De un golpe certero lo desalojó casi sin tocarlo. Pero un ruido de gente que se acercaba lo puso definitivamente alerta. Miró su reloj: era casi la una de la madrugada. Aguzó la vista y vio que tres personas se acercaban a la cabañita que recién visitara, y donde había ayudado al doctor Salmón a pasar a mejor vida. Literalmente. Cuando estuvieron cerca, los distinguió. Era el profesor de barbitas, el señor Walter Van Dune Jr. en persona, su pipa característica en la boca, acompañado de dos guardaespaldas armados con ametralladoras. Los dos alumbraban el camino con sendas linternas.

El profesor vio al guardia muerto, sentado en la oscuridad, y creyendo que dormía lo empezó a increpar por su indolencia. De repente se percató de que algo raro acontecía. Se detuvo. O'Keen adivinó más que notó su cara de estupor. Pero ya era demasiado tarde. El pistolero se puso de pie y, acercándose con paso seguro, vació sin el menor preámbulo el cargador de su ametralladora sobre el trío. Los vio caer desordenadamente como piezas de un juego de bolos. Se aproximó luego aún más a ellos, mientras recargaba el arma y volvía a disparar. Contempló los cuerpos retorcerse como muñecos en el suelo mientras recibían a mansalva la lluvia de balas. Se preocupó de que el barbitas recibiera la dosis mayor. Terminada su descarga, quitó el cargador vacío de la ametralladora y colocó uno nuevo, mientras retrocedía con el arma pronta. Tras esto partió corriendo hacia la selva.

Ya el lugar se había preñado de ruidos. Gritos, carreras y luces fueron la respuesta a las dos contundentes descargas de O'Keen. Pero nadie atinaba a disparar. Todo lo que el pistolero pudo ver en la semioscuridad fue gente con sus armas en ristre que se acercaba con precaución a la cabañita, para enterarse de qué se trataba. Cuando finalmente llegaron y vieron la masacre, todos, la media docena que se había aproximado, comenzaron a disparar furiosamente hacia la selva circundante, pero sin discriminar hacia dónde o hacia qué. Fueron traídas luces para identificar algo en la oscuridad. La propia discreción del lugar, tan necesaria para la clandestinidad, los había dejado sin capacidad de reacción.

La defensa en la sede mafiosa era pues un caos total. Mientras tanto, O'Keen se desplazaba seguro sobre las pistas que había dejado, en dirección al gran claro de entrada, para moverse luego hacia el sendero principal y su vehículo. Sintió ladrar a los perros, pero no se inquietó: ¿contra qué o quién los lanzarían? Tenía decidido no encender ninguna luz durante la maniobra de escape, mas hubo un hecho fortuito que no había imaginado, y que lo ayudó. Había luciérnagas. La selva estaba llena de ellas, que revoloteaban sin ton ni son por todos lados. No alumbraban, por cierto, pero eran bien visibles. Se dio cuenta de que gracias a estos bichos, sus atacantes no podrían tomar una luz fugaz como referencia.

O'Keen aprovechó lo anterior para darse pequeñas ayudas con la linterna y así orientar su ruta, sobre todo con el fin de identificar la señales que había dejado en los árboles y en el suelo, en la forma de marcas en cortezas, ramas rotas, huellas en el barro y restos de sus propios desechos. Su sentido de la orientación funcionó a la perfección, tal como en otras ocasiones.

Siguió sintiendo disparos. No le cupo ninguna duda de que no dejarían de hacerlo, a pesar del riesgo que eso significaba. Estaban en un lugar tan remoto que podían permitirse algunas licencias a la proverbial seguridad de los lugares clandestinos. Los breves pinchazos de luz ayudaron sin duda a O'Keen para hacer su carrera más expedita, aunque tropezó más de alguna vez, sin consecuencias. El peso de la ametralladora, que no pensaba abandonar más que cuando fuera estrictamente necesario, se hacía notar, pero le daba una sensación de seguridad que redoblaba sus fuerzas, o al menos eso quiso creer.

Pronto pasó junto al primer gran árbol que le había servido de puesto de vigilancia. Había mucha agitación en el amplio claro de entrada, y le gente corría de un lado a otro mirando la selva impenetrable y gritando órdenes. O'Keen ya se alejaba del lugar cuando oyó el helicóptero. Contra todas sus previsiones, lo habían echado a volar para atraparlo. Su transgresión había sido demasiado contundente. Debían estar ávidos de venganza. Seguramente el profesor de barbitas era un personaje de importancia en la organización.

«Ahora es la guerra, coño», se dijo para sí mismo en español. Esto lo alentó más y siguió adelante. El helicóptero se elevó y pasó prácticamente por encima de su cabeza. Percibió el inútil haz de luz recorrer las copas de los árboles. «Cabrones —gritó mentalmente—. Eso no les va a servir de nada.» El foco solamente les podría ser útil para iluminar el sendero, pero aun así con grandes dificultades debido a lo tupido de las copas de los árboles.

O'Keen sabía que una vez llegado a la carretera se encontraría a salvo, ya que los mafiosos no arriesgarían un ataque en un lugar tan evidente. Pero eso era teórico, la batalla recién comenzaba. Apuró el paso y vadeó el primer río sin mayores problemas. Flotaba en el cielo una luna nueva que prestaba al paisaje una débil y fantasmal luminosidad; pero las estrellas eran tantas y tan potentes en esa zona, ajena a la luz artificial, que reconoció perfectamente el vado que había utilizado a su llegada. «Esta misma mañana crucé por aquí —pensó—. Parece que hubiera transcurrido un siglo.»

Se hallaba en medio del agua, cruzando con la máxima precaución, cuando sintió que el helicóptero se acercaba. Si lo atrapaban allí se podía dar por perdido, ya que sería blanco fácil. Había suficiente espacio para las maniobras de la máquina voladora. La corriente le pareció esta vez más fuerte y el vado más profundo, tal vez había llovido. La cosa se complicaba. O'Keen decidió jugársela, se deshizo de la ametralladora, que más lo entorpecía que lo ayudaba.

La lanzó al agua sin más trámite, junto con los cargadores que le restaban. Así liberado, en pocos trancos salió de la corriente para enterrarse de nuevo en la oscuridad protectora de la selva. Justo cuando hacía esto, el helicóptero entró en el río. Lanzó su haz de luz y recorrió el hilo de agua plateado por la luna, a lo largo y a lo ancho, en el máximo radio que podía abarcar. Pero O'Keen ya iba camino a su vehículo, que se encontraba a no más de doscientos metros de allí. Estaba aproximándose al lugar donde había escondido con tanta eficacia el todoterreno, cuando notó que el helicóptero se elevaba y se dirigía a explorar otro lugar, tras dar una última pasada por el área.

—Ahora es mi oportunidad —masculló—. Tendré que avanzar lo más que pueda en el vehículo por el sendero. —Corrió esta vez por la selva con mayor confianza, ya había dominado más o menos sus complicaciones principales. Los ruidos terroríficos que inhibían hasta al más osado se habían convertido en sus aliados. Avanzaba seguro cuando entre el ruido del helicóptero que aún rondaba y los sonidos de la selva oyó a los perros. Dos perros. Venían cerca, sintió sus ladridos a la altura del río. Eran perros bien entrenados, el agua no los amilanó. Sintió que los animales se lanzaban al agua, escuchó su acezar. Luego, en la orilla, recuperaron su rastro en segundos. Venían por él. Tenía problemas.

O'Keen tampoco se amilanó. Había pasado por situaciones peores. Lamentó haber tirado la ametralladora. Ese error podía perderlo. Pero tenía otros recursos. Bestia contra bestia, eso le gustaba. Con total calma apoyó su espalda en un gran árbol frente a un espacio amplio y despejado, que eligió para tener mejor capacidad de maniobra. Tomó sus dos pistolas, la grande y la pequeña, esta vez sin silenciador. No podía fallar. Era un riesgo que escucharan los disparos, pero no podía fallar. Si no acababa con los perros, ellos acabarían con él. Para iluminar el claro se colocó la linterna en la boca, bien atrapada entre los dientes, y con un arma en cada mano aguardó la embestida de los canes.

Pronto los tuvo a la vista. Eran dos doberman de respetable tamaño, adiestrados para matar. Se dirigieron velozmente hacia él con las fauces abiertas, sabían perfectamente que allí estaba su presa. Venían juntos, muy pegados el uno al otro, tal como les habían enseñado, aunque uno corría ligeramente adelante, a menos de un metro, calculó O'Keen.

Apenas tuvo el primero a tiro, le mandó un disparo con cada arma, directamente a la cabeza. Ambos tiros dieron en el blanco. La bestia pegó una voltereta y cayó de espaldas, agonizante. El otro perro tropezó con su compañero, pero no cejó en el ataque. Sin titubear, y moviendo su cabeza para dirigir mejor la linterna, O'Keen lanzó dos tiros contra la cabeza del segundo perro, pero sólo uno hizo blanco. El animal herido prácticamente cayó encima de O'Keen, sus fauces se encontraron con la mochila del pistolero, que había colocado en su pecho a manera de escudo. A puntapiés sacó a un lado al animal moribundo, que aullaba penosa y furiosamente. Le descerrajó otros dos tiros a la altura de los ojos.

—Ahora, si estos cretinos son mínimamente eficaces, me cogerán sin remedio —masculló O'Keen, acezando por el esfuerzo, sin ánimo de celebrar esta nueva victoria. Para su fortuna, el helicóptero había estado maniobrando casi encima de donde él se hallaba, al parecer ajeno a lo que ocurría bajo los árboles, de modo que el ruido de los disparos había sido en parte amortiguado.

En cualquier caso, el vengador no se detuvo a reflexionar sobre el punto. No era el momento de perder tiempo. Siguió camino, sin siquiera limpiarse la sangre y las babas que le habían dejado los últimos estertores del aplicado doberman. Con ayuda de su linterna, empleada con la máxima discreción, encontró su vehículo tal como lo había dejado, sólo que la selva había empezado a caerle encima y diversas plantas trepadoras se enroscaban en ruedas y carrocería. No le extrañó, sabía la velocidad de la selva para expandirse.

Se fijó especialmente en una enorme y lisa rama torcida que parecía venir desde un árbol cercano, que ocultaba parte del parabrisas y continuaba hasta el techo. Se acercó a la puerta para entrar en el todoterreno cuando la rama grande se movió. O'Keen se quedó paralizado con lo que observó. Era lo único que le faltaba, pensó: una boa. Vio su enorme cabezota a menos de un metro de su cara, llegó a sentir el aliento fétido que provenía de esas fauces dignas de una pesadilla medieval.

O'Keen se echó atrás rápidamente, aunque notó que la boa no parecía muy dispuesta a atacar ni nada parecido. El problema es que se había apropiado del todoterreno, su largo cuerpo enroscado a un árbol lo acechaba como si fuera una presa, todavía no lista para ser devorada, pero que ya le llegaría su turno.

—Disculpa la molestia —le dijo O'Keen al enorme ofidio—, pero este vehículo está ocupado. —Le metió entonces los dos tiros de rigor dentro de la bocaza abierta, esta vez con el silenciador colocado. La cabeza desapareció de su vista, despedazada.

O'Keen montó finalmente en el vehículo. Puso en marcha el motor, que respondió de inmediato, y dio marcha atrás violentamente. Tuvo que acelerar con fuerza para poder deshacerse de la boa, que muerta y todo mantenía el abrazo que sujetaba el todoterreno al árbol. Se desplazó en la oscuridad hasta alcanzar el sendero, arrastrando pedazos de la boa y de la vegetación selvática. El helicóptero se alejaba y su rotor se escuchaba cada vez más distante. El pistolero se lanzó entonces por el sendero en dirección a Villa Tunari, todo en plena oscuridad. No podía darse el lujo de encender las luces, serían de inmediato detectadas por el helicóptero, por lejos que estuviera, como sabía por la experiencia de la guerra.

Tenía además que aprovechar lo que quedaba de la noche, no podía tampoco esperar la llegada del amanecer, que vendría en un par de horas, de acuerdo a sus cálculos. Contaba a lo menos con una hora por delante, de mero desplazamiento por el sendero, antes de llegar a los caminos oficiales, su salvación.

En todo caso se había familiarizado antes lo suficiente con la ruta como para permitirse el riesgo de manejar sin luces. Cuando llegó a la laguna pantanosa puso al vehículo en la marcha más potente y la bordeó por la movediza playa de arena. El sendero era casi inexistente allí. Por tratarse de un lugar despejado, la luz de las estrellas fue nuevamente una ayuda para O'Keen y sólo en una ocasión temió quedar embancado. Terminaba ya esa parte de la ruta, quizá la más complicada, cuando volvió a escuchar el ronronear del helicóptero. Percibió también los sonidos de los motores de al menos dos vehículos que se unían a la cacería.

«Al fin se despabilaron», pensó O'Keen. Si se detenía para ocultarse y los dejaba pasar, bloquearían la ruta de salida. Decidió que no le quedaba otra solución que lanzarse a toda velocidad por el sendero en plena oscuridad. Corría el peligro de estrellarse, pero peor aún era que sus perseguidores le cayeran encima. Ahí estaría perdido sin remedio.

Para hacerlo breve, el pistolero lo logró. Sus perseguidores no fueron capaces de darle alcance, y el helicóptero se vio demasiado limitado para actuar en la selva impenetrable, que además en el área más próxima a la carretera tenía una topografía difícil, con barrancos y colinas. O'Keen lanzó un grito de júbilo cuando finalmente puso las ruedas con un chirrido en la carretera asfaltada. Enfiló inmediatamente hacia Villa Tunari para ir luego en dirección a Cochabamba. Sus perseguidores continuaban tras él. Sintió que el helicóptero abandonaba la persecución y dejaba todo en manos de las unidades terrestres.

La verdad era que venían bastante cerca, habían logrado reducir la distancia. Empezaba a amanecer. Vio en la ruta un todoterreno parecido al suyo y lo adelantó para confundir a sus perseguidores. De todos modos no disminuyó la velocidad ni se preocupó de averiguar cómo eran exactamente los vehículos que lo perseguían. El avance del amanecer lo favorecía ahora, la carretera empezaba a poblarse de vehículos y la posibilidad de una acción violenta contra él se hacía improbable.

Procedió, pues, directo en ruta a Cochabamba, respetando todas las señales y deteniéndose para soportar un par de inspecciones que pasó sin problemas. Estaba todo en regla y cruzó los controles entre sonrisas amigables. No había ninguna manifestación gremial a esa hora tan temprana. Había notado que la ocupación de carreteras era una forma habitual de protestar de los bolivianos.

Arribó a Cochabamba sin más detenciones, y se integró a la vida de todos los días de una ciudad que se despertaba. Se desplazó con total naturalidad por la ciudad, nadie se fijó mayormente en él. La encontró bella a Cochabamba, amigable, acogedora, relajada, tras los horrores de la selva. Rehizo así su impresión inicial. Todo tranquilo. Seguía con vida. Misión cumplida.

«Ahora, al aeropuerto. De allí, a La Paz, a buscar a la cruceña de ojos verdes. Me lo merezco», elucubró el profesional del crimen, contento consigo mismo.

XVII

Karakunka

El vengador llegó a La Paz nervioso, pero sin percances. Había tenido una suerte loca, la devolución del todoterreno no planteó ningún problema. Nadie más que el encargado de la oficina de alquiler de vehículos en Cochabamba podía asociarlo a él a ese vehículo. Los esbirros del difunto profesor de barbitas debían de estar todavía buscando por la selva, completamente perdidos en esas oscuridades babosientas, o revisando cualquier todoterreno de los caminos del Chapare. No entró en Villa Tunari, sino que pasó raudo por allí, y ya en plena ruta procedió a llenar el depósito de gasolina y pedir una limpieza del vehículo. Los tipos se rieron por la suciedad, pero era normal. El *mister* venía de la selva, ¿no?

Durante todo el vuelo durmió pesadamente. Le costó despertarse para el descenso. Cuando se hallaba a punto de caminar por el aeropuerto de El Alto se empezó a sentir enfermo. Pensó en el mal de altura, pero pronto lo desechó, porque sus síntomas no se parecían en nada a los de su arribo, tales como la somnolencia, la cefalea y la agitación de los casi 4.000 metros de La Paz. Se sentía febril, invadido por un extraño dolor de barriga que se le extendía al pecho y los brazos; le empezaron a preocupar esos síntomas. Ya fuera del aeropuerto, había caído la noche. Agarró cualquier taxi y le pidió que lo llevara a la ciudad. Era un fin de semana, y el ambiente se notaba muy tranquilo, la noche estaba exageradamente tibia, más bien caliente, distinto a lo que él recordaba de la capital de Bolivia. ¿O era él el caliente? ¿Qué le estaba pasando? No se lo explicaba, pero se sentía fatal.

Le preguntó al chofer por los *night clubs*. El hombre sabía todo lo necesario. O'Keen no se acordaba del nombre de aquel en el que había conocido a la cruceña, pero le explicó cómo era a su locuaz conductor y éste se lo describió con pelos y señales.

—Es el Karakunka, señor.

—Ese mismo. ¿Qué significa?

—Pues gallo de pelea, señor.

—¿Estará abierto? —le preguntó O'Keen.

—Seguro que sí, señor. Hoy es viernes de solteros, atienden desde temprano.

—¿Qué es eso de viernes de solteros?

—Pues costumbre de acá, señor. Los casados tienen el viernes permiso de sus esposas para irse de juerga con los amigos. El resto del fin de semana es de la familia, eso sí. Sagrado…

Al pistolero no le pareció muy ingenioso el arreglo, pero en fin. A él le servía. Su objetivo era volver a encontrarse con la bella cruceña, de la cual sólo recordaba vagamente el nombre, que era Encarnación o Concepción. Quería por cierto hacer el amor largamente con ella, que lo mimara, lo consolara, le exaltara la carne. Pero tal como se sentía, su estado físico no parecía compatible con aquello. ¿Qué maldita fiebre tropical se habría agarrado? ¿O qué puto bicho lo habría picado?

El taxi lo dejó en la puerta del cabaret. O'Keen estaba mínimamente limpio, ya que en el aeropuerto de Cochabamba se había lavado y cambiado de ropa antes de embarcarse. Pero necesitaba con desesperación una ducha caliente, un *shampoo*, un corte de uñas, una afeitada… Todavía percibía en la piel la sensación de esos animalejos pululando a sus anchas entre sus ropas. Recordó con odio la selva.

El Karakunka se encontraba vacío de clientes. Era demasiado pronto aún a esa hora del atardecer. Pero de todos modos se veían unas cuantas damas instaladas, esperando que llegaran los solteros del viernes. Una música suave creaba un ambiente de reposada sombra. O'Keen se acercó al guardarropa, donde una perfumada encargada le recibió la mochila y la chaqueta. Conservó, eso sí, su pistola pequeña, disimulada como siempre.

Entregó sus cosas sin mayores precauciones, se sentía en lugar seguro. Preguntó por Concepción. Encarnación, le corrigieron. Que aún no había llegado, que lo haría pronto, dentro de no más de una hora. Ordenó un *bourbon* con mucho hielo, necesitaba algo potente y refrescante. Se acordó de lo que decía su abuelo, que los malditos ingleses se curaban de cualquier mal con un whisky escocés. Él prefería el *bourbon*. Se instaló en un rincón tranquilo. Espantó a todas las mujeres que se le acercaron, diciendo con fastidio que venía por Encarnación, y que mientras quería disfrutar su trago en soledad.

El sillón era confortable, la música lenta y relajante, el cóctel fuerte y aromático. Lo atrapó una modorra incontrolable. Las sienes le ardían, le parecía que palpitaban. El licor le quemó el estómago, aunque fue un alivio momentáneo a ese extraño dolor que continuaba allí, con su carácter punzante y tenaz. Sin darse cuenta, se quedó profundamente dormido. Soñó con conejos, simplemente conejos, que se movían y se detenían para masticar algo en unos prados verdes que se perdían en el horizonte, apenas salpicados por unos pocos árboles gigantescos que se elevaban hacia el cielo azul, muy azul, donde dormitaban unas nubes blancas vaporosas. No ocurría nada en su sueño, sólo esa suerte de paisaje infinito de formas amables, sin sentimientos ni pasiones.

Lo despertó una voz acariciadora que le decía:

—Hola. Soy Encarnación. ¿Nos conocemos?

O'Keen la miró desde el fondo de sus ojos azules. Tuvo conciencia de su tez curtida, de su barba y su cabeza afeitadas, mal afeitadas. Se dio cuenta de que él no era el mismo que había estado con ella hacía ¿cuánto?, ¿dos semanas, tres semanas, un mes? Pero ella sí que era la misma, sentada junto a él en la penumbra del *night club*, del mismo *night club* donde la había conocido.

—Encarnación Trigo —le dijo O'Keen, recordando su nombre completo—, sí, nos conocemos. No sé cuánto tiempo hace, en todo caso. Yo andaba con un amigo, tal vez entonces tenía más pelo…

Ella se rió con cierta alegría, a O'Keen no le pareció la risa mercenaria de una típica *call-girl* o de una copetinera. Pero Encarnación no estaba segura de recordar a ese gringo, parecido a tantos gringos que se creen diferentes y son la misma calaña. De todos modos le siguió la corriente:

—Volviste a mí. Te dejé un buen recuerdo, ¿verdad?

La muchacha le tomó la mano y sintió como ardía. No la retiró y puso su otra mano sobre la cara y la frente de O'Keen. Éste cerró los ojos, el gesto lo desarmó, se sintió transportado no supo adónde, a sus caballos, a su colección de armas, a sus novelas del Oeste, a todo lo que había amado y perdido.

—¿Qué te pasa, cariño? —le dijo la cruceña—. Estás ardiendo. Creo que tienes fiebre. ¿Estás seguro de que te sientes bien?

—No sé qué me pasa, Encarnación. Me llamo Arthur, por si no te acuerdas, pero me dicen OK. (Recordaba perfectamente haberle dicho la vez anterior, «me llamo Robert, pero me dicen Bob»)…

—OK, OK, ¿Por dónde andabas?

—Por Yungas, por el Chapare…

—Te has agarrado alguna fiebre, no puedes quedarte así. Nos vamos. Te voy a llevar a tu hotel…

—Recién llegué a la ciudad —respondió O'Keen con un escalofrío. La fiebre le estaba aumentando—. No tengo hotel todavía. Lo primero que hice fue venir a verte.

Encarnación Trigo sabía de muchos tipos que se habían enamorado de ella de manera fulminante. Ella no sentía nada por ese gringo. Ahora recordaba vagamente esa mirada. Efectivamente había aceptado hacer el amor con él, por una interesante paga en dólares. Los necesitaba. Tenía planes de instalarse en el ámbito de los viajes y el turismo, no tenía talentos artísticos, ni fortuna que heredar, no le quedaba otra cosa que arrendar selectivamente su cuerpo para formar un capital.

No tenía claro por qué lo estaba ayudando, pero lo estaba haciendo. No le habían sobrevenido ni un golpe de piedad ni un repentino sentido del deber. Ni siquiera un sentimiento maternal. Era más bien algo así como que Dios le ponía una prueba. Encarnación era devota del Señor Jesús del Gran Poder, y tenía planeado bailar en la procesión como bastonera de una cofradía.

Toda la ciudad se movía en torno a la fiesta del Gran Poder. Quedaba sólo una semana para que se llevara a cabo. Encarnación estaba bien preparada, se hallaba en un proceso de purificación. Continuaba trabajando en el cabaret, pero ya no se iba con los caballeros. En esas condiciones, le parecía casi una obligación ayudar al prójimo, aunque fuera ese gringo corrompido, ávido de carne tarifada.

—¿Ya te vas, Encarnación? —bromearon las demás con ella cuando la vieron salir con O'Keen—. ¿Qué decimos si te buscan? —añadió una de las copetineras, con un tono a todas luces envidioso.

—Que no sé si volveré. Que no me esperen. Ustedes se hacen cargo, chicas —respondió Encarnación con voz cantarina y sin replicar a la ironía de sus colegas.

Dirigiéndose al pistolero, agregó:

—Te voy a llevar a un buen hotelito cerca de aquí, se llama Hostal del Rosario, en la calle Illampu. Vas a descansar. Yo me ocuparé de ti…

—No es nada, creo —replicó O'Keen sin demasiada convicción.

Encarnación se comportó como una verdadera enfermera. Ayudó a O'Keen a darse un baño en la habitación del hotel, la más tranquila que pudo conseguir. Se lo preparó con agua no demasiado caliente, para que no le siguiera aumentando la fiebre; luego hizo que se metiera en la cama. Le dio un par de aspirinas con una limonada fría. Sin embargo, O'Keen pidió cobijas porque dijo que sentía mucho frío. De pronto empalideció, hasta sus labios se pusieron lívidos, y comenzó a temblar como un poseso mientras le castañeteaban los dientes.

En ese momento la cruceña se percató de que el asunto era serio, que el gringo se hallaba gravemente enfermo. Lo sintió quejarse de dolores en el pecho tras haber bebido su limonada. Vio que también sufría náuseas. No era ella la llamada a diagnosticar, y se preparó para tomar acciones más eficaces.

—Querido OK —le dijo—. No estás nada *okey*. Iré por un médico.

El pistolero no reaccionó y apenas escuchó lo que Encarnación le dijo, aunque no protestó la decisión. Su mente no estaba en condiciones de procesar mensajes ni de oponerse a nada. En todo caso, O'Keen consideró que se hallaba razonablemente bien cubierto y no tenía por qué haber problemas. No se iba a poner necio por algo que era evidente, necesitaba ayuda profesional.

Encarnación se demoró menos de una hora en conseguir un médico. En realidad, una mujer de esa profesión, a la que llegó por amistades de Santa Cruz. Se trataba de una dama de origen alemán especialista en enfermedades tropicales, que estuvo dispuesta a trasladarse al hotel para examinar al pistolero. No demoró demasiado en producir un diagnóstico preliminar: fiebre tifoidea. Causa: la alimentación o el agua, ya que la enfermedad se contagiaba por las vías digestivas. El problema era que el paciente parecía estar sufriendo de problemas cardíacos, provocados por el mismo virus, de allí los dolores en el pecho. Se comprometió a mandar a alguien para que le tomara muestras de sangre, a fin de comprobar el diagnóstico, y le recetó de inmediato una fuerte dosis de antibióticos. También le ordenó continuar con las aspirinas y beber mucho líquido.

Con una abnegación que emocionó al pistolero, la cruceña salió junto a la doctora para comprar los remedios. Se los dio en cuanto volvió, lo dejó provisto de botellas de agua y limonada, y partió comprometiéndose a retornar al día siguiente para ver cómo evolucionaba. Sintió ella que un proceso extraño crecía en su interior. Ya no le era indiferente ese hombre, más allá de sus devociones. «Por ahora y por mucho tiempo estaremos unidos», se le ocurrió pensar.

Tres días completos estuvo O'Keen con 40 grados de fiebre, llegó incluso cerca de los 41, lo que obligó a Encarnación a forrarlo en esa ocasión con unas sábanas mojadas, o podía llegar a sufrir un daño cerebral, según le dijo la doctora. Le había conseguido un termómetro a O'Keen, para irle midiendo la temperatura y anotando las variaciones, unas tres o cuatro veces al día, lo que ella hizo con toda disciplina en un cuaderno escolar. Durante ese período el paciente deliró descontroladamente. Encarnación, junto a la cama, escuchó esos delirios, y sin quererlo y de manera fragmentaria, se enteró de las actividades del pistolero desde que se habían encontrado por primera vez en el cabaret.

Lo que escuchó no le gustó nada, estaba ayudando a un asesino despiadado, pero luego fue entendiendo que él se había transformado en algo así como un vengador. Había ajusticiado a un par de alimañas peligrosas, liberado a la humanidad y al país de dos seres nefastos. En varios momentos creyó ella que el norteamericano se moría en sus brazos, pero una nueva visita de la doctora la tranquilizó, todo lo que le ocurría a su hombre era normal dentro de esa enfermedad tan grave.

La cruceña iba cada vez que podía escaparse de los ensayos para la fiesta del Gran Poder, de modo que O'Keen se fue acostumbrando a verla siempre de buzo y zapatillas, nada que ver con la vampiresa rubia del *night club* Karakunka. Al cuarto día, cuando la fiebre empezó a retirarse tras el fuerte tratamiento de antibióticos, y con ella los dolores de cabeza y pecho que lo habían agobiado, O'Keen la empezó a interrogar acerca de sus actividades. Ella le contó entonces que había dejado momentáneamente su trabajo en el cabaret para dedicarse a tiempo completo a su rol de bastonera en el Gran Poder.

—¿Qué es eso? —le preguntó O'Keen.

—Una gran fiesta religiosa.

—¿Por qué participas en eso?

—Por devoción, porque creo en el poder de Jesús. Porque pienso que me ayudará en mis planes, en fin. Eso se llama fe, ¿puedes entenderlo, no?

—Puedo, pero no me convence.

—He rezado por ti, y te has recuperado. Eso demuestra la fuerza de la oración…

O'Keen no le discutió, todo lo que viniera de ella le parecía sublime. Su belleza lo deslumbraba, a pesar de su buzo desteñido y su pelo desgreñado. En una ocasión, ella le dijo:

—He traído algo para mostrarte.

—¿Qué cosa? Me basta con verte a ti —el pistolero había aprendido a decir piropos.

—Pues me voy a poner la ropa que usaré en la procesión. Me darás tu opinión. —Tras esto Encarnación se metió en el baño y salió vestida con su traje oficial para el Gran Poder.

O'Keen casi quedó sin habla. Era un sencillo traje negro, muy corto, con una falda en volandas, como un repollito. Todo el borde estaba adornado con una cinta celeste. Celeste era también un coqueto sombrero de alas anchas que Encarnación se había colocado bien atrás en la cabeza, casi en la nuca. Resaltaba así su hermosa melena rubia y sus ojos verdes. El sombrero tenía una larga cinta de color blanco y rojo que le caía por ambos hombros desnudos, ya que el traje tenía en el busto un par de tirantes que se anudaban tras el cuello, con un gran escote para destacar precisamente el busto. Un adorno de tela en forma de grandes flores rojas, blancas y celestes, realzaba la apretada cintura. No llevaba botas, sus magníficas piernas desnudas. Calzaba en cambio unos zapatitos de taco no muy alto, también de color celeste, en el mismo tono de su sombrero.

—Bello, más que bello —le dijo O'Keen—. ¿Y esto es para una fiesta religiosa?

—Por supuesto, Dios no es contrario a exaltar la belleza. ¿Crees que me veo bonita?

—Divina —le respondió O'Keen, con lo cual estallaron en risas. Él abrió los brazos y ella se le acercó para besarlo. Le preguntó—: ¿Cuándo es la procesión?

—Este domingo. ¿Crees que estarás bien para verme? Te conseguiré un buen lugar cerca del hotel. Un sillón confortable. E irás bien abrigado.

—Por cierto que sí estaré allí —respondió O'Keen.

Para Encarnación había sin embargo algo más que el lazo de ternura que se había creado entre ambos. De su profesión de dama de compañía le quedaba una mentalidad práctica y materialista. Sacaba cuentas en relación con el socorro que estaba prestando al pistolero. Sabía ahora perfectamente quién era O'Keen, que había cambiado de nombre, lo que había hecho. Esto para ella daba pábulo al menos a dos estrategias: la extorsión o la seducción. La segunda era la que le gustaba más. Para una chica como Encarnación, bonita y distinguida, no se veía nada mal asociarse, y hasta casarse, con un gringo buen mozo y solvente.

Se daba cuenta de que O'Keen tenía dinero consigo, al cual no había logrado acceso porque el hombre incluso en sus peores momentos febriles no se había separado de su mochila y sus pertenencias, con excepción de la ropa. Había allí algo muy importante, pensó ella, como para que un hombre agobiado por los horrores de la tifoidea no abandonara la vigilancia de sus modestos bártulos. Seguramente tendría además dinero en el banco, elucubró.

La otra estrategia, la extorsión, le quedaba como alternativa. Pero tenía el problema de que era peligrosa, arriesgada, incierta. Porque para hacer tal cosa con un asesino profesional había que tener muchas agallas y recursos. Encarnación se consideraba a sí misma una mujer batalladora, aunque odiaba la violencia. Con toda su alma. «En fin —pensó—. El Señor Jesús del Gran Poder me iluminará.»

XVIII

Jacha Munañani

La entrada del Gran Poder a La Paz es la sublimación de la fuerza de los pueblos marginales, de las comunas pobres, del compadrazgo indígena, en oposición al poder formal de la urbe. Es una bajada agresiva, colectiva, una demostración de la fuerza incontenible del mito, que impregna todo el paisaje citadino con su hipnótica rudeza cultural. Pero no son solamente los barrios y las comunidades, sino también los gremios y asociaciones los que se expresan allí, orgullosos de ofrecer al Cristo del Gran Poder sus capacidades e ingenios como sastres, bordadores, carniceros, fabricantes de velas, joyeros, artesanos, comerciantes, floristas, deportistas, rebeldes, intocables, músicos, cerveceros, jóvenes, publicistas, negros, vendedores de periódicos, criadores de animales, ociosos, pintores de casas, camareros, profesores, funcionarios, travestís, indios, y así suma y sigue, una variedad inclasificable de profesiones y oficios, cuyo listado infinito da noticia de la devoción con que el pueblo paceño asume la fiesta.

—Es otro orden social, el aymara, que se apodera de La Paz, Calú —le comentó Garrido Gómez a Elvira, que había subido a El Alto para asistir a sus hombrecitos antes de la insigne jornada. Añadió con tristeza—: Toño Machicao habría dicho que los curas transformaron la mayor celebración pagana del Kollasuyo en una procesión cristiana. La verdad es que yo creo que la reforzó, le dio sentido, le añadió la fuerza incontenible de Cristo, hijo de Dios…

—Aquí tienes una botella de agua, para que la lleves bajo el disfraz. No te puedes deshidratar —fue la respuesta de Elvira, un poco fastidiada con el discurso un tanto beato de su amigo. Pero contenta de verlo entusiasta. Sería la culminación de su recuperación física, aunque de la mente lo veía aún confundido… Elvira no era precisamente muy entusiasta del Gran Poder, fiesta de masas relativamente nueva, manipulada desde el principio por el turismo, la política y los negocios, con grandes fracasos en una época a causa de disputas entre los gremios, en fin… Pero no le importaba. La fe con que el detective e impresor se metía en lo sustancial y profundo del evento, sin importarle las pequeñeces, la conmovía.

Había llegado finalmente el día de la magna fiesta, el Jacha Munañani en aymara, que ese año había caído en un hermoso día del mes de mayo, un tanto frío esa mañana, pero con perspectivas de una jornada calurosa. Desde mucho antes de la salida del sol los grupos de baile y sus acompañantes se habían congregado en la meseta que mira la gran hoya de La Paz desde El Alto. Era una variada multitud de gente con sus trajes e instrumentos, banderas y estandartes, accesorios y bastones. Algunos hablaban de diez, veinte y hasta treinta mil personas que participarían ese día en la gran procesión.

La excitación era por cierto máxima y el desorden también. Todas las bandas ensayaban al mismo tiempo, era un caos de sonoridades que, sin embargo, no ofendía al oído. Seguía llegando gente al lugar de cita. El orden de entrada de las cofradías se había fijado de antemano, de modo que las que figuraban en los lugares finales podían aún tomar cierto tiempo para arribar. Los organizadores habían optado por diseñar vagamente una gran espiral para ir ordenando a los grupos de baile, pero igual todo parecía una gran masa abigarrada.

La cofradía de los Wainas, incluidos el detective Garrido y el niño Gaspar, ya estaba preparada. Les iba a corresponder arrancar con el primer grupo de diez cofradías que iniciarían el desfile.

Ellos serían los séptimos. Garrido Gómez se fijó que la octava banda, que venía tras ellos, estaba formada por un grupo de jóvenes que se hacía llamar «Los Intocables del Poder Altiplánico». No eran universitarios, sino más bien obreros o algo así.

Pero lo que le llamó la atención fue la bastonera, una muchacha altísima, espectacular, de largas piernas y cabellera dorada crespa, obviamente teñida, pero atractiva. Iba calzada con unas largas botas rojas de terciopelo, y un traje de breve falda en los mismos tonos. Llevaba en sus manos dos guaripolas, con las cuales en ese momento ensayaba unas difíciles piruetas. Tenía una voz ronca y pastosa, muy agradable. Garrido pensó que le gustaría hablar con ella. Vagamente recordó un sueño donde un aparapita le recomendaba que contactara con una dama como ella en la fiesta del Gran Poder.

Moisés Chuquiago, bien posesionado de su papel de caporal o director de la cofradía, supervisaba los últimos detalles. Llevaba un traje entero de seda, formado por un pantalón abombado de color azul con unos dragones bordados y un borde rojo, sostenidos por unos anchos tirantes del mismo color, sobre una camisa blanca, también de seda. Completaba su atuendo con un pañuelo al cuello de tonos azules y amarillos, y un gran sombrero tricornio de conquistador o de pirata en color negro con bordados de diferentes tonalidades, más una pluma roja enorme. Sus botas eran blancas con sus respectivas sonajas. Un pito en la boca denotaba su liderazgo.

Las mujeres que no formaban parte del elenco repartían entretanto bolos de coca en una bandeja, para los que quisieran acullicar y así reforzar sus capacidades físicas y neutralizar el futuro cansancio y el calor. Garrido tomó un rollito de la hierba, preparada para soltar los alcaloides con un trocito de sosa cáustica, y se lo introdujo en la boca, instalándolo como era de rigor entre la encía y la mejilla, a la altura de los premolares. Sintió el jugo amargo correr por su garganta y se sintió contento de estar allí.

Había conferenciado antes con Elvira, quien le contó que ya había informado al muchacho de la desgracia de sus parientes.

Gaspar había llorado, pero quería participar de todas formas en la parada. Vio al niño muy serio con su traje de hombre grande y su armónica preparada, le dio una fuerte pena verlo tan desamparado. Le hizo una seña amistosa antes de meterse la máscara, y el niño respondió con una sonrisa triste aunque amistosa. Vio también a María ensayando sus últimos pasos, le dio un grito y la saludó con el brazo. Ella le mandó besos con ambas manos mientras la guaripola hacía círculos en el aire. Todos aplaudieron su destreza.

Se hallaba todo preparado para la partida, se esperaba tan sólo la salida del sol. Con los primeros rayos de luz, todos los caporales hicieron sonar sus silbatos y las primeras diez cofradías empezaron a avanzar desde la puerta de salida. La banda de la primera empezó a tocar la morenada de inicio. Un tremendo rugido surgió de esa enorme masa de miles de oficiantes y acompañantes. El Kollasuyo volvía a invadir el valle, a desafiar al Tawantinsuyo y al conquistador.

La fila de avanzada se separó entonces del resto, inició su desplazamiento y empezaron los bailes, que no cesarían durante las siguientes doce horas. Había un punto de partida donde las bandas siguientes debían comenzar a tocar y sólo allí y no antes, para no perturbar el trabajo de la anterior, de modo que en ese momento predominaba un silencio casi religioso mientras la primera banda interpretaba sola el tema musical de inicio.

La visión desde el aire era espectacular, una masa colorida de gente que se iba desprendiendo, en ordenada columna de fantásticos seres danzantes, el resto congregado en la meseta, mientras se dirigía hacia la carretera que permitiría invadir pacíficamente La Paz desde El Alto. Un trío de policías en moto, adornadas éstas también con motivos del Gran Poder, hacía de escolta a la procesión. A ambos lados del camino asignado a las cofradías se agolpaba la gente, que aplaudía, gritaba, reía, lloraba o rezaba. Desde su inconfortable disfraz, Garrido se sentía fortalecido, reconfortado de ser uno de los protagonistas anónimos causantes de tanto despliegue de fervor popular.

Tras unas tres horas de marcha, con un calor que se iba haciendo más y más aplastante, la columna empezó a acercarse al centro de la ciudad de La Paz, que los esperaba llena de entusiasmo y curiosidad. Se habían colocado graderías para permitir que la gente, en particular los turistas, se instalaran adecuadamente. Otros habían llevado sillones y sillas, para arrendar o utilizar, y en los balcones y ventanas de las casas por donde iba a pasar la procesión se agolpaban los mirones.

Garrido estaba atento para ver si el niño iba bien, pero no lograba verlo sino a ratos y por pocos segundos, ya que él estaba detrás de la banda, en el primer grupo de bailarines de la cofradía, y Gaspar iba delante. Tampoco veía a María, pero sí notaba su guaripola que de repente volaba por los aires. El niño en todo caso parecía de lo más imbuido en su rol de miembro de la banda. Mucha gente lo miraba con simpatía y lo aplaudía. Cabe señalar que Garrido no escuchaba a la banda en su totalidad, ya que como estaba en la segunda fila de las tres del baile de viejos, los instrumentos más cercanos a él eran las tubas, que imponían sus roncos sonidos por sobre el resto. La columna avanzaba, lentamente, pero avanzaba.

O'Keen se encontraba más o menos a la altura de la plaza San Francisco, instalado en un confortable sillón, las piernas forradas en una frazada. Con él, su inseparable mochila. Encarnación lo había arreglado todo la noche anterior para que un botones del hotel lo acompañara y lo dejara instalado en la calle hacia mediodía, por donde iba a entrar la procesión. Ella tenía que estar temprano arriba para integrarse a su cofradía, que era una organización de bordadoras cruceñas donde trabajaban tres tías suyas. Se preveía que el Gran Poder alcanzaría la altura de San Francisco antes de las doce del mediodía.

Ya hacia las once O'Keen se hallaba en escena, con un gran vaso de limonada en la mano. Se sentía terriblemente débil, la breve caminata lo había dejado agotado. Había completado una semana de tratamiento y ya la fiebre había retrocedido definitivamente, pero los medicamentos lo habían dejado casi destruido, según lo sentía él. No estaba autorizado aún para ingerir bebidas alcohólicas, orden que cumplía con absoluta disciplina. Se dio cuenta, a propósito de lo anterior, de que la Cervecería Nacional patrocinaba el evento, que se suponía religioso, y había profusa distribución gratuita de cerveza a esa hora de la mañana. Observó a muchos borrachos rondando por los alrededores, tambaleantes, tanto hombres como mujeres. Se le ocurrió que se imponía un ambiente de juerga bastante vulgar, pero en fin. «La religión da para todo», filosofó.

Era cerca de mediodía cuando escuchó un lejano sonido de música que se aproximaba por el fondo de la calle, cerrada a todo tránsito para dar paso a la procesión. Unas recalentadas motos policiales y la gran agitación creada en torno a ellas le demostraron que el desfile se acercaba. Vio también una impresionante cortina de banderas y estandartes que se movían al compás de la música. También sonaron petardos. La posición que le habían conseguido era ideal para contemplar el desfile, su sillón ligeramente elevado sobre una tarima.

Lo primero que vio, o más bien contempló con obvia admiración, fue una bailarina en mallas, sombrero con plumas y botas que enarbolaba un báculo multicolor en el mejor estilo de las *majorettes*, o mejor aún, de las *vedettes* de Broadway. Le gustó, naturalmente. Ya más de cerca, se dio cuenta de que era una morena espectacular, altísima, de una sonrisa deslumbrante. Sus dientes perfectos brillaban entre sus labios pintados de un sensual rojo intenso.

Los espectadores rugieron, aullaron, bramaron ante tal aparición. O'Keen la vio cruzar frente a él y le lanzó una ristra de débiles aunque entusiastas silbidos de admiración que la muchacha respondió con miradas seductoras, mientras hacía girar su guaripola de memoria.

—¡Qué monumento! —chilló O'Keen, ante las risas de sus vecinos.

—Bien dicho, gringo loco —le respondió un chusco.

Detrás de ella venía la banda. O'Keen quiso taparse los oídos, eran unas sonoridades disonantes completamente demenciales para él, formado en la música vaquera, el jazz y nada más que eso. De lejos esos ruidos de trompetas desafinadas eran aguantables, pero ya de cerca podían volver loco a cualquiera.

—*Stop that shit!* —aulló, con lo que todo el mundo rió y lo aplaudió.

—Te gusta, gringo loco —le gritó el mismo chusco.

—Con tu hermana —respondió el gringo, sacando más aplausos.

«Una orquesta de micos sonaría mejor», masculló O'Keen, esta vez en voz baja: tampoco pretendía que lo linchara una turba patriotera. Les hizo un gesto de desprecio a los músicos mientras desfilaban frente a él. Lo estaba pasando bien, qué duda cabía. Pero lo que siguió lo indignó: una sarta de payasos vestidos con los disfraces más estúpidos del planeta. Se movían sin ninguna gracia en una suerte de baile de osos, al ritmo de las cacofonías que producía la murga que los precedía.

«Qué manga de degenerados —pensó O'Keen—. ¿Y esto es religión?» La hilaridad le vino en forma de ataque cuando vio a un grupo de cholitas con máscaras de brujas que se tambaleaban lentamente como si estuvieran ebrias. La verdad es que sí lo estaban. No lo pudo creer cuando fue testigo de cómo se pasaban unas a otras latas de cerveza abiertas, y se daban unos buenos tragos sin perder el ritmo.

Después vino otra banda, y otra, y otra. Y todas dale, y dale, y dale. Y las matracas, raspa, y raspa, y raspa. O'Keen se aburría a ratos, pero se reanimaba con las bastoneras. Un grupo apareció precedido por un par de mellizas preciosas. Encarnación le había dicho que ella asomaría más o menos unas dos horas después que entrara la primera cofradía, que calculara y se armara de paciencia. La verdad es que al poco rato ya estaba bastante adormilado.

Había de tanto en tanto cosas divertidas, una banda con trajes a lo Humphrey Bogart, o unos viejos flacos disfrazados de diablos que les hacían gestos obscenos a los espectadores. Salieron también unos payasos armados de cámaras de vídeo y fotográficas, con las cuales apuntaban al público y a sus compañeros. ¡Otro lote apareció con unos sombreros donde sobresalían unas máquinas de escribir auténticas! O'Keen aulló de risa con unos travestís disfrazados de cholitas que portaban unos muñecos grotescos a la espalda.

Cruzó un grupo de niños disfrazados de enanos, o una *troupe* de enanos disfrazados de niños, O'Keen no supo distinguir la diferencia, pero los encontró como salidos directamente de la imaginación depravada del viejo Walt Disney.

—*Cheers, sonofabitches!* —les gritó a unos músicos que se detuvieron frente a él y tocaban y hacían pasos de baile, moviendo sus instrumentos de viento al compás del ritmo de las cajas.

O'Keen se fijó en que muchas de estas bellezas que bailaban en seductoras mallas tenían sus claques o sus pretendientes entre el público, ya que las llamaban por sus nombres y les gritaban elogios y piropos, cuando no hacían citas para cuando el asunto hubiera terminado. Lo encontró divertido.

Se hallaba ya bien cansado con el desfile, y pensó que lo mejor era ponerse a dormir y que Encarnación lo despertara cuando, por fin, llegara hasta allí. Sólo había pasado media hora de procesión y O'Keen había soportado a no más de cinco o seis grupos diferentes; se preveía el resto como una gran repetición. Entonces fue cuando lo vio. Era una banda de músicos vestidos de terno gris y sombreros con una cinta de colores, que tocaba unas piezas más o menos iguales a las que había escuchado de las demás. Entre ellos vio a un niño que tocaba la armónica. Se le agolparon los recuerdos.

No le extrañó al principio y le divirtió el terno de caballero mayor que llevaba. La chaqueta, el pantalón largo, la corbata y el sombrero lo hacían lucir diferente, pero cuando estuvo más cerca no lo pudo creer, pensó que lo engañaban los ojos o estaba soñando; a medida que los músicos se acercaban, estuvo seguro. Era el niño de la armónica, el Gaspar aquel. Iba con el mismo uniforme de los demás, una vestimenta tan distinta a la que él le había visto en Chulumani. Parecía un duende. La armónica que tocaba era la misma, la *Butterfly*.

O'Keen se quedó quieto y empezó a sudar frío a medida que se le hacía más evidente quién tenía al frente. El niño también lo vio, sentado en su sillón y arrebujado bajo una manta. Reconoció de inmediato al pistolero. Su cara no reflejó nada. Por mucho que el gringo asesino se hubiera volado todos los pelos de la cara y se ocultara tras unas gafas negras, era imposible para él olvidar sus rasgos. Lo miró todo el tiempo en que estuvieron en contacto visual, pero Gaspar nunca dejó de tocar, de marcar el ritmo, de bailar cuando correspondía. Hubo inclusive una parada justo frente al sillón de O'Keen. El niño permaneció impertérrito mirando al pistolero, una mirada sin miedo. Tampoco desafiante, pero intensa, fría, analítica.

La cofradía donde tocaba Gaspar siguió su trayectoria, en dirección a la plaza del Estudiante, donde terminaba la procesión. O'Keen se quedó por unos momentos sin saber qué hacer, atrapado por una inmovilidad interna profunda, hasta que finalmente se paró de un golpe. Toda la debilidad se le fue, o no le importó, tenía que hablar con el niño, tenía que explicarle todo… Esa mirada suya era acusadora, era una mirada que decía: «Tú mataste a mi madre y a mi abuelo.»

O'Keen necesitaba decirle que él no sólo no lo había hecho, sino que además lo había vengado, quería felicitarlo por haber escapado de sus manos de modo tan ingenioso; que nunca había pensado hacerles daño. En fin, tenía una compulsión que no se explicaba, tremebunda, trastornada, por hacerle conocer la verdad, su verdad. No deseaba demostrar que él no era malo, no se trataba en absoluto de eso, sino sólo de poner las cosas en su lugar. Él ya no era quien era, no respondía por el que había sido. Había estado a punto de morir varias veces, recién ahora por una estúpida enfermedad, en fin, le urgía que el niño lo entendiera.

El pistolero de Texas o Nuevo México ni siquiera clamaba por perdón, sino apenas por justicia. Siguió, pues, a la banda donde tocaba Gaspar, caminando por la acera atestada de gente. Iba al mismo paso lento de la procesión, y se detenía donde ésta se detenía. Fue una trayectoria agotadora, más de una hora hasta recorrer las pocas cuadras que separaban San Francisco del fin del paseo del Prado. Finalmente llegaron y allí era el gran desorden, ya que todas las cofradías se dispersaban. Alguna gente iba a otros oficios religiosos, todavía con sus disfraces, otra se desvestía en plena calle, otra partía a sus hogares, mucha se quedaba en los alrededores para apagar la sed y comer, por todos lados había gente organizando sus *picnics*.

O'Keen se acercó al niño, que cansado se había sentado en la acera. Había acordado en juntarse con don Juan Garrido y Elvira allí mismo. O'Keen lo abordó:

—Gaspar —le dijo—, ¿Me reconoces?

—Sí —respondió el niño.

—Tenemos que hablar.

—Sí —volvió a ser la lacónica respuesta.

—¿Vamos a tomar una Coca-Cola?

—No me gusta.

—¿Qué te gusta?

—Chicha de mora.

—Pues, que sea eso. Vamos…

—¿Me vas a matar?

—No. Te lo juro. Tampoco maté a tu madre ni a tu abuelo. Vamos. Tenemos que hablar…

Y partieron en busca de un café, en el mismo paseo del Prado. Gaspar se olvidó del acuerdo con sus amigos, la figura del asesino lo fascinaba tanto que habría hecho lo que el otro quería. Pero ante todo ansiaba saber la verdad sobre sus seres queridos. Miró al gringo, lucía bien distinto, flaco, pálido, con ojeras en los ojos y un tic que le hacía mover descontroladamente una ceja. Parecía otro, aunque era el mismo.

Entretanto, el detective Garrido también se había dejado caer sobre un improvisado asiento al llegar a la meta. Se sentía exhausto, al borde del colapso. Había sido un terrible esfuerzo bailar todo el desfile. Alguien le pasó una cerveza que bebió ávidamente, casi sin respiro. Antes escupió el bolo de coca, que le había ayudado a soportar el cansancio, sin discusión. Había sido un desafío más tremendo de lo que había imaginado. Rápidamente se acordó de su propósito de establecer contacto con la bastonera del grupo que venía tras ellos. Se quitó la máscara y se acercó al área del cierre de la procesión.

La contempló venir, enarbolando con gracia incomparable sus dos bastones, bella como una diosa, pura como una virgen, vigorosa como una santa.

XIX

Keusa

Garrido Gómez estaba confundido, un poco borracho también.
La cerveza que había ingerido, tibia para peor, le había dado un
golpe tan fuerte como una patada de mula. Convencido de que el
aparapita había sido una especie de profeta, un ángel guardián que
le anunciaba un encuentro fundamental, insistía en que ella era la
mujer que esperaba, la bastonera más linda del Gran Poder.

No le fue difícil abordarla y convencerla de que se acercaran
a algún lugar fresco para descansar y apagar la sed. La hermosa
mujer estaba simplemente agotada, como todo el mundo que había
bailado en la fiesta, por muy buen estado físico que exhibiera.

Los dos se dirigieron a una cantina en calle Landaeta, muy
próxima a la plaza del Estudiante. El lugar estaba lleno de gente
disfrazada y disfrazada a medias. Había un ambiente cargado de
entusiasmo. Eran los primeros grupos que habían llegado a destino y, tras el descanso, la mayoría quería salir a continuar la fiesta,
que se prolongaba en diversos lugares e iglesias de los diferentes
barrios de La Paz. Una cofradía entera había entrado a ocupar casi
todo el espacio de la cantina, unos pocos debieron quedarse afuera. Cuando Garrido y la bastonera alta entraron, el caporal estaba
llamando a pitazos al grupo porque tenían el compromiso de ir a
bailar a un colegio religioso cercano.

Los vieron evacuando ordenadamente el local, en una algarabía de comentarios y risas. Se sentaron en una mesa vacía, pero pronto los demás lugares disponibles fueron ocupados. Hablaron primero de sus respectivas cofradías, luego Garrido le dijo:

—Sabía que nos encontraríamos. Tuve una revelación…

—¿Verdad? —le dijo la otra, con la nariz llena de espuma, había metido la cara entera en su jarra de cerveza—. Entonces mejor que me presente —y le alargó la mano—: Me llamo Remedios Quezada. Trabajo en una tienda de modas en Miraflores.

El detective se sintió confundido, ¿cómo presentarse?, pero al final le dijo, tras ingerir una buena mitad de su propia jarra:

—Mi nombre es Juan Garrido Gómez y estoy en el negocio de imprentas. Soy soltero, ¿y tú?

—También. Soltera pero no fanática —y le dio una leve aunque potente patada por debajo de la mesa.

—El fanatismo es malo —se le ocurrió decir a Garrido.

—¿Sabes? —le dijo ella de improviso, luego de un prolongado silencio—. No doy más del dolor de pies. Voy a sacarme estas botas que me están matando.

La conversación siguió así, de manera un tanto deslavada, sin que se produjera la comunión mística que Garrido ansiaba, anhelo que se había estimulado con el alcohol. Pidió otra cerveza, lo acosaba una sed incontrolable, se sentía cada vez más mareado. Creyó que una mayor cantidad de trago lo iba a poner más osado. Lo que él deseaba con todo su corazón era transmitirle a ella sus inquietudes espirituales, y ver si la mística del Gran Poder podía llevarlos a algún tipo de entrelazamiento de almas.

En estas elucubraciones se hallaba Garrido mientras la mujer parloteaba, con su acariciante aunque algo gangosa voz ronca, acerca de su afición a los deportes, sobre todo el basquetbol. Pero que su alegría mayor era el baile. Allí se desataba. Su interlocutor notó que finalmente ella había dejado de lado su actitud hosca del principio. Ahora se confesaba ante ese moreno atractivo y alto, aunque no tanto como ella, de cara un tanto triste y melancólica, y rostro perfectamente rasurado, perlado en ese momento de gotas de sudor.

La mujer también se hallaba un tanto borracha, se le habían hinchado los labios y sus ojos se apreciaban un tanto vidriosos. La tal Remedios le puso a Garrido, como casualmente, una mano en la pierna. Dentro de su estado etílico, el detective no había puesto demasiada atención a la cháchara un tanto insulsa de su bella conquista, aunque se encontraba impresionado por el olor a pies que le venía de abajo de la mesa, y que había aparecido cuando Remedios se quitara las botas.

Lo encontró un tanto enternecedor, tras una tan larga caminata, los bailes y todo eso. Se sentía dispuesto a comprender todos los defectos del hermano asno, como san Francisco solía apelar al cuerpo humano. Era un olor potente, en todo caso. Dadas las dificultades de Garrido para mantener la conversación, en algún momento ella se dirigió a otros ocupantes de la mesa e intervino en una discusión sobre las vicisitudes del Gran Poder de este año. En afán de comparar, se estaban recordando los de años anteriores.

Allá afuera, en la calle, se percibía la algarabía de las cofradías que seguían desfilando. La gente entraba apurada a la cantina, mientras otra iba dejando espacio para los recién llegados. Unas cholitas ya mayores entraron, una lloraba al parecer del dolor de pies, otra la seguía cojeando, una tercera las consolaba.

Remedios dejó por un momento sus intercambios y se volvió a Garrido, echándole los brazos al cuello y su aliento a cerveza. Le ofreció sus labios. El detective sintió que una oleada de fetidez emergía desde el piso.

En ese preciso momento, Elvira Ardiles entró en la cantina, mirando para todos lados. Se veía agitada. Garrido apenas la reconoció, su vista nublada por la ingesta de alcohol. Al verlo se dirigió a él:

—Te he andado buscando desesperada —lo increpó, sin mirar a la bastonera que aún tenía los brazos alrededor del cuello de Garrido—. ¿Dónde está el niño? —le preguntó.

—No sé —respondió Garrido con un hilo de voz.

Lanzándole una mirada cargada de rencor y desprecio, de esas que sólo saben dar las mujeres de sociedad, y sin proferir otra palabra, Elvira salió como una tromba de la cantina. Estaba furiosa, qué duda cabía. Remedios se rió con el episodio y le preguntó a Garrido:

—¿Tu esposa?

—No —respondió el detective.

—¿Y de qué niño hablaba?

—De cualquier niño.

—Bueno, moreno. Tranquilo. Yo te cuidaré. ¿Tienes algún plan?

Garrido había estado entretanto mirando hacia el suelo, sumido en su vergüenza. Había puesto los ojos en la fuente de esos olores potentes, que no cejaban en su intensidad. Vio así los pies de su bastonera. Para su sorpresa eran enormes, unos pies de futbolista, de aparapita, de negro de Yungas, o algo por el estilo. Sorprendentemente enormes para una mujer, aunque fuera alta, como Remedios. Los dedos eran gordos, con unas uñas que asemejaban garras de tigre o tejas de rancho; y además pelos. Muchos pelos. Las piernas se veían depiladas, pero ya habían empezado a aflorar unos cañones negros nada más contundentes. Los pies también eran peludos.

Garrido miró a la mujer a la cara. Era bella, sin duda, pero creyó distinguir también una barba y unos bigotes que comenzaban a asomar ominosos por debajo del maquillaje, deshecho en parte por la transpiración. El busto pequeño que antes le había emocionado, ahora le parecía demasiado magro para una mujer. ¿Mujer?

Se acordó de una canción de su juventud que decía algo así como «luces como un ángel, caminas como un ángel, hablas como un ángel, pero eres un demonio del cielo». Volvió a contemplar esos pies inverosímiles. La luz se empezó a hacer en su cerebro estragado. Miró a su interlocutora. Se liberó de su abrazo. Comprendió que era un hombre. Un maldito travestí. Le vino una oleada de asco.

—¿Qué te pasa, mi moreno? —le dijo él/ella con mirada implorante—. ¿Ya no te gusto?

Garrido se puso en pie, y tambaleándose se dirigió a la caja a pagar su consumo, para salir de allí lo antes posible. La bastonera, vejada y tan borracha como él, lo empezó a tapar a insultos, le mentó a toda la familia y le achacó los más abominables e inaceptables vicios. El resto de los comensales irrumpió en carcajadas celebrando aquel pintoresco intercambio. Garrido salió de la cantina antes de que se armara un alboroto mayor, sin mirar para atrás, despedido por las pullas de la barra y los epítetos del travestí. Creyó sentir que le gritaban *keusa,* miedoso o cobarde en aymara, pero su mente se negó a procesar esa información.

El detective se largó a caminar a lo largo del paseo del Prado como un zombi, se hallaba enloquecido, no se explicaba cómo le podía haber ocurrido algo semejante, tamaña humillación, tenía que ser obra de Lucifer. Era insólito que él, quien había trabajado precisamente como detective, descifrando el lado oculto y perverso de las personas, de todas las condiciones sociales, se hubiera dejado engañar de manera tan burda.

No se acordó de Elvira, ni tampoco del niño Gaspar, tenía otra obsesión, que era la predicción que le había hecho el aparapita. Por desgracia, se había equivocado una vez, pero podía reparar ese error. La persona que buscaba tenía que estar en alguna parte. Su deber consistía tan sólo en continuar indagando, no podía perder esa oportunidad de acercamiento a lo sagrado que había logrado con tanto sufrimiento, tras años alejado de Dios.

En la calle lo aguardaba un espectáculo que le pareció infernal, al menos así lo leyó su psique, extraviada en la locura que lo dominaba cada vez con mayor fuerza. Primero vio a un trío de bailarines, eran unos jóvenes altos y delgados que entraban a la puerta que daba a la plaza del Estudiante. Pertenecían a una cofradía alternativa, nueva, no logró identificarlos. Para su horror, habían optado por la blasfemia, por hacer una suerte de parodia de la procesión. Iban los tres disfrazados como *punks*, con algunos toques entre cantantes rock y conquistadores españoles, mezclando peinados de mohicano con botas hasta los muslos, adornos metálicos, tatuajes y dragones bordados. Unos esperpentos le parecieron a

Garrido. Hacían además su baile de manera completamente libre, siempre abrazados. Como si estuvieran borrachos o drogados.

En sus pechos llevaban bordadas, al estilo Superman, las iniciales P, H y ES respectivamente, o sea, Padre, Hijo y Espíritu Santo. Pretendían con eso hacer mofa de la Santísima Trinidad. En lugar de sonajas llevaban unas botellas llenas de monedas y clavos, de las cuales hacían amago de beber de tanto en tanto, y las disparaban contra el público.

Garrido se alejó de esa visión atroz, no le quedaba ni el más mínimo rastro de sentido del humor a esas alturas para captar el toque pop, original, juvenil, contestatario de esos muchachos. Un poco más allá vio a un diablo, un pobre diablo valdría mejor decir, que se había levantado las mallas de sus piernas, más arriba de las rodillas, para darse un masaje en las varices, que se veían hinchadas por el duro trayecto a que las había sometido.

—Están todos chupados —le confió el demonio sufriente de las pantorrillas, él mismo en no menor estado de intemperancia. El suelo se notaba lleno de heces y vómitos nada más repugnantes. Vio también a tres cholitas tiradas en el suelo, las piernas abiertas, entre agotadas por el esfuerzo y borrachas por la cerveza. Vio a un grupo de políticos sonrientes, ávidos de votos haciendo la mímica de participar en la devoción popular, pero se les notaba más preocupados en resaltar sus pretendidas dotes cívicas.

Vio todo como una pesadilla, como un caos, como si toda la espiritualidad de la procesión se hubiera desvanecido para dar lugar a una suerte de descenso a los infiernos. Vio sólo botellas quebradas y latas aplastadas, papeles, miles de papeles, gente tirada por los suelos llenos de escupitajos, risas procaces, individuos que vomitaban, un grupo de aparapitas mirando el proceso como espantados (ellos, juntos, cuando se sabe que siempre viven y mueren solos, y nunca se congregan). Garrido vio el infierno ante sus ojos. Estaba bastante ebrio, por supuesto.

Tenía que encontrar a la bastonera de su sueño. La auténtica. Se fue nuevamente al Prado y vagabundeó hasta que ubicó un lugar desde donde vigilar el desarrollo de la procesión, que seguía con toda su fuerza, las bandas dale, y dale, y dale, las matracas raspa, y raspa, y raspa, los bailarines pisa, y pisa, y pisa.

Entonces la vio, esta vez no había error posible; lucía tal cual como se la habían descrito en la revelación: una mujer rubia y hermosa, alta pero no demasiado, sin botas ni adornos excesivos, metida en un trajecito en tonos negros y celestes, un sombrero con una cinta roja, mostrando sus bellas piernas; parecía una niña, bailando como si estuviera despreocupada de la cofradía que la seguía, de una banda que tocaba los típicos sones de siempre, pero en este caso con instrumentos tradicionales, nada de trompetas ni bombos. La beldad ni siquiera llevaba bastón, sólo hacía castañetear los dedos para dirigir diestramente a sus huestes.

La gente la aplaudía con fervor, era evidentemente la más bella bastonera que había circulado hasta el momento, todo el mundo se agolpaba porque quería verla, parecía salida de otro planeta, del cielo, del santoral, de un libro piadoso. Garrido Gómez creyó esta vez que sí era cierto: la había encontrado. No podía sino ser ella.

El detective la siguió con dificultades entre la multitud, hasta que su cofradía desembocó en la plaza del Estudiante. Una vez ahí, la mujer no se detuvo a descansar, como lo hacían todos, sino que partió caminando rápidamente de vuelta por el paseo del Prado, al parecer en dirección de la plaza de San Francisco. Mucha gente la saludaba al pasar. De pronto la muchedumbre impidió el paso. Había barreras colocadas por la autoridad para facilitar el desplazamiento de la procesión, e impedir así que su ruta fuera invadida por los espectadores, muchos miles más por supuesto que los propios músicos y bailarines.

El tumulto era tan grande que era imposible pasar más allá del final del Prado. El detective vio que la muchacha, desconocida para él (pero que no era otra que Encarnación Trigo, la cruceña), decidió desviarse por la avenida México. Su destino parecía ser, sin embargo, alcanzar las inmediaciones de San Francisco, ya que continuó por la Murillo. Como fuera, el seguimiento fue fácil, ya que había tanta gente en la calle que era imposible para ella percatarse de que alguien le pisaba los talones.

A todo esto Garrido llevaba aún su traje de viejo, y la máscara en un brazo como si fuera un gran paquete. Debe de haberse visto muy cómico en situaciones normales, pero en ese momento las calles se veían plagadas de personajes con los trajes más raros. La Paz estaba tomada por el Gran Poder aymara. Tras un largo y dificultoso recorrido, siempre de subida, ella caminando con paso rápido y corriendo a ratos, y él avanzando para mantenerse cerca, llegaron a la calle Sagárnaga.

En ese momento Encarnación no hizo lo que Garrido habría esperado, ya que no bajó por la Sagárnaga, la calle de los brujos, en dirección a la iglesia de San Francisco, sino que subió por la misma, para luego torcer por calle Illampu y entrar en lo que parecía su meta: el Hostal del Rosario. El detective permaneció fuera y se sentó en la cuneta, gesto absolutamente permitido ese día; y gesto desapercibido, además, porque casi todo el barrio estaba preocupado por lo que ocurría allá abajo con el desfile del Gran Poder, que continuaba en todo su apogeo. No había desfilado aún ni una cuarta parte del gentío involucrado.

La muchacha salió a los pocos minutos del hotel y se quedó en la calle, brazos en jarras, mirando para todos lados. No había encontrado a su hombre. Vio en ese momento a Garrido, que se veía chistosísimo sentado en la cuneta, con la cabeza puesta a un costado mientras se secaba el sudor, que le corría a caudales por el cuello. Encarnación sintió en ese momento todo el cansancio acumulado, y en un gesto espontáneo se fue a sentar al lado del detective.

Por un par de minutos no intercambiaron palabra, más preocupada la muchacha por recobrar el aliento que por otra cosa; y el detective por no romper ese instante mágico. Al final ella se dirigió a él:

—Viejo —le dijo—. ¡Qué cansancio el Gran Poder! ¿Verdad?

—Sí, bastonera —le respondió Garrido—. Pero es toda una aventura espiritual, ¿no es verdad también?

—Tienes razón. Eres viejo y sabio. Yo estoy empezando, todavía me faltan muchas entradas del Gran Poder…

—Tal vez. El camino a la sabiduría se hace por pequeños tramos, me parece. ¿En qué andas ahora, bastonera?

—Estoy buscando a una persona. Ahora me voy a mirar por los bares del Prado. Tal vez tome algo de beber, lo necesito. Adiós, viejo. Gracias por permitirme compartir tu asiento…

—Espera. Voy contigo, bastonera. También necesito líquido. Estoy totalmente seco.

Se pararon ambos y bajaron por la Sagárnaga. Coincidieron en el propósito común de llegar al Prado y de allí bajar hacia la plaza del Estudiante. A Garrido se le había espantado casi totalmente la borrachera, gracias al esfuerzo de llegar a ese punto tan alto, y necesitaba reponer líquidos tal como había declarado. Se sentía transportado, además, con mujer era exactamente la que andaba buscando.

—¿Cómo te llamas, bastonera? —le preguntó cuando habían llegado a San Francisco y logrado que los policías los dejaran pasar hacia el Prado.

—Me llamo Encarnación, ¿y tú, viejo?

—Juan.

Se fijó Garrido en que Encarnación buscaba a alguien con cierta desesperación. No se amargó por esto, sino que procuró convencerla de que entraran a un bar o una cantina a beber algo. Ella al principio se resistió, pero el cansancio y la sed la vencieron. Miraron en una cantina llamada La Mariposa de Metal, y la encontraron demasiado llena. Además, poblada con una fauna increíblemente extraña y fea a la vez: diablos, aparapitas, cholas enmascaradas, negros pintados, animales diversos, monstruos, músicos agotados. Sobre una mesa, dos mujeres extranjeras, francesas aparentemente por las palabras sueltas que se les escuchaba, se prodigaban en un baile obsceno, levantando sus faldas y exhibiendo unas diminutas bragas.

Decidieron buscar otro lugar, siempre sobre el Prado, y eligieron un bar llamado El Techo del Mundo. Allí se metieron y tomaron asiento en una mesa ubicada en un lugar discreto y sombrío. Pidieron de beber, él una cerveza y ella un agua mineral.

Casi no se oía el ruido proveniente de la calle. La atmósfera de La Paz no transmite bien el sonido, lo cual era una de las magias de la procesión del Gran Poder: las músicas no se superponían, apenas una banda se alejaba, y sus sones se disipaban, se escuchaba el ritmo de otra banda que se aproximaba.

Ninguno de los dos habló hasta que la bebidas llegaron y hubieron ingerido un largo trago. Iban a empezar una conversación cuando entró al bar una pareja, que se dirigió directamente hacia ellos. Al principio el detective no los reconoció, pero luego se dio cuenta de que frente a él, tomados de la mano, estaban el niño de la armónica y un gringo alto y bronceado con la cara y la cabeza mal afeitadas.

—¡Gaspar! —exclamó Garrido Gómez.

—¡OK! —casi gritó Encarnación Trigo.

XX

K'anka

Elvira Ardiles se había impuesto el rol de deidad protectora sobre el niño Gaspar y el detective, de modo que no sólo los llevó hacia El Alto en su vehículo, tempranísimo, para que se integraran a la cofradía de los Wainas del Gran Poder, sino que además había decidido no perderlos de vista durante el descenso hacia La Paz. Había riesgos, dos enemigos podían acechar: la mafia de la droga y la autoridad policial.

Dejó a los dos en la explanada de El Alto antes del amanecer y bajó rauda hacia el centro de La Paz por la ruta principal, que pronto habría de ser cerrada al paso de vehículos para permitir el libre desarrollo de la procesión, con lo cual corría el riesgo de quedar atrapada. La asistenta del impresor-detective quería a toda costa evitar lo anterior, ya que su intención era permanecer en la calle, siguiendo a pie a los Wainas, para vigilar a su jefe y el niño, y así prevenirlos por si surgía cualquier peligro o contratiempo durante el desfile.

Garrido Gómez, ex Melgarejo, le había dicho que tuviera cuidado con los Wakas, espíritus malignos enemigos del hombre, que iban a estar acechando para perjudicar a la cofradía. Elvira lo miró a los ojos, no vio asomo de broma, aunque tampoco su jefe parecía haber caído en un rapto de locura. No discutió y prefirió decirle que ella velaría. No para espantar demonios, se dijo para sí misma, sino para asegurarse de que no habría agresiones o ataques mucho más concretos.

Lo primero que hizo una vez en La Paz fue instalar su Lada 4WD en las cercanías de la imprenta, en la calle Castrillo. Estaba segura de que no habría riesgo ese día. Todo el mundo andaba en la onda del Gran Poder. La policía andaría demasiado ocupada con las inevitables transgresiones a la ley que se producirían como para dedicarse a vigilar la casa del detective desaparecido.

Elvira se acercó a la imprenta decididamente, sin gestos que pudieran despertar sospechas. Tocó la cuerda que se usaba para llamar, que accionaba un ingenioso mecanismo que hacía sonar diversas campanas en los distintos recintos de la casa-taller de Melgarejo. Vio a Chacho Mamani asomar con cara asustada y luego acercarse a ella con prisa, mirando para todos lados.

—Calma, Chacho. No hay nadie —le dijo Elvira—. Por favor, no pongas esa cara de culpable, hombre. Te necesito, escucha —agregó, adentrándose en el jardín aunque sin entrar en la casa. Le explicó entonces su plan de repartirse para vigilar cada uno al niño Gaspar y a Juan Garrido. Le dijo así, Garrido, por mayor seguridad.

—Sé en qué cofradía vienen. Juan está disfrazado de viejo, lleva traje completo y máscara; Gaspar toca en la banda. Tú te ocuparás de tu jefe y yo del niño, ¿me entendiste, Chacho?

—¿Cómo lo voy a identificar si anda con disfraz? —rezongó el otro.

—No sé. Tendrás que apañártelas, Chacho. Él me dijo que trataría de venir siempre por la banda izquierda en el sentido de la procesión. Pero tú sabes que eso va cambiando. Las coreografías siempre incluyen cruces. Escucha. Son exactamente doce bailarines los que hacen de viejos. Fíjate en los Wainas del Gran Poder, la octava cofradía de la vanguardia, los primeros que entran. ¿Comprendido, Chacho?

El otro asintió. Tras este breve diálogo se separaron. Elvira se retiró en dirección al Prado aduciendo que tenía diversos asuntos que resolver antes de que hicieran su aparición las primeras cofradías del desfile. Luego quería mover su vehículo hacia el camino de El Alto, por la avenida Montes arriba. Chacho se comprometió a estar atento a la entrada de los Wainas del Gran Poder y a seguir a los viejos, también desde la Montes, para continuar caminando junto a ellos en dirección al paseo del Prado.

Pronto llegó el momento de actuar, cerca del mediodía. Elvira Ardiles y Chacho Mamani, separados, se colocaron entre los espectadores para emprender sus respectivas tareas de vigilancia. Con dificultades, pero de manera segura, localizaron a la cofradía. El niño iba bien y el detective también, aparentemente. Aunque Chacho no pudo identificarlo con seguridad, contó a los viejos: la misma docena de disfrazados que había partido desde El Alto continuaba con sus coreografías.

El problema se dio un poco antes de llegar a la plaza de San Francisco. El tumulto de gente era tal que la policía había cerrado el paso a los mirones, dejando fluir solamente a la procesión. Elvira en su vehículo y Chacho corriendo, lograron dar un enorme rodeo para buscar cada uno por su cuenta la plaza del Estudiante, remate de la procesión. No se habían vuelto a ver tras la salida del taller de calle Castrillo, sumidos en el enorme caos en que estaba convertida la ciudad.

Afortunadamente lo lograron y pudieron contemplar el paso de los Wainas por el paseo del Prado, último tramo de la entrada del Gran Poder a La Paz. Pero Chacho fracasó en su misión. Se le confundió el detective Garrido-Melgarejo, todos los viejos se le hicieron idénticos. Varios se sacaron la máscara para respirar y refrescarse a la llegada. Chacho los observó de cerca, pero no pudo con el cambio físico que había sufrido su jefe. El resultado es que tras seguir a varios de ellos por error decidió volver a su taller en calle Castrillo.

Elvira en cambio sí mantuvo al niño Gaspar siempre a la vista. Lo vio llegar a la meta, sin percatarse de que O'Keen también lo seguía. Así fue repentinamente testigo de cómo un gringo pálido y alto, de andar enfermizo, pelo muy corto y cara sin afeitar, lo abordaba y hablaba con él antes de que ella se pudiera acercar. Se mantuvo alejada del par y prefirió abstenerse de intervenir, aunque permaneció atenta a cualquier actitud extraña. No parecía haber violencia, sino más bien se les veía conversar animadamente. Elvira no estaba tan cerca como para entender de qué hablaban, con todo el ruido circundante. Los vio caminar por el Prado en dirección contraria a la procesión, sin hacer caso de nada. A veces se detenían y miraban dentro de cafés y bares.

Finalmente el gringo y el niño se decidieron a entrar en una cantina. Tras ellos entró Elvira Ardiles. De inmediato los vieron a los dos en un rincón apartado, al fondo, en la parte más oscura. Primero el gringo con el niño, luego ella, se sentaron con naturalidad a la mesa donde el detective Melgarejo y Encarnación Trigo se hallaban estupefactos ante la aparición de tanta gente, alguna conocida y otra desconocida. Nadie habló. Sólo se sentaron y se miraron unos a otros.

Se vivía el apogeo de la procesión. No sólo ocurrían cosas en el interior de la entrada del Gran Poder, sino también fuera del desfile. Se comía, se bebía, se delinquía. El balance siempre era una cantidad de muertos y de heridos que se imputaban al entusiasmo de la fiesta, muchos delitos quedaban necesariamente impunes. En pleno paseo del Prado, frente a la cantina llamada El Techo del Mundo, una bella y alta bastonera, enloquecida seguramente por el alcohol, estaba dando su propio espectáculo, repartiendo bastonazos a quien se le acercara. Nadie se preocupaba demasiado, salvo un grupo de ociosos que la toreaban mientras le gritaban: «¡Olé!»

En las invadidas calles de La Paz y dentro de El Techo del Mundo estaba llegando la hora de la verdad.

—Por fin nos vemos las caras, Melgarejo —habló el gringo—. Me llamo Connington. Yo soy quien trató de matarlo a usted y usted no se dejó. Yo cumplía una misión. Fui traicionado por los que me contrataron, los mismos que estaban tras el crimen del padre de su amigo Machicao. Muerto fue su amigo. Muerto por mi socio, no por mí. No pretendo justificarme ni menos pedir disculpas. Se lo digo sólo para que queden las cosas claras entre nosotros...

Connington hizo una pausa para ordenar una cerveza y tal vez esperar una reacción de Melgarejo. Éste no abrió la boca, sólo miró fijamente al asesino. El niño pidió chicha de mora y Elvira un agua mineral. El local parecía haberse vaciado, seguramente estaba desfilando una cofradía particularmente prestigiosa. Sólo ellos ocupaban una mesa. Fuera, muy débilmente, se oía el zumbido monótono de una orquesta que interpretaba las repetitivas melodías de la procesión. Connington prosiguió:

—Ejecuté a dos de ellos, capos de la droga. Sus nombres tal vez no le dirán nada, pero de todos modos se los doy: el profesor Walter Van Dune y el reverendo Jerrigan. Su amigo y usted están vengados. También asesinaron a la madre y al abuelo de este chiquillo, que me ayudaron a recuperarme de mis heridas. Torturaron brutalmente al médico que me sanó. Lo ayudé a morir. No tengo más que decir…

Connington bebió un largo trago de su fría cerveza, hasta que empezó a lagrimear y se vio obligado a quitarse las gafas oscuras, para limpiar sus ojos húmedos. Melgarejo contempló los iris azules, la cara macilenta que lo observaba, las mejillas hundidas, la palidez mórbida del gringo. Se preguntó cuál de los dos *cowboys* sería éste. La pregunta surgió y se extinguió en la mente de Melgarejo sin lograr una formulación.

—Tome —le dijo Connington a Melgarejo, y le pasó la libreta que le había arrebatado al reverendo—. Usted sabrá hacer uso de esta información.

El detective recibió el volumen sin mirarlo. Lo mantuvo en su mano. Miró entero al individuo que había estado a punto de sacarlo de este mundo. No pudo odiarlo. Todo le pareció una tremenda pesadilla. Sintió un gran alivio también. No tenía nada que hacer tras esas revelaciones. Había sido vengado. Todo estaba dicho, como había expresado el propio gringo.

Éste, al comprobar que Melgarejo seguía sin proferir palabra, agregó:

—He estado a punto de morir. No por sus disparos ni por mis tareas para acabar con esos dos gusanos que no merecían menos.

Casi dejo este mundo por una maldita fiebre tropical. Todavía no me repongo. Ella, Encarnación, me salvó la vida.

Melgarejo miró a la hermosa bastonera sentada a su lado, que no tenía ojos más que para el gringo. Ese asesino. Reivindicado, por cierto. Pero un asesino. Su sueño se hacía trizas. No se atrevió a mirar a Elvira, de pura vergüenza. Volvió a sentir que la nada lo invadía.

—Estoy dispuesto a adoptar al niño, a pagar su educación, no sé, a ayudarlo en lo que sea —prosiguió Connington, ante el mutismo tan tópicamente altiplánico de sus compañeros de mesa.

Nadie hizo el menor comentario. Fuera, en la calle, la procesión parecía haberse detenido y una banda tocaba exactamente frente a la cantina, se sentían casi con violencia los tambores, los bronces y las sonajas dale, y dale, y dale, castigando los monótonos ritmos.

—Hemos hablado bastante, él está de acuerdo —añadió, mirando a Gaspar.

—Sí, *k'anka* —intervino el niño, el apelativo aymara usado para referirse a los gringos los sorprendió a todos, revelaba una comunión nueva entre Connington y Gaspar. Volvió a hacerse el mismo silencio pesado. Nadie hablaba, todos miraban a la mesa. Sólo las manos se expresaban esporádica y lacónicamente, al tomar y dejar vasos y botellas, al desplazar las bebidas hacia los labios. En la ciudad proseguía el desfile, en ese momento se oía sólo el zumbar de las matracas en medio de una profusión de petardos.

—No es que de pronto me haya transformado de gringo malo a gringo bueno… —dijo Connington, pero no alcanzó a terminar su frase por un estrépito que venía de la calle.

—¡Alegría, alegría! —se escuchó una voz ronca que entraba en el local. Una bastonera alta, de pelo amarillo y desordenado, calzada con botas rojas y completamente borracha, se introdujo en El Techo del Mundo, haciendo el máximo escándalo: volcó una silla, chocó con una mesa y tiró algunos vasos. Vociferando una especie de canción, prácticamente se dejó caer sobre una mesa y chilló en dirección al inexistente camarero:

—Una jarra de Paceña. Ahora mismo, hermano. Es el Gran Poder...

La cantina se hallaba vacía, salvo por el grupo en torno al asesino y su víctima, y por la bastonera recién entrada, que era el travestí, por cierto. Con sus ojos turbios miró hacia la otra mesa y bizqueando trató de identificar a los contertulios. Tras unos largos segundos para enfocar dificultosamente, distinguió la cara de Melgarejo, a pesar de que el otro intentaba mirar abajo y hacia otro lado.

Una mueca de ira y de despecho deformó sus rasgos, bellos aunque nada delicados. A duras penas se puso en pie y se dirigió a tropezones hacia el hombre que la había despreciado, que la había humillado ante los demás:

—Hijo de puta, sacristán maricón, *keusa*, infeliz —le gritó a la cara a Melgarejo, sin preocuparse de la presencia del resto, él/ella sólo concentrado en satisfacer su ira. Mientras profería sus imprecaciones, Remedios hacía molinetes con la guaripola, a estas alturas transformada en un arma para ejercer mejor su agresividad.

Todos quedaron pasmados mirándolo, en tanto Melgarejo enrojecía de vergüenza. No fue capaz de reaccionar en absoluto, y se mantuvo tan estático y mudo como antes. Elvira le lanzó una mirada de desprecio. El niño permaneció impertérrito, mas Melgarejo supo interpretar que tampoco estaba orgulloso de él. En la cara de Connington se dibujó una sonrisa irónica. Encarnación no se inmutó, sólo tenía ojos para Connington.

En ese momento entró María, la menuda mujercita que hacía de bastonera de los Wainas del Gran Poder Aymara, que al parecer también andaba buscando a sus cofrades. Al ver al travestí en trance de atacar a Melgarejo con su guaripola, lo increpó con su vocecita aguda:

—Suelta eso, mujer perversa —gritó, acercándose a Remedios con toda la agresividad que le permitían sus escasos atributos corporales—. Te vi cuando hacías escándalo en la calle. Borracha vergonzosa... —añadió.

El travestí lanzó un rugido de ira y dio media vuelta para atacar a María, sosteniéndose apenas en sus pies, la guaripola en ristre. A pesar de sus dificultades para mantener el equilibrio, alcanzó a propinarle a María un potente bastonazo, que le dio en un hombro y la lanzó contra la pared, lo que le salvó de una caída segura.

Tras esta muestra de agresión física, más allá de la verbal, empezaron los movimientos en la mesa. Connington fue el primero en reaccionar. A pesar del cansancio y la debilidad, se acercó al travestí para reducirlo. No iba a ser problema una mujer histérica. Sus movimientos fueron torpes y lentos. Elvira se puso de pie, pero se quedó inmovilizada en esa posición. El travestí vio a Connington abalanzándose sobre él/ella.

Hallándose en su máxima capacidad de generar violencia, cargado de adrenalina, el travestí se sintió estimulado por este nuevo ataque. Su borrachera pareció disiparse, el instinto de la fiera acosada se impuso. Lanzó la guaripola al suelo y rebuscó entre sus ropas, con gestos rápidos y seguros. En pocos segundos había sacado una larga navaja de resorte, que abrió con un movimiento preciso. Todos sintieron el ruido del mecanismo, que hizo eco en el recinto. Connington se avalanzaba en ese momento hacia el travestí, quien, en lugar de retroceder, se desplazó de frente para hacer contacto con el cuerpo del otro.

—¡OK! —quiso gritar Encarnación Trigo, pero no hubo sonido, sólo sus labios dibujaron unas letras que no lograron transformase en ondas sonoras.

—¡K'anka! —gritó el niño, pero era demasiado tarde. Gracias a un empuje alimentado a la vez por su puño, firme sobre el puñal, el brazo extendido, su cuerpo impulsado hacia delante, el cuerpo del otro en sentido contrario, el travestí hundió su navaja casi hasta la cacha en el pecho desguarnecido de Connington. Tela y carne rasgadas produjeron un sonido peculiar que resonó en el local. El arma, perfecta en filo y agudeza, penetró limpiamente por entre el esternón y dos costillas, evitó el contacto con la masa ósea, rasgó el pericardio, interesó el miocardio y seccionó una arteria, dando de inmediato lugar a una intensa hemorragia que conmocionó el cuerpo del profesional del crimen.

Con un movimiento rápido, casi artístico, el travestí retiró el arma del pecho de su contendiente y lanzó una nueva estocada más baja, siempre en la región pectoral, que interesó esta vez el páncreas y el hígado, todas heridas profundas y críticas que precipitaron a Connington al suelo, perdida la presión sanguínea que le permitía mantener el cuerpo en funcionamiento.

Mientras el agredido iba cayendo, una tercera punzada del arma del travestí penetró profundamente en el brazo izquierdo de Connington, cortando una arteria principal y dando lugar a una gran hemorragia que llenó su camisa de una sangre copiosa y espesa. Cuando cayó al suelo, ya Connington no tenía vida, desangrado por las tres heridas, todas de consideración, todas mortales.

Se produjo un profundo silencio en El Techo del Mundo. La Muerte había hecho su descenso triunfal. El travestí se lanzó al suelo, tratando de simular que el agredido era él. El grupo que se congregaba en la mesa no se había movido a todo esto, ya que la acción había corrido por cuenta de los dos contendientes, y se había desarrollado en pocos segundos. Se pusieron en pie lentamente. Sólo ellos habían sido testigos del hecho; no había otros clientes y los encargados de atender la cantina habían salido a mirar pasar la procesión, que continuaba alimentando a la ciudad del fervor del pueblo aymara reeditando las glorias del Kollasuyo.

Todos se quedaron mirando el cuerpo de Connington, muerto ya. El travestí también yacía en el suelo, lloriqueando y lamentándose, ensuciando su bella vestimenta. Se había infligido un corte en la mano para aparecer él mismo como agredido. María, en su traje de bastonera, se acercó a Encarnación y el travestí para hacer una trinidad siniestra en ese ambiente, las tres tan diferentes mas con un solo objetivo: el homenaje al señor Jesús del Gran Poder.

Melgarejo vio cómo Elvira Ardiles tomaba delicadamente a Gaspar de la mano y lo sacaba fuera, un poco a la fuerza, ya que el niño miraba sin comprender cómo su héroe podía yacer allí inerte, asesinado por la navaja de un marico, tras haber sobrevivido con tanto coraje a situaciones terribles.

Encarnación Trigo, su cara demudada por el dolor, se arrodilló junto al despojo sanguinolento que había sido Connington, su esperanza. Le pasó la mano por la frente, amorosamente, como lo había hecho durante la convalecencia del gringo. Luego se fue sin mirar a ninguno de los demás. Al abrir la puerta les llegó una oleada de música de bronces.

Tras ella partió pocos segundos después la Remedios, el travestí, arrastrándose por el suelo, aprovechando que nadie se ocupaba de él/ella. Sólo quedaron el muerto, María y Melgarejo. María, aún apoyada contra la pared, y Melgarejo, pegado a su silla. El detective miraba fijamente el suelo delante de él. El charco de sangre bajo el cuerpo del pistolero se hacía más amplio y más espeso.

—Vamos, don Isidoro —le dijo—, salgamos antes de que llegue la policía.

—¿Adónde vamos, chicoca? —le respondió.

—Adonde usted disponga.

—A calle Castrillo, a la imprenta. Debo ver a Chacho Mamani. Necesito poner orden. Hay mucho trabajo.

—Sí, doctor, como usted diga…

—He muerto y resucitado, María. Tengo deberes que cumplir… Ha sido sólo una batalla… La guerra continúa.

—Sí, doctor, pero por favorcito, vamos.

—Alguien, que no es Tupac Catari, está represando el Choqueyapu allá arriba en El Alto para inundar La Paz de mierda. ¿Me entiendes?

—Creo que sí, doctor. Usted necesita descansar…

—Hay que detenerlos… Estoy hablando metafóricamente, María.

—Le traje su chaqueta de aparapita, doctor —añadió la niña con un sollozo, alargándole la prenda.

Melgarejo se quitó el voluminoso y colorido traje de viejo, lo dejó junto al cadáver de Connington y se puso la chaqueta. Metió en el bolsillo la libreta que le había dado el gringo, casi pegada a su mano por el sudor. Con un suspiro dijo:

—Vamos, María.

Salieron a la calle cogidos del brazo. La procesión estaba en su clímax, las bandas dale, y dale, y dale, las matracas raspa, y raspa, y raspa, contando que la vida sigue, y sigue, y sigue; y que la muerte ronda, y ronda, y ronda...

FIN

Visite nuestra web en:

www.umbrieleditores.com